二見文庫

微笑みはいつもそばに

リンゼイ・サンズ／武藤崇恵＝訳

The Countess
by
Lynsay Sands

微笑みはいつもそばに

登　場　人　物　紹　介

クリスティアナ	ラドノー伯爵夫人
リチャード・フェアグレイブ	ラドノー伯爵
シュゼット	クリスティアナの妹
リサ	クリスティアナの末妹
ロバート・メイトランド	ラングリー卿 クリスティアナの幼なじみ
マディソン卿	クリスティアナの父親
ダニエル	ウッドロー伯爵。リチャードの親友
ジョージ	リチャードの双子の弟
グレース	クリスティアナのメイド
ハーヴァーシャム	ラドノー伯爵家の執事

1

「奥さま」

クリスティアナは毛布にくるまったまま片目だけ開けて、自分をのぞきこんでいる年配の女性を見上げた。メイドのグレースだ。「なあに?」

「妹さまたちがお見えです」その短い言葉に、いったいなにごとかとクリスティアナは両目を開けた。

「なんですって? 妹たちがロンドンに来たの?」クリスティアナは毛布を撥《は》ねのけて起きあがった。「それも、こんな時間に? なにか緊急の用なのね」

「馬車から降りられたときのご様子から、そうだと存じます」グレースは続けた。「ですから、急いでお知らせしたんでございます。すぐにドレスをお召しになって、旦那《だんな》さまがおふたりを追いはらう前に階下《した》に降りていただかないと」

「いくらなんでも、ディッキーだって妹たちを追いはらったりはしないでしょ」そう口にしてから、まさかと不安に駆られた。「そんなことをしてるの?」

「たくさんのかたを追いはらいになりました」

「たとえば？」頭から寝衣を脱がされながら、返事を聞くのが怖いような気がして、もごもごと尋ねた。

「レディ・ベケット、レディ・ゴウワー、オリヴェット卿《きょう》、ラングリー卿は……二度もでございます」グレースは目を瞠《みは》るような早業で、瞳の色にぴったりの淡いブルーのドレスに着替えさせた。「ラングリー卿は一度目もご不満なご様子でしたが、二度目はかんかんに怒ってらっしゃいました」

「そうでしょうね」クリスティアナはため息をついた。ラングリー家はクリスティアナの実家マディソン館の隣にあり、ロバートはそこの跡取り息子だった。マディソン家の姉妹とは幼なじみで、家族も同然、兄のような存在なのだ。そのロバートがまるで危険人物のように追いかえされたとなると、当然許しがたいだろう。「どうして教えてくれなかったの？」

グレースはヘアブラシで髪をとかした。「お知らせしたところで、なにかいいことがございますか？」

「たしかにないけど」クリスティアナはしぶしぶ認めた。夫はどんな相手だろうと好き勝手に追いはらう権利がある。そしてようやく理解できたことだが、クリスティアナがそれに口出しする権利はまったくないのだ。大きくため息をつき、グレースに髪を引っぱられて顔をしかめた。結婚してからは既婚婦人らしくきつく髪を結っているが、どうしてもこの髪型は好きになれない。そもそもまったく似合わないし、一日中髪をきつく引っぱりあげているので、かならず頭がズキズキと痛くなるのだ。しかし夫は妻の自由奔放な性格を抑えつけたいらしく、この髪型以外は許さなかった。

「妹たちはどんな用なのかしら?」クリスティアナは心配になってきた。

「存じません。なにか重要なご用にちがいありませんが。前もってお知らせもなく、急にいらしたんですから」グレースは一歩下がった。「さあ、御髪《おぐし》も終わりでございます」

ぼんやり考えていると、グレースに腕をとられた。「さあ、急いでくださいませ。いまごろは、ハーヴァーシャムが旦那さまにご報告していることでしょう。妹さまたちが追いだされる前に、なんとかまにあうといいんですが」

クリスティアナに異論はなく、慌ててドアに向かいながら室内履きに足を突っこんだ。

廊下を急いでいると、階下からリサとシュゼットの甲高い声が聞こえてきた。ふたりを客間にも通さない無礼な仕打ちに眉をひそめたが、夫の命令に従っているだけの執事ハーヴァーシャムを責めるわけにもいかなかった。

続いて夫の傲慢《ごうまん》な声が聞こえてきた。「家内はまだ眠っているようです。事前に手紙でも寄こしてくれれば、我が家を訪問するにふさわしい時間について返事ができたんだが、誠に残念ですよ。お父上のロンドンの別宅に戻って、改めて連絡をいただけますかな」

「ちょっと会うこともできないの、ディッキー? わたしたちは妹なんだし、大事な話があるのよ」夫の尊大な言葉に、怒りと絶望だけでなく、ショックも受けたようなシュゼットの声がする。驚くのも当然で、妹たちが対峙《たいじ》している男は結婚式の前に会った人物とはまるで別人なのだ。結婚してまもないクリスティアナ自身も、半年ほどは夫の変わりように毎日のように驚いていた。いまとなっては絶望しか感じなくなったが、なにかおかしいという思いだけは残っていた。

「おはよう、あなた。わたしは起きているわ」クリスティアナは階段を降りながら声をかけた。

驚いたように振り向いた夫の顔は怒りでどす黒かった。その怒りが自分に向けられたものなのか、妹たちに向けられたものなのかはわからない。相手がただちに自分に従わないと機嫌が悪くなる夫は、簡単にはあきらめないシュゼットに腹を立てているのはまちがいない。とはいえ、ほかの人たちと同様にふたりを追いはらおうとしている矢先に、妻が現われたこともおおいに不愉快に感じているはずだ。

かろうじて口もとに笑みを浮かべて階段を降り、夫の横に立った。夫は激怒していると、とんでもなく残酷なことを平気で口にするときがある。妻の自分は侮辱や非難に耐えるしかないのだろうが、せめて妹たちだけはそんな目に遭わせたくない。クリスティアナが不安に思うのは、怒りそのものの激しさではなかった。そもそも夫はいつも黒いマントのような激しい怒りを身にまとっていた。真っ赤に染まった顔に残忍な表情を浮かべ、まるで狂犬のように口から唾を飛ばしながら、聞くに堪えない毒のある言葉をがなりたてる。そして自分の激しさを抑えきれずに、いまにも爆発しそうなほど身を震わせるのだ。クリスティアナがおそれているのは、彼が爆発してしまうことだった。体格に恵まれた夫が怒りを抑えきれなくなったとき、どんな悲劇が起きるのかは考えたくもなかった。

「おはよう、ディッキー」クリスティアナはおどおどと、冷たい作り物のような夫の頬にキスをした。横に立っただけで感じられるほどの、夫のすさまじい怒りから逃げだしたい。だがそんなことは考えたこともない、幸せそのものの新妻という表情を浮かべた。

夫はあいさつに返事もしなかった。「招かれてもいないのに、こんな早朝から訪ねてくるなんて礼儀知らずもいいところだと、妹さんたちにお教えしていたところだよ」

「でも家族なんだから、すこしくらいは許されるんじゃないかしら」クリスティアナは媚《こ》びるような自分の声に顔をしかめた。これ以上夫を刺激しないほうが得策だとは思うものの、目を丸くしている妹たちの表情が屈辱的だった。だがなによりも我慢ならないのは、夫がその頼みをはなから無視したことだ。

「ぼくの家族なら、招かれてもいないのにいきなり訪ねるようなことはしないがね」夫は見下げはてたという顔を妹たちに向けた。

「もちろんそうでしょうね。みなさん、亡くなっているんですもの」シュゼットが負けずにいいかえし、クリスティアナは唖然として妹を見た。夫に視線を戻すと、食いしばった歯のあいだから音をたてて息をしている。

爆発寸前だと察し、クリスティアナは夫の腕をとった。「朝食を召しあがったら？　妹たちの相手はわたしがしますから」

だが、夫は頑として動かなかった。腕を引っぱられても無視して、シュゼットと睨《にら》みあっている。

クリスティアナは目を閉じて、考えの足りない妹に平手打ちをくらわせたい衝動を抑えた。たしかにシュゼットは勇気があるが、彼女がこのいさかいで失うものはほとんどない。夫に殴られることも、罰せられることもないのだ。シュゼットの勇気をまのあたりにした夫が罰する相手は、ほかでもないクリスティアナだった。それも思いつくかぎりの様々な方法で。三十分間たっぷりと、無作法で反抗的な妹をののしるだけでは飽きたらず、悪影響を与えられるから二度とシュゼットに会うなといいだしかねない。そのうえ罰として、ふたりのことをよく観察していなければわからないような、不愉快ないやがらせをしてくるだろう。たとえば、クリスティアナの嫌いなものをかならず食事に出すとか、なんだかんだと理由をつけて朝早くたたき起こすとか、おもしろい本を読んでいるのに早く寝るよう強要するとか、疲れているのに遅くまで寝かせてくれないとか、そういったたぐいの意地悪だ。あるいはほったらかしにしているかと思うと、つぎの数日は無理やりお供をさせて、目に入るすべてのことについて聞くに堪えない文句をまくしたてる。そして買い物を手伝わせては、こちらが選んだものはお粗末だとケチをつけて、たいしていいとも思えないべつのものを選んだりする。どれも些細《ささい》なことなのだが、これが続くと心が沈み、絶望的な気持ちになるのだ。

さらにクリスティアナの容姿、服装、会話、態度、家族、知性、幼稚さ、友人のすくなさなどを、ことあるごとにけなしつづける。これはクリスティアナに残された自尊心のかけらすらもどんどん蝕《むしば》んでいき、しまいには眠りに逃げる以外なにもしたくなくなる。まさに虐待だった。だがクリスティアナに逃げ道はない。みずから命を絶つなどもってのほかだし、離婚するのも現実的には不可能だった。

「お父上はどちらに?」夫の怒鳴り声に、クリスティアナは現実に引き戻された。「だいたいエスコートもなしで、嫁入り前の娘ふたりが自由に歩きまわっているなんて、いったいどういうしつけをなさっているのやら」

「妹はわたしを訪ねてきたのであって、自由に歩きまわっているわけじゃないわ」クリスティアナはすかさず反論した。「ねえ、あなたの朝食が冷めてしまうわ。そろそろ……」

「ぼくたちの朝食だ」夫はぴしゃりと訂正し、してやったりとばかりに笑みを浮かべた。また始まったと、クリスティアナはひそかにため息をついた。「だが、きみのいうとおりだな。招かれざる客の相手をしているあいだに、食事がどんどん冷めてしまう」

妻の手をつかんで廊下を引っぱっていった。「妹さんたちを客間へご案内するように、ハーヴァーシャム。ぼくらは料理番の心づくしの朝食をとったあとで、お相手さしあげるとしよう」

詫《わ》びる気持ち半分、戒《いさ》める気持ち半分の視線を妹たちに送ると、引っぱられるままに食堂に向かった。夫が音をたててドアを閉めた。

「お父上はこんなに無礼な娘を三人も育てたことを恥じるべきだな」夫は料理が用意されたテーブルの前に立った。「どうすればこんな礼儀知らずが育つのかは、ぼくにも理解できないがね。だが、そもそもお父上が礼儀をご存じないのなら、仕方ないのかもしれないな」

クリスティアナは黙って皿に料理をとった。これまでの経験から、口答えしてもなにひとついいことはないと学んでいた。トーストと果物を選ぶときびすを返した。

「きちんと朝食をとらないと駄目じゃないか」ディッキーが妻の皿をひったくった。「ほら、とってあげよう」

燻製《くんせい》の魚や腎臓《じんぞう》入りのパイを山盛りにするのを見て、思わず舌を噛《か》んだ。漏らしそうになったため息をなんとか呑《の》みこむ。両方とも大嫌いなのだ。またいやがらせが始まった。

「さあ、座って」

突きだされた皿には、さらにスクランブルエッグまでが載っていた。ゆで卵のほうが好きだったが、クリスティアナは黙って受けとった。夫の顔に向かって皿を投げつけてやればいいのだが、残念ながらそんな度胸はなかった。結婚前にこんな扱いを受けていたらやったかもしれないが、あのころの夫は魅力的で優しかったのだ。結婚したとたん夫の態度が急変したことに、驚きのあまり呆然《ぼうぜん》としていたのがまちがいだった。ショックから立ちなおり、自分の身を守ることを考えはじめたときには、もう手遅れだった。巧妙な虐待がすでに功を奏していて、反論するどころではなかったのだ。夫にこきおろされたドレスはそれほどカットが深かったわけではないし、顔色が悪く見える色合いだったわけでもないのだが、すっかり自信を失ってしまったクリスティアナにはそんなこともわからなかった。だんだん夫が悪いと考えるより、なんとかなだめて、できるだけ喜ばせたいと思うようになっていった。そういうわけで、いまとなってはふたりに仕える召使よりも、権限を持たない奴隷になってしまったクリスティアナがいた。

「全然、食べてないじゃないか」夫も席についた。

クリスティアナはひとつ咳払《せきばら》いをした。「あまり食欲がないの」

「そんなことは聞いてない。やせすぎなんだから、もっと食べなさい。そもそも、きみの毎日の食事はひどすぎる。その魚やパイをたくさん食べるんだ」

クリスティアナはうつむき、なにを食べているのか意識しないようにして、ひたすら口を動かした。なんとか最後のひと口を呑みこみ、立ちあがった。

「どうしたんだ?」

ぎょっとして夫に視線を向けた。「食事が終わったので、妹たちに――」

「ぼくはまだ食事中なんだがね」事態を呑みこめていない妻にたたみかけた。「せめてぼくが終わるまで同席してほしいと望むのは、そんなに無茶なことかな」

しぶしぶ席に戻ったが、内心では怒りが渦巻いていた。ふたりで一緒に朝食をとったことなど、一度だってないのだ。結婚して初めて迎えた朝から、自分だけ早く起きて朝食をとり勝手に出かけていくか、あるいは寝坊してひとり自室で済ませるか、そのどちらかだった。最初こそ朝食を一緒にしないのが気になったが、しばらくするとひとりのほうがはるかに気楽だと感じるようになった。そしていま、妹たちを長く待たせておく口実として同席を命じる夫に、なにを考えているのかととまどうばかりだった。

夫はゆっくりと時間をかけて食事を終わらせ、ようやく皿を押して立ちあがった。そして客間まで送っていくといいはったが、カタツムリのほうが早いくらいのもたもたした歩き方に、クリスティアナは夫が客間のドアを開けるまで、ずっと歯軋《はぎし》りをしていた。

「クリスティアナ！」シュゼットがほっとした顔で立ちあがった。しかし、そのあとに夫がついてきたのを見て、その場でかたまってしまった。夫がことさらにゆっくりとクリスティアナを席に案内するあいだ、シュゼットはいらいらしているのを隠そうともしない。

「それで？」夫は眉をつりあげ、クリスティアナの椅子の脇《わき》に仁王立ちした。いまにも獲物の鳥に飛びかかろうかという顔で、聞き分けのない子どもを見るような目を向ける。「こんな早朝に慌ててやってくるほど、緊急のご用件とはなんでしょう？」

クリスティアナとリサを横目で見ると、シュゼットは冷ややかな笑みを浮かべて、堂々とうそをついた。「べつになんでもないの。ただ、クリスティアナに会いたくなっただけ。結婚してから一年以上たつのに、お約束とちがって、全然里帰りさせてもらえないみたいだから」

暗に非難されて、夫が身体《からだ》をこわばらせた。これで当分いやがらせが続くと、クリスティアナは内心ため息をついた。

「ぼくは伯爵なのでね、お嬢さんがた。こう見えても忙しい身なんですよ。ここでの仕事が山ほどあるというのに、田舎で遊びあるいているわけにもいかないんです」

「でも、こうして会えて嬉《うれ》しいわ」シュゼットが口を開く前に、慌てて口を挟んだ。「わたしが家を出てからどんなことがあったのか、すべて教えてちょうだいね」

勘のいいシュゼットはそれと察して、すぐにつぎつぎと実家の話を始めた。目を輝かせ、だれが結婚したのどうしたの、どうでもいい噂《うわさばなし》話を楽しそうに話している。リサは黙って座ったまま、シュゼットのおしゃべりに次第にいらいらしている様子の夫を、神妙にうかがっていた。いきなり夫が立ちあがったときには、三人ともほっと胸を撫《な》でおろした。「ぼくは失礼するが、どうぞごゆっくり。仕事がたまっているものでね」

横柄にあいさつするなり、入ってきたときとは別人のようにさっさと姿を消した。

「ああ、よかった」ドアが閉まると、シュゼットがつぶやいた。ついさっきまで明るくおしゃべりしていたはずが、怒りもあらわに身を乗りだしている。「いったいどういうことなの、クリスティアナ。あいつはいつもあんな調子なの？　お姉さまにプロポーズしたときは、あんなに紳士だったくせに」

「しーっ」クリスティアナは急いで立ちあがり、鍵穴《かぎあな》から外をのぞいた。廊下にだれもいないことを確認すると、ほっとした顔で妹たちのところへ戻った。

「そんなにひどい結婚生活なの？」ふたりのあいだに座るなり、シュゼットが静かに尋ねた。

「疲れきった顔をしてるわよ。いつも、ああなのね？」

「気にしないで」うんざりしながら答えた。現状を変えられる人などいないし、話したところで自分のみじめさを痛感するだけだ。このことについては考えないようにするほうが楽だった。「そんなことより、いったいどうしたの？　ふたりして訪ねてくるなんて」

シュゼットとリサは目配せし、初めてリサが口を開いた。「お父さまがまた賭博《とばく》に手を出したの」

「なんですって？」クリスティアナはがっくりと肩を落とした。「ディッキーが賭博の借金をすべて清算してくれたとき、もう二度としないと約束したのに」

そもそもあんな男と結婚することになったのもそれが原因だった。父親がひと晩羽目をはずしすぎ、賭博で多額の借金をこしらえたせいで、娘たちは窮地に陥ったのだ。父親は先祖代々の資産を売りはらって借金の返済にあてようとしたが、まったく足りずに途方に暮れた。債権者の取立てが続くなか、夫が現われたときは幸運の女神が微笑《ほほえ》んでくれたと思ったものだ。彼はクリスティアナに結婚を申しこむためにマディソン館にやってきて、一家の苦境を耳にするなり、結婚と引き換えに残りの借金をきれいにすると申し出たのだ。

賢明な父親は、当然のことながらその申し出を断わった。しかし、夫はクリスティアナを愛していると言葉巧みに説得した。地元の夏祭りで見かけ、すこしだけ話をしたというが、クリスティアナはまったく記憶になかった。しかしクリスティアナに夢中になった夫はすべてを調べ、理想の妻を見つけたと説明した。

説得力がある夫の言葉に、さすがの父親も心が動いた。現在の苦境には関係なく、クリスティアナが望むならふたりの結婚を祝福すると答えた。不幸なことに、クリスティアナも簡単に説得されてしまった。夫はハンサムで裕福な伯爵だ。そんな男に結婚を申しこまれたら、どんな女性でも舞いあがってしまうだろう。そのうえ、とてもすてきなプロポーズだった！クリスティアナのことを小さな薔薇《ばら》の蕾《つぼみ》と呼び、感動的な詩を贈り、不滅の愛を語る夫はこのうえなく優しかった。田舎で妹たちや幼なじみの少年と静かに暮らしていた平凡な少女にとって、まさにくらくらするような大事件だったのだ。たちまち夫に恋をして、結婚を決心した。

世間知らずの愚か者だった自分を思いだし、つい顔をしかめた。いまさらながら夫の真意はどこにあるのかと疑問を持ち、もっと時間をかけて結婚を決めるべきだったと思う。しかし父親の借金の返済期限は、たった二週間しかなかった。若かったクリスティアナは、夫の言葉をすべて信じたのだ。愛されているにちがいない。それ以外にあれほど熱狂的にプロポーズをする理由など考えられないと思いこんでいた。さすがの夫も、母方の祖父であるセフトン男爵が、姉妹に遺《のこ》してくれた莫大《ばくだい》な持参金のことを知っているはずはない。これは家族だけの秘密だった。

だが結婚してから夫の態度ががらりと変わったため、実は持参金のことを承知していて、真の目的はそれだったのではないかと疑いはじめた。とはいえ、夫がどうやってそれを知ったのかはわからなかった。

「お父さまは、そんなつもりはなかったそうなの」シュゼットが暗い顔で続けたので、クリスティアナは新たな現実問題に引き戻された。「ご自分でなさったことにすごくショックを受けてるの。なんとかお金を工面しようとなさってるけど、冷静になにかを考えられる状態じゃなくて」

クリスティアナは顔をしかめた。この前のときもそうだった。「それはいつの話？　そもそもどうしてそんなことに？　お父さまはロンドンにいらしていないし、マディソン館の近くには……」

「先月、ロンドンにいたのよ」リサが静かに訂正した。「知らなかったの？」

「ええ」クリスティアナはうろたえた。「どうして会いに来てくださらなかったのかしら？」

「行ったのよ」とシュゼット。「もともと、そのつもりでロンドンに行ったの。ディッキーがお姉さまを里帰りさせなかったから、お父さまはずっと心配してた。わたしたちが送った手紙にも返事がなかったし」

「手紙なんか受けとっていないわ。わたしだって毎週かならず手紙を書いていたのに」クリスティアナはどんどん腹が立ってきた。出した手紙に返事がなかったので、寂しい思いをしていたのだ。どうやら夫は妻の出す手紙をすべて止め、手紙を受けとるのも阻止していたようだ。あの男の目的はどこにあるのだろうか？

「最低！」シュゼットはいまにも殴りかかりそうな勢いだった。

「それより、お父さまがいらしてくださったといってたわよね？」クリスティアナが話題を戻した。

「ええ」リサは怒りくるっているシュゼットを心配そうに見ていた。「ディッキーが、お姉さまは仕立屋に出かけていて留守だといったらしいわ」

「初めて聞いた……」クリスティアナは涙がこぼれそうだった。

「ディッキーはお父さまを倶楽部《クラブ》に案内したそうよ――それがまた賭博を始めるきっかけになったみたい」リサがいった。

クリスティアナは愕然《がくぜん》とした。

「お父さまは二週間前にお戻りになるはずだったの」シュゼットもすこし落ち着いたのか、静かな声で説明した。「なんの連絡もないので、わたしたちは心配になったわけ。別宅のほうにも連絡したけど、なしのつぶてだし。で、リサとふたりでロンドンに行って、お父さまのご無事を確認することにしたのよ」

リサが続けた。「夜明けにロンドンに着いて、まっすぐ別宅へ向かったの。お父さまは書斎で、お酒を召しあがって泣いてらした」

クリスティアナは大きなため息をつき、覚悟を決めて尋ねた。「借金はどのくらいなの?」

「この前より悪いわ」シュゼットが即答した。

「悪い?」クリスティアナは顔色が変わるのがわかった。

「額はすくないのよ」リサが慌ててあとを引きとった。「だけどこの前の返済でうちの財産は使いはたしたようなものだし、現金もすぐに売れる資産もない。お父さまがお金を工面できなかったら、借金の穴埋めにマディソン館を売らなくてはいけないかもしれないの」

クリスティアナは息を呑んだ。たしかに前回より悪い。

「こんなことがおおやけになったら、わたしたちは破滅だわ」リサが容赦なく指摘した。

クリスティアナは唇を噛んだ。たしかにそうだろう。「返済の期限はどれくらい?」

「二週間」シュゼットが答えた。

「二週間?」クリスティアナは何度目かもわからないため息をついた。頭のなかで様々な思いがめまぐるしく駆けめぐっているが、覚悟を決めて背筋を伸ばした。

「ディッキーに話してみる。わたしの持参金で返済するしかないでしょう」

「駄目よ。この前もお姉さまが負担したんだから。今度もなんて不公平じゃない」シュゼットが反対した。「それに、そのせいでいまも大変みたいだし」

シュゼットが夫の態度についていっているのはわかっていたが、クリスティアナはその話題に触れたくなかった。「だけどあなたたちには払えないもの。結婚していなければ、持参金を請求できないのは知ってるでしょう」

「もちろん。だから結婚することにしたの」とシュゼット。

「二週間以内に？」クリスティアナはかぶりを振った。「いくらなんでも、ふさわしい旦那さまが見つかるわけないわ」

「ふさわしい旦那さまなんて探してないの。理想的だったはずのディッキーだって、そうじゃなかったみたいだし」シュゼットはずけずけと指摘した。

「でも――」

「大丈夫、クリスティアナ」シュゼットが遮った。「いい考えがあるの。ただ、そのためにお姉さまの協力が必要なのよ」

「どんな考え？　それに協力って？」クリスティアナは心配そうに尋ねた。

シュゼットは身を乗りだして、姉の手をとった。「領地も爵位も申し分ないけど、喉から手が出るほど財産が欲しいって殿方はいっぱいいるでしょ？　そういうかたのなかから、取引してくれそうな人を探すのよ。わたしと結婚すれば、持参金の四分の三は殿方のもの。ただし、残り四分の一をわたしが自由に使って、好きなことをやらせてもらうのが条件」にっこりとし、続ける。「お姉さまには、わたしたちをいろんなところに連れていってほしいの。それも、いますぐに。舞踏会でも、お茶会でも、夜会でも、殿方と出逢《であ》える場所ならなんでもいいわ。あとは自分でなんとかするから」

まじまじとシュゼットを見つめた。我が妹ながら、たしかになかなかの名案だ。持参金の四分の三ならひと財産といってもいい。それに最初からそう決めておけば、自分とちがってシュゼットは幸せになれるはずだ。事実、こんな名案を思いついた妹がうらやましいくらいだった。それに持参金を使う許可を夫からもらうより、シュゼットの頼みを聞くほうがずっと簡単だった。美味《おい》しい食事や葡萄《ぶどう》酒、自分自身の楽しみのためなら湯水のようにお金を使う殿方でも、いざ妻のためにはした金を与えなくてはならないとなると、急に拳《こぶし》をきつく握りしめるものらしい。もちろん夫にそんなことを頼んだところで、にこやかに断わられるに決まっている。妹たちを連れあるく許可すら、そう簡単にもらえないかもしれないのだ。

「クリスティアナ？　聞いてる？　お願いできる？」シュゼットは不安そうな声だった。

その声に驚いて妹の顔を見ると、心細そうに曇っている。クリスティナは姿勢を正した。

「もちろん大丈夫よ。なんとかディッキーを説得する——できると思う」小声でつけたし、決然と立ちあがった。

いますぐ夫と対決しようと、急ぎ足で部屋を横切った。結婚して初めてのことだが、夫を怖いと思っていない自分に気がついた。それは父親がまたもや賭博に手を染めるきっかけを作ったことへの怒りのせいではなかった。こうして妹たちにかこまれ、家族が手紙を書いてくれていたことを知り、この一年自分で思っていたほど孤独ではなかったことを理解したおかげで、驚くほど元気がわいてきたのだ。本来の自分が長い眠りから覚め、戦う準備を整えていた。

「断わられたらどうする？」リサが不安そうに追いかけてきた。

なんとか笑みを浮かべ、軽い調子でふざけた。「殺すしかないかもね」

2

これまでは夫の執務室に入る前にかならずノックをした。だが今日は腹を立てているし、喧嘩《けんか》する覚悟でノックもせずにドアを開け、きつい声で話しかけた。「話があるの、ディッキー」

かなり強気な自分に満足したが、肝心の夫の姿が見あたらない。部屋はもぬけの殻だった。どこにいるのか探しに行こうと思ったところで、ふと足を止めた。だれかが暖炉の前の椅子に座っている。背もたれの上に見えている夫の黒い髪を睨みつけた。声は聞こえているはずなのに、返事もしてくれない。クリスティアナはつかつかと歩みよった。

「返事くらいしてくださいな、ディッキー。あなた、家族からの手紙を渡してくださらなかったのね。わたしの手紙も届かないようにしていたらしいし。そのうえ、お父さまがまた賭博を始めるきっかけを作ったのもあなただそうじゃない。前回は助けてくれたのに、どうしてそんなことを？　結婚してから別人のように変わってしまったけれど、それでもまさかそんなことをするなんて——」

怒り心頭の思いで夫の前に立った。

夫は椅子の背に寄りかかって、目を閉じていた。タイを緩めようとしたのか、胸もとに指をあてている。シュゼットのおしゃべりからまんまと逃げだしたので、居眠りしているにちがいない。

どうやら酒を楽しんでいる途中で眠くなったようだ。テーブルに琥珀《こはく》色の液体が半分ほど残っているきれいな瓶と、そばには空のグラスが置いてある。この瓶にはとても高価で上等なウイスキーが入れてあって、夫はいつもお祝いのときしか開けないのをクリスティアナは知っていた。

いったいなにをお祝いしたのだろうと思いつつ、夫の肩を揺すった。「ねえ、ディッキー。……えっ？」夫が椅子から滑りおちて床に転がったので、慌てて飛びのいた。前後不覚になっている夫を起こそうとしたとき、背後で音がした。振り向くと、開いた戸口にシュゼットとリサが立っていた。

シュゼットは夫のほうをのぞきこんでから、こちらに顔を向けた。「まさか本気で殺すつもりとは思わなかった」

「やめてちょうだい」妹のユーモアに笑えなかった。「飲みすぎただけよ。召使に見られる前に、ドアを閉めてくれる？」

「いつもこんな朝から飲むの？」シュゼットはそばにやってきて、リサがドアを閉めた。

「まさか。でもいつもより早い時間だし、量も多いみたいね。飲みすぎて階段から落ちてくれれば、わりと早く未亡人になれるかもしれないとは思っていたけど」辛辣《しんらつ》で意地悪な自分の口調に顔をしかめた。

「そのとおりになったみたいよ」そばに来たリサが静かな声で告げた。「つまり、お姉さまは未亡人になったのよ。だって、息をしていないでしょう?」

まさかという思いで、もう一度まじまじと夫を見た。前のめりに倒れたまま、暖炉の前のじゅうたんに顔をうずめている。呼吸しているはずのその背中は動いていなかった。たしかになにかがおかしい気がした。

夫のそばにひざまずき、シュゼットの手を借りて仰向けにした。やはり胸は動いていない。自分の目が信じられずに、夫の心臓のあたりに耳をあててみた。規則正しい鼓動どころか、なにひとつ聞こえない。

クリスティアナは目を見開き、座りこんだまま夫を見つめた。死んでしまったなんて信じられなかった。単に思いやりがなかっただけで、悪い人ではなかったのに。

「死んでいるの?」リサが尋ねた。

そちらにちらりと目をやった。「どうやらそうみたいね」

「どうして死んじゃったのかしら」リサが眉をひそめた。「たぶん心臓のせいね。シュゼットとあれこれいいあっているとき、顔が真っ赤だったもの。すぐかっとなるかただったみたいね」

クリスティアナはどう答えたものかわからなかった。息をしていない夫を眺める。結婚したときは愛していると思っていた。しかし式が終わるなり、愛した相手はいなくなってしまった。この一年、夫は好き勝手のかぎりを尽くし、クリスティアナはそんな相手に最後の一滴まで持てるかぎりの愛を捧《ささ》げた。いつしか解放されたいとは思っていたものの、なぜか悲しみに胸がうずく。おそらくは、最後まで希望を捨てきれなかったのだろう。ひどい夫だとわかっていたくせに、まだ心の片隅では、もしかしたら理想の夫に変身してくれるかもしれないという一縷《いちる》の望みを抱いていたのだ。

そんな希望はそうそうかなうわけではないこともわかっていた。しかし、これで完全に可能性はゼロになってしまった。未亡人となり、これからずっとひとりきりで暮らすのだ。ふたたび、だれかべつの殿方に自分の人生をゆだねるつもりはなかった。そんなことは二度とごめんだ。たった一度で充分すぎるほど学んだつもりだった。

しゃんと背筋を伸ばした。「召使にいって、お医者さまを呼ばないと……」

「駄目よ」シュゼットが遮った。「本当に死んじゃったとしたら、お姉さまもわたしたちも喪に服さないといけないでしょ。そうなったら、社交界にデビューできなくなるじゃない。借金の返済はどうなるの？」

シュゼットのもっともな言葉に、力なく答えた。「でも、どうすればいいの？　ディッキーは死んでしまったのよ」

シュゼットが夫を睨みつけていると、リサが提案した。「ベッドに寝かせておいて、召使には気分が悪くて臥《ふ》せっていると伝えるのはどうかしら。何日か時間を稼げれば、そのあいだにシュゼットがいいお相手にめぐりあえるかもしれないし。そうしたらふたりは駆け落ち結婚ができるグレトナグリーンに向かい、お姉さまはディッキーがベッドで死んでいるのを発見したふりをすればいいのよ」

「そう都合よく、いいお相手が見つかるかしら」クリスティアナとしては心配でならなかった。

「たしかにそうだけど」とシュゼット。「今夜はランドン公のお屋敷で、社交シーズンの始まりをお祝いする舞踏会が開かれるでしょ。みなさんお揃いのはずよ。お姉さまたちは女同士のおしゃべりに精を出して、お金に困っている殿方がいないか探して。わたしはその相手に近づいて、こちらのいいなりになりそうなかたがいないか、調べるから」

「招待されている人しか入れてもらえないわよ。残念だけど、わたしたちは招待されてないの」クリスティアナは淡々と事実を告げた。

「招待されてるわよ。この耳で聞いたもの」シュゼットがいいかえした。

「いつの話？　あなたたちは今朝、ロンドンに着いたばかりでしょう？」

「ここに来る途中で最後に立ち寄った宿に、ランドン公ご夫妻も滞在なさっていたの」リサが嬉しそうに報告した。「すごく親切なおふたりで、テーブルをご一緒させてもらったの。

そのときにレディ・ランドンが、お姉さまとディッキーに招待状を送ったというお話をなさったのよ。そのうえ、わたしたちふたりも一緒に招待してくださるって」

「ランドン公爵の舞踏会のことなんか、なにもいっていなかったわ」夫の死体をちらりと見た。

「変な男」シュゼットはしかめ面で、姉の夫を睨みつけた。足も動かしていたが、途中で思いなおしたようだ。シュゼットのことだ、死体を蹴《け》とばそうとしたにちがいない。

「レディ・ランドンのお話では、明日の夜にはハモンド家の舞踏会もあるそうなの」とリサ。「出席者が多くて、かなり大きな舞踏会だそうよ。そこにもお姉さまは招待されているはずだって。レディ・ハモンドとは仲がいいみたいで、わたしたちも一緒に招待されるよう伝えてみるといってくださったの。二日あれば、なんとかお相手が見つかるでしょう。そうすれば、お姉さまもディッキーがベッドで死んでいたと発表できるし」

クリスティアナはまじまじと妹を見た。「ねえ、もう死んでいるのよ。わかってる、リサ？　二日もたったら……」そのまま言葉を濁した。あまりにおぞましくて、臭くなるとは口にできなかった。

「寝室の窓を開けて、冷たい空気を入れればいいのよ」すかさずシュゼットが提案した。「そうすれば、腐敗を遅らせることができるでしょ。そうそう、氷室から氷を運ばせてまわりに置いても……」

「なんてことを！」あまりのいいぐさに自分の耳を疑った。「信じられない。ディッキーは人間よ。肉の塊じゃないのよ」

「でも、最低の男だったじゃない」シュゼットがずけずけと指摘した。「ちょっと見ただけでも、かなりひどい仕打ちをしていたようだし」

「そもそも、お父さまが賭博を始めるきっかけを作って、こんなことになったのはだれのせい？」リサも静かに言葉を添えた。

反論もできず、必死に考えた。床に倒れたままの夫から、不安そうなリサ、続いてシュゼットの必死な顔を見た。拳を握りしめる。「二日だけよ。それ以上の危険はおかせない」

「わかった」シュゼットは安堵《あんど》のため息を漏らした。

クリスティアナは思わずかぶりを振った。「どうかしているわ」

「頭のおかしいマディソン家三姉妹」シュゼットはにやりとした。

クリスティアナは笑えなかった。どうやって夫を寝室に引きずりあげるかを考えるのに忙しかったのだ。それに召使たちはもちろん、二十四時間一緒といっても過言ではない従僕を遠ざけておく方法も考えなくてはならない。問題はそれだけではない。氷で冷やしたとしても死体は腐っていくのに、どうやってにおいを抑えればいいのだろう。そのうえ招待状を見つけだして、ふさわしいドレスを三人分あつらえなくてはならない。

どうしよう。こんなことうまくいくはずがない。こんな無茶を考えること自体、頭がおかしくなっている証拠だ。

「足を持って、リサ」

驚いて振り向くと、妹たちが夫の頭と足を持ちあげようとしていた。「なにをしているの？」

「ベッドまで運ばないとまずいでしょ」シュゼットの冷静な声。「廊下にだれもいないか、確かめて」

「でも……」

「早く！」シュゼットは肩の下に手を入れて夫の上体を起こした。

クリスティアナは我慢できずに、腰に手をあてて呼びとめた。「ねえ、ちょっと待って。たしかにこの一年、ディッキーからはあれこれ指図されてたけど、それはわたしの夫だったから仕方ないと思っただけよ。ディッキーが死んでしまったのなら、もうだれにも命令される覚えはないわ」

リサは持ちあげた夫の足をどしんと床に落とし、慌ててそばにやってきてぽんぽんと腕を叩《たた》いた。「ねえ、クリスティアナ、シュゼットは命令しているつもりなんてないと思うわ。みんな、ちょっと気が動転しているのね」

クリスティアナはぐるりと目をまわした。リサは昔からこういう役まわりで、喧嘩にならないようにあいだに立って調整するのが得意だった。かぶりを振って、ちらりと夫に目をやる。彼はかなり体格がいいので、素早く移動させるのは難しいだろう。「こんなやり方じゃ無理よ」

「どういう意味？」シュゼットが持ちあげた上体を落とした。

夫の頭がかたい床にぶつかりゴトンとすさまじい音がして、思わず耳をふさぎたくなった。

「いま廊下にだれもいなくても、二階に運んでいるあいだにだれかが通るかもしれないでしょ。そうしたら、なんて言い訳すればいいの？」

シュゼットは眉をひそめ、うんざりした顔で夫を見下ろした。「この男は死んでも厄介者ってわけね」

突然クリスティアナは、なんだか笑いたくなってきた。これをきっとヒステリー状態というのだろう。笑いたくなる理由などひとつもないのに。そこでもう一度夫を見たら、横たわっているじゅうたんが目に入った。そのとき、ぴんと名案が閃《ひらめ》いた。「じゅうたんにくるんで二階に運ぶのよ。それならだれかに会っても、怪しまれずに済むんじゃない？」

「ぐるぐる巻きのじゅうたんを引きずってるのだって、結構怪しいわよね」シュゼットが口をとがらした。

「薔薇の部屋は冷えるからと説明すればいいわ。シュゼットはそこに泊まるのよ。じゅうたんがあれば寒くないだろうから、ちょうどいいわね」これで大丈夫とうなずいた。自分で問題を解決するのは驚くほどいい気分だった。なにをしてもうまくいかなかった結婚生活とも、これでお別れだ。

「いいかもしれないわね」リサが静かにいった。

「大丈夫よ」とクリスティアナ。「さあ、じゅうたんで巻くのを手伝って」

三人で力を合わせて、夫をじゅうたんでぐるぐる巻きにした。

「これからどうするの？」顔を見合わせたところにシュゼットが尋ねた。

「二階へ運ぶのよ」クリスティアナはきっぱりと答える。「シュゼット、あなたはここを持って。リサは真ん中。わたしはこっちの端を持つから」じゅうたんの横にひざまずいて、妹たちを待った。「いち、にの、さん、で持ちあげるわよ。はい！　いち、にの、さん！」

最後のかけ声はほとんどどうなり声のようだった。じゅうたんをしっかりつかみ、なんとか立ちあがった。

「うわぁ、すごく重いのね」そろそろとドアに向かって歩きだすなり、リサがこぼした。

「じゅうたんのおかげで、よけい重くなってるからね」ドアの手前で足を止めると、シュゼットはハアハアと息を切らしていた。

同感とつぶやいただけで、全身の力を振りしぼってじゅうたんを支え、片手で急いでドアを開けた。じゅうたんがずり落ちそうになったが、ぎりぎりつかむことができてほっとしたとたん、執事のハーヴァーシャムがこちらに歩いてくるのが見え、慌てて立ち止まった。

急に止まるとは思っていなかったふたりが、後ろで小さく舌打ちする音が聞こえた。そのせいでバランスをくずしたのか、さらに重くなった気がするじゅうたんを落としそうになった。なんとか持ちなおして振り向くと、リサはすっかり手を離していたが、まるで視線を感じたかのように慌てて持ちなおした。

クリスティアナはため息をつきながら前を向き、目の前のハーヴァーシャムに微笑みかけた。早くなにか言い訳しないと。執事のなかの執事ハーヴァーシャムは、三人の女たちが重いじゅうたんを引きずっているのを見ても、瞬《まばた》きひとつしなかった。

「お手伝いいたしましょうか、奥さま」ハーヴァーシャムはうやうやしくお辞儀をしながら尋ねた。

「い、いえ、大丈夫よ」クリスティアナは慌てて答えた。「じゅうたんを暖めるために、ディッキーを上に連れていくだけだから。あ、ちがった！　じゃなくて、部屋が寒くないように、ディッキーのじゅうたんを上に持っていくだけなの」なんとか普通の声で説明できたような気がする。うそをつくのに慣れていないので、よけいなことまでしゃべってしまった。「ほら、来客用の薔薇の部屋よ。あそこはとても寒いでしょう。シュゼットにはあの部屋に泊まってもらうつもりだから、じゅうたんが必要だと思って。ディッキーは寒くないから。実は熱があるのよ。熱のせいでしばらく寝こむだろうから、じゅうたんは必要ないわよね」

必死でまくしたてたのに、背後から大きなため息が聞こえてきた。どうせシュゼットだ。下手くそな言い訳だと思っているのだろう。もう、うんざり！　昔からいつもこうだった。でも、あからさまに舌打ちするのはもう許さない。結婚したら、そんな態度は許されないということを教えてやらないと。

「さようでございますか。では、あとで運ばせましょう」ハーヴァーシャムは静かに答えた。

「いいえ！」言葉が勝手に飛びだした。落ち着けと自分にいいきかせる。「ほかにお願いしたいことがあるの」

ハーヴァーシャムは礼儀正しくうなずいた。「なんでございましょう」

「なにが？」

「わたくしにやらせたいご用のことでございます、奥さま」ハーヴァーシャムは辛抱強く説明した。

まるで頭の悪い子どもにいいきかせているようだ。だが自分でも本当の間抜けになってしまったような気分だから、執事を責める気にはなれない。クリスティアナは昔から隠しごとが苦手だったのだ。仕方ないのでなにか用事を考えることにした。

「鶏を買ってきてほしいの」

ハーヴァーシャムは眉を上げた。「鶏でございますか？」

「ディッキーのためよ。ほら、熱があるから」執事に思いださせた。「チキンスープが一番だっていうでしょう」

「はい、そうでございます」執事は重々しくうなずいた。「ではわたくしが二階にまいりまして、旦那さまのお着替えをお手伝いしたほうがいいか、うかがってまいりましょうか？

従僕もやはり体調がかんばしくないようで、お手伝いできないそうでございます」

「フレディも病気なの？」かえって好都合だった。夫のそばから召使を遠ざけておく問題が解決できる。

「かなり悪いようですので、数日は仕事ができないかもしれません」執事はまじめくさった顔で続けた。「もちろんそのあいだは、わたくしがかわりに旦那さまのお世話をいたします」

「そんなの駄目よ」思わず即答してしまった。「つまりね、ディッキーも病気だから、着替えの手伝いは必要ないと思うの。しばらくは起きられないでしょうし」

「さようでございますか」ハーヴァーシャムはうなずいた。「かしこまりました。だれかに鶏を買いに行かせましょう。あとはご自由に」

「ええ、そうしてちょうだい」クリスティアナはほっとため息をつきながら、執事の姿が厨《ちゅう》房《ぼう》へ消えるのを見届けた。「さあ、行くわよ」とかけ声をかけ、そのまま歩きだした。

「ああ、よかった」後ろからシュゼットのため息が聞こえた。「どうなることかと思ったわ。それにしても、お姉さまは本当にうそが下手よね」

内心ではむっとしたが、いまはつべこべいっている場合ではなかった。一刻でも早く重たい荷物を下ろしたかったのだ。階段の上までたどりついたころには、三人とも汗だくでへとへとだったが、そのままがんばって寝室に向かった。階下とおなじ要領で夫の寝室のドアを開けようとしたら、隣の部屋のドアがばたんと開いた。

驚いて振り向いた拍子に、腰で支えていたじゅうたんが床に落ちた。そのうえ今度はそれを止める暇はなかった。さらに悪いことに、残る二人も驚いて手を離してしまったので、じゅうたんがごろごろと勝手に広がり、夫の死体が丸見えになった。

四人の女たちは転がりでた死体を見下ろした。メイドのグレースがつぶやいた。「ついに殺してやったんでございますね、奥さま。よくぞいままで辛抱なさいました」

「レディ・ラドノー、シュゼットさんだけはお父さまの栗色の髪を受けついだようだけど、あなたがた三人とも、お母さまとよく似ていらっしゃるわ。お嬢さんがたがこんなに美しく成長なさって、さぞ、天国のお母さまはご自慢でしょうね」

「ありがとうございます、レディ・オリヴェット」クリスティアナは口をピクピクさせながらなんとか笑みを浮かべた。ひと晩中、ずっと微笑みどおしのせいだ。去年一年間よりも多く笑っている気がする。しかしものごとが好転していきそうな予感で、なにもかもが輝いて見えた。結婚してから、こんなにうきうきしたことなど一度もなかった。

ランドン公の舞踏会では新たに手に入れた自由をめいっぱい謳歌《おうか》し、既婚女性たちとおしゃべりにいそしんだ。計画どおりシュゼットのダンス相手の噂話《うわさばなし》に耳を傾けたが、それでも楽しむ時間はまだたっぷりとあった。これを人は幸せというのだろう。もう二度とだれかのいいなりにはならないとかたく心に誓った。そもそも、あそこまで夫に好き勝手されていた自分が不思議なほどだ。これまであんな扱いを受けたことはなかったたし、家族の支えや愛情を感じられなかったのも初めてのことだった。いわば、たったひとりで孤独な戦いをしていたのだ。しかし、それも過去の話となった。晴れて未亡人となり、妹たちも一緒にいてくれる。あとは、とことん楽しめばいいのだ。

「あら、音楽が終わるわ。シュゼットさんのつぎのダンスのお相手はどなたかしら？」レディ・オリヴェットは目をらんらんと輝かせた。

「ダンヴァーズさんだと思いますわ」クリスティアナは微笑んだ。レディ・オリヴェットは亡き母の親しい友人で、三人姉妹のこともすぐに見つけてくれ、あれこれ面倒をみてくれた。ロンドンにはまだ友人もいないだろうとわざわざ訪ねてくれたのに、夫から追いはらわれたことを考えれば、実に親切なご婦人だった。

「そうみたいね。ほら、ウィルスロップも近づいていったわ」とレディ・オリヴェット。

シュゼットのほうに目をやると、レディ・オリヴェットは続けた。「ダンヴァーズもウィルスロップもあまり変わりばえしないわね。まあ、ダンヴァーズは一応若くて見た目もいいけど。妹さんにはあんまりお勧めできないとお伝えしてね。経済的な問題を抱えていて、素行もかんばしくないという噂なの」

「伝えますわ」独身の若い女性たちとのおしゃべりに花を咲かせているリサの姿を探した。ダンヴァーズの情報はリサが探ることになっていた。シュゼットのダンス相手を半分ずつ分担し、気づかれないように探りを入れようと決めておいたのだ。いったいどの合図をシュゼットに送るのか、早く知りたくてわくわくした。しかしリサの姿は見つからない。そのかわり、ちょうど会場に入ってきたひとりの殿方に目がくぎづけになった。一年も一緒に暮らしていれば、ひと目で気づくものだと感心する。夫だった。しかも、生きている！　元気そうで、そのうえかんかんに怒っているようだった。

「ラドノー伯爵！　ご病気だから今夜はいらっしゃれないと奥さまからうかがいましたが、すっかりお元気になられたようですね」

リチャード・ラドノー伯爵はその声に振り向き、今夜の主催者ランドン公爵の姿に気づくと微笑んだ。しかし、かけられた言葉の意味は素早く頭のなかを駆けめぐった。

「か、家内ですか？」リチャードは親友ダニエル・ウッドロー伯爵に目で尋ねた。リチャードの命を救い、ここまで連れてきてくれたのもダニエルだったが、当人は肩をすくめただけだった。

「そうですとも」ランドン公は明るく答え、あたりを見まわした。「奥さまもいらしてくださいましたよ。妹さんたちと一緒に。ほら、あそこに」隅に集まっている女性たちをにこやかに指さした。

年配の女性たちにかこまれている小柄なブロンドの女性を見た。女たちはおしゃべりに余念がないが、妻だというその女性が話を聞いているのかどうかは疑問だった。というのも、その目はおそろしいものでも見るように、自分にひたと据えられていたからだ。リチャードは眉を上げ、ゆっくりと妻だという女性を観察した。自分の好みよりもかなりやせぎすだし、顔色も悪く、特に美人とも思えなかった。

「繰りかえしになりますが、奥さまからは、臥せっているから今夜は出席できないとうかがっていたんですよ。でもお元気そうでなによりです。奥さまはあなたがいらしたのを見て、驚いた顔をなさっていますね」ランドン公がリチャードに向きなおった。

「そのようです」

ランドン公の顔からにこやかな笑みが消え、彼は顔つきを引きしめた。「今夜お会いできて本当に嬉しく思っています。弟さんが亡くなられてから、ずっとこもりっきりでしたからね。また社交界に顔を出すのはいいことだと思います。みんな、ラドノー伯爵がいなくて寂しい思いをしていたんですよ」

「ありがとうございます」リチャードは小声で答えた。おかしなことに感傷的な気持ちになっていた。

ランドン公は励ますようにリチャードの背中を叩き、咳払いをしてあたりを見まわした。「さて、ほかのお客さまにもごあいさつにまわらなくては。奥さまにお元気な姿を見せてあげてください。かなり重症だと思ってらしたようですね。あんなに驚いて」ランドン公は笑った。「ちょっと演技が大げさすぎたのではないですか？　今度、こっそり奥さまの目を盗んで出かけたいときは、鼻を鳴らすか、咳をするくらいにしておくべきですね。あれではお気の毒ですよ」ランドン公は笑いながらもう一度リチャードの背中を叩くと、人混みのなかに姿を消した。

「驚いたな」ダニエルはまじめな顔でいった。「おれは自分の屋敷にこもっていて、おまえの手紙を読むまで社交界や噂話には縁がなかった。それからは、おまえを探しにアメリカへ渡る準備で忙しかったし」

ブロンド女性から目を離さずに、リチャードは黙ってうなずいた。その場で石になってしまったように、悪魔かなにかを見るような目でこちらをじっと見つめている。その顔は蒼白《そうはく》で、恐怖におののいていた。

「どうする？」とダニエル。「ジョージが強欲で残酷な詐欺師なのはまちがいないが、奴《やつ》がここに現われないのなら、対決することもできないな」

ダニエルのいうとおりだと、リチャードは眉をひそめた。

「さらに悪いことに、おまえがここに現われたとジョージが知ったら、不意打ちする強みが完全に失われてしまう。おまえが生きているのがばれたら、どんな手を使ってもおまえの口をふさごうとするはずだ。奴は……おい、どこに行くんだ、リチャード？」

リチャードは途中でウイスキーのグラスをもらい、妻を自称している女性に向かって歩いていった。その恐怖に駆られた様子から、なにか複雑な事情がありそうな予感がした。こうなったら、なにもかもすべてを知りたかった。事実を知ることは最高の武器になるはずだ。「ねえ、クリスティアナ。リチャードはご病気じゃなかったの？」リチャードが近づいていくと、年配の女性がささやいた。

「ずいぶんとお元気そうに見えるけど」その隣にいた女性がじろじろとリチャードを観察した。クリスティアナと呼ばれた女性は、水から飛びでた魚のように息もつかずにこちらを見ている。

おしゃべりしている女性たちを眺めていると、その表情になにか感じるものがあったのか、飲み物や友人を口実にひとりふたりと姿を消し、そのうちクリスティアナのそばにはだれもいなくなった。リチャードが近づくと、クリスティアナの目はますます大きく見開き、いまにも顔から飛びださんばかりになった。しゃべることもできず、血の気のない顔でただこちらを見つめるばかりで、ばったり倒れるか、その場で死んでしまうのではないかと心配になってきた。

眉をひそめ、リチャードはウイスキーのグラスを差しだした。「驚いているようだが、これを飲めば、すこしは気分がよくなるだろう」

すこしなめる程度かと思っていたら、グラスを受けとって水のようにごくごく飲んでしまったので、今度はリチャードが驚いた。ただ効果は抜群で、真っ青な顔に血の気がさし、別人のように魅力的になった。最初は驚いた顔をしていたが、すぐにゲホゲホと激しく咳《せ》きこんだ。

リチャードは顔をしかめながら空のグラスを受けとると、クリスティアナの背中を叩いた。

「飲む前に、ひと言忠告すべきだったね」

その言葉に怯《おび》えたのか、急に身体を起こし、汚いけだものを見るような目でこちらを見た。

「あなた、生きていたのね」ウイスキーのせいで声はかすれていたが、そこには隠しきれない嫌悪感がにじんでいた。

どうやらこの女性は事情を知っているようだ。どういうわけかリチャードは、彼女はなにも知らないのだと思いこんでいた。しかし自分の数分後に生まれた双子の弟ジョージが、人を雇って自分を殺させ、本人になりすまして爵位も財産も手に入れようとしたことは承知しているようだ。それが失敗したのがわかって、あんなに驚いていたのだろう。これまたどういうわけか、残念に思っている自分に驚いた。

「まだ生きているとわかっただけで、そんなに驚いているようじゃ、まだまだだね」リチャードは冷ややかに告げた。「とりあえず、思っていることが顔に出ないよう、気をつけたほうがいい」

「ち、ちがう、わたし……あなた……」クリスティアナはしどろもどろになり、大きく深呼吸した。「ちょっと驚いただけなの。だって今夜出かけるときは、死んでいたはずなんだもの。もう冷たくなっていたのに」

クリスティアナが自分のことをいっているのではないと気づき、リチャードは眉を上げた。ふたりが顔を合わせるのは初めてなのだ。では、だれが冷たくなっているのだろうか。まさか、ジョージが？

そのとき、そばで息を吞む気配がした。妻といわれている女性そっくりの若い女性がふたり、じっとこちらを見つめている。ひとりはブロンドで、もうひとりは栗色の髪だった。ふたりとも妻同様に、悪魔でも見るような目をしている。

「たしかに死んでたのに」ブロンドの声は恐怖におののいている。そしてクリスティアナに顔を向けて、さらにわけのわからないことをいった。「本当は死んでいなかったのね、クリスティアナ。あんなに氷漬けにしちゃったけど」

「氷のせいで、また心臓が動きだしたのよ！」栗色が苦々しく吐きすてた。ほかのふたりよりも冷静のようだ。「本当に残念！」リチャードは眉を上げた。

「シュゼット！」クリスティアナが叱《しか》った。リチャードの顔色をうかがうようにして、ふたりにささやいた。「ねえ、ちょっと外に出てみない？　リサはいまにも倒れそうだし、シュゼット、あなたも頭を冷やしたほうがいいわ。ダンスしすぎて、どうかしちゃったのよ」

「失礼」

ダニエルがふたりのあいだに割りこんで、それぞれの腕をとった。友が一部始終を見ていたようなので、リチャードはほっとため息をついた。一刻も早く、ラドノー伯爵と結婚したと思いこんでいるクリスティアナと話をして事情を把握し、弟の生死も確かめなくてはならない。氷漬けにした？　まさか。

「お嬢さんがたを外にお連れするから、おふたりで話をどうぞ」ダニエルはいやがるシュゼットとリサをぐいぐいと引っぱっていった。肩越しに振りかえり、いわずもがなの忠告をした。「ふたりきりになれる場所で、ゆっくりと話したほうがよさそうだな」

近くで耳をそばだてたり、じろじろ見たりする野次馬がいない場所はないかと考えた。リチャードは口をかたく結んだまま、妻とおぼしき女性の腕をとり、ダニエルがふたりを連れていったのとは反対の方向に歩きだした。

ふたりと同様、クリスティアナもいやいや引きずられていった。ふたりはまわりの注目を集めるのをいやがっていたようだが、妻とおぼしき女性はそんなこと気にもしていないようだ。すぐに足を止めて頑として動かず、まわりが目を瞠るほど邪険にリチャードの手を振りはらい、腰に手をあてて彼の顔を睨みつけた。リチャードはこの場にいたたまれず、クリスティアナを無理やり引きずってでも逃げだしたくなった。

まわりを見まわすと、すでに充分すぎるほど注目を集めていた。眉をひそめてクリスティアナに顔を向け、有無をいわさぬ口調で告げた。「どこか、ふたりになれるところで話そう」

「いやよ」

リチャードはにべもない返事に驚いた。「いや？　しかし――」

「結婚していたこの一年というもの、あなたのお話はもう充分うかがったと思うの」クリスティアナは顔をしかめた。「これからは、おとなしい従順な妻でいるつもりはありませんから。だれもいない部屋に連れていかれて、こっぴどく叱られるなんてまっぴら。そうそう、つけ加えるなら、まだ帰るつもりもないの。だって生まれて初めての舞踏会なんだもの」

リチャードは精一杯、魅力的な笑顔を浮かべた。「きみを叱ったりするつもりはない。それに舞踏会が初めてなわけはないだろう」

「知っているくせに」

リチャードは信じられずにかぶりを振った。「結婚前には、華やかに着飾って、たくさんの舞踏会に行っただろう。きみは――」

「すべてわかっているのに、そんなことをいうのはやめて」クリスティアナは遮った。さっと顔を赤らめたと思うと、きつい口調でまくしたてた。「あなたがなんのお遊びをしているのかわからないけど、一緒に会場を出るつもりはないわよ」

リチャードは一瞬ためらった。どうして華やかな時期がなかったのだろう。そのせいで弟のジョージと結婚することになったのだろうか。しかし、そんなことはあとでいい。なにより大事なのは弟の生死だ。会場を出る気がないというなら、ここで邪魔が入らずに話をできる場所を見つけるしかない。まわりを見まわすと、ワルツが始まったようだ。とっさに決心すると、彼女に向きなおった。「それでは、ぼくと踊っていただけませんか?」

クリスティアナは目を細めた。「ダンスは嫌いでしょう。そういって、いつも舞踏会を断わっていたじゃない。結婚式の日すら、ダンスしなかったくせに」

しまった。ジョージが驚くほど不器用だったのを忘れていた。子どものころ、ジョージはどれだけがんばっても優雅に踊ることができず、ダンスの教師がついにはさじを投げてしまったのを思いだした。リチャードはなんとか笑みを浮かべた。「たしかに苦手なんだが、精一杯がんばってみるよ。それなら踊ってくれるかな？」

リチャードが差しだした手を、クリスティアナは蛇でも見るような目で睨みつけた。しかしひとつため息をつくと、仕方ないという顔で手をとった。「わかったわ」

気が変わらないうちに、急いでダンスフロアに連れだした。見るからにいやいやなのを隠そうともしないクリスティアナに、かえって興味がわいた。爵位も資産も申し分ないリチャードは女性によくもてたが、クリスティアナはろくに顔を見ようともしない。妻だというこの女性に、弟はどんなひどいことをしたのだろうか？

ダンスフロアの中央に出た。クリスティアナは彼の腕のなかで身体をかたくして、ぷいと顔をそむけている。しばらく待ってもまったく様子は変わらず、隙《すき》を見て逃げだしたいと考えているのはまちがいなかった。ついにリチャードは意を決して単刀直入に尋ねた。「どうやら、きみのご主人は亡くなったと思っているようだね」

こうして口にしてみると珍妙きわまりない質問だが、クリスティアナは〝きみのご主人〟

と表現したことに気づかなかった。ぎょっとした顔をこちらに向け、どう答えたものか悩んでいるようだ。だが正直に答えると決めたようで、またぷいと顔をそむけた。「そうとしか見えなかったの」

「亡くなったけど、舞踏会に出席したんだね」慎重に言葉を選んで続けた。

さすがに恥ずかしかったのかクリスティアナの首もとが染まったが、こちらに向けた顔は怒りに燃えていた。「じゃあ、どうすればよかったの？ 喪に服している場合じゃないんだもの。シュゼットはいますぐ結婚相手を見つけなくてはいけないし、それもすべてあなたのせいでしょう。お父さまを賭博場に連れていったんですって？ また賭博の借金で破滅寸前らしいわ。シュゼットが結婚相手を見つけて、持参金を借金の返済にあてるしかないのよ」クリスティアナの顔が苦しそうに歪《ゆが》んだ。「また前回とおなじことになるとわかっていて、どうしてあんなところへお父さまを連れていったの？」

リチャードは答えられなかった。どうして弟がそんなことをしたのかは理解できないが、どうせなにか金が絡んでいるのだろう。しかしクリスティアナの家族を破滅に追いこむと、どうジョージの利益につながるのかはわからない。また前回クリスティアナの父親になにがあったのかは知らないが、だいたいのところは見当がついた。ため息をついて、静かにこういうしかなかった。「すまない。前回のことを思えば、お父上をあそこにお連れするべきではなかった」

クリスティアナは夫の言葉に驚いた。これまでになく誠実さが感じられたからだ。足がもつれて倒れそうになったが、リチャードがしっかりと抱きよせてくれた。

「大丈夫か」リチャードはクリスティアナの顔をのぞきこんだ。

うなずいて深呼吸したが、あまり効果はなかった。今日はいろいろなことがありすぎた。朝食のあとはなにも口にしていないし、さっきのお酒がいまごろ効いてきたようだ。頭がぼうっとして、なんだかいい気分だし、もうなにも考えられそうにない。そのうえこんなに身体を寄せて踊っていると、夫の香りはくらくらするほど濃厚で刺激的だった。ずっとこの香りに包まれていたい。こんなにそばへ寄ったことはないので、これまで気づかなかった。

「クリスティアナ？」

しぶしぶ顔を上げた。心のなかはもうしっちゃかめっちゃかだった。

「しかめ面をやめるとすごくきれいだね」リチャードはそのことに驚いたような声を出した。

クリスティアナはぽかんと口を開けた。結婚して以来、夫からほめられたのは初めてだった。あまりに珍しいので、驚いて息ができなくなってしまったほどだ。それとも、これはみんなお酒のせい？　たしかにお酒のせいで、この男の本性も忘れ、正装した姿がなんだかハンサムに見えてきた。もちろん、リチャードの見た目は非のうちどころがないのはわかっていた。男らしく整った顔立ちは文句のつけようがなく、つやのある短い黒髪はつい触れたくなってしまいそうだ。いままでも夫の外見に不満を感じたことはなかった。しかし、これまでになく気遣うような目をされると、ますます夫が魅力的に見えてきた。

「そんなふうに見つめられると、キスしたくなる誘惑に駆られるよ」リチャードがかすれた声でささやいた。

クリスティアナはますます目を丸くした。一瞬、キスしてほしいと思った自分に驚く。しかし相手は夫だと思いなおし、慌てて顔をそむけた。「困ったわ……」

「どうしたんだ？」夫が眉をひそめた。

「あなたがくれた飲み物のせいで、わたし、どうかしちゃったみたい」一年間さんざんこの男に苦しめられたというのに、こんなふうに胸をときめかすなんて、絶対お酒のせいに決まっている。それになんだか頭がぼうっとするし、きちんと考えられなくなっていた。そのうえ会場が急に暑苦しくなったようで、まともに息もできない。夫の腕のなかにいるからだろうか。まるで恋人同士のように身体を寄せあって、ステップを踏むたびにどこかが触れている。夫の片手は背中に、もう片方の手はにわかに汗ばんできたクリスティアナの手を握っていた。夫の香りが全身を包み、そちらに倒れこみたくなってきた。やっぱりあのお酒のせいにちがいない。

「外に出て、新鮮な空気を吸ったほうがいい」

「駄目よ！」間髪をいれずに答えた。それはまずいと本能的に感じる。すでに頭のなかがぐちゃぐちゃだ。人が大勢いるところでも、夫の近くにていてこんなに胸が騒いでいるというのに、頭上に星が瞬き、松明《たいまつ》の明かりしかない暗いバルコニーになど出たら……絶対に駄目。とにかく夫から離れるのが一番だと感じた。そうすれば、そのうちきちんと考えられるようになるだろう。しかし、それはワルツが終わるまで待つしかない。

「大丈夫か？」夫が顔をのぞきこんできた。「顔が真っ青だぞ。新鮮な空気を吸えば、すこしは気分がよくなるだろう」

思わずまじまじと夫の整った顔立ちを見つめた。まるで別人のようだ。いつもの作り物のような冷ややかな表情ではなく、優しく、思いやりのこもった表情を浮かべている。一年も一緒に暮らした男とは思えなかった。まさにこういう殿方と結婚したかったのだ。とうの昔にあきらめていたはずの、そんなことまで頭に浮かんだ。

「どうしてそんなに優しいの？」思っていることが口をついて出てしまった。「一度もそんなふうに優しくしてくれたことはないのに。どうしていまはちがう人みたいなの？」

夫はまるで殴られたように天を仰いだ。一瞬、怒りの表情がよぎった気がする。「この一年、そんな冷たい態度をとってきたなら謝る。これからのぼくはちがうということだけ覚えておいてくれ」ふと視線をそらし、つらそうな顔になった「いまはまだきちんと説明はできないが、これからは別人になると誓うよ。きみを守り、この一年の埋めあわせをするためなら、なんでもしてみせる」

クリスティアナはぽかんと口を開けて夫を見た。この一年というもの、そんな言葉をいわれてみたいとずっと思っていたのだ。まさに夢に見ていた言葉だった。まるで別人のような夫に、頬をつねってこれが夢ではないと確かめたくなった。だが夫にさらに引きよせられて、まだまだダンスは続く。夫のリードに合わせて踊りながら、内心ではますます混乱していた。これは一年一緒に暮らした男ではない。だが自分が結婚したのはこの人のはずで、愚かにもいまの言葉に希望がふくらんでしまった。きっと、どうしてあんなに冷たい態度をとったのかも説明してくれるだろう。もうあんな目に遭うことは二度とないのだ。もしかしたらこれは理想の結婚だったのかもしれない。

それとも勘違いしているだけ？　これはただのぬか喜びで、結局はやはり夢だったということになるの？　また不安になってきた。まあ、いずれにしてもたいしたちがいはない。夫が生きていることだけはたしかなのだ。つまりいまのところは、これからは希望に満ちた日々が始まると夢見ていればいい。

気づくと夫の手がなだめるように背中を撫でていて、クリスティアナは気もそぞろになってきた。なにをたくらんでいるのかと疑ったが、そのうち自分に驚いてしまった。その手つきになだめられるというより、背中から首にかけてぞくぞくしてきたのだ。いったいどうしたのかと途方に暮れ、思わず身体を離したら人にぶつかってしまった。

リチャードがまた引きよせてささやいた。「すまない。ダンスは久しぶりなんだ。リードが下手くそだな」

彼女は肩越しに振り向いてぶつかった相手に謝り、また夫に顔を戻した。ぶつかったのはわたしのせいなのに、夫は自分を責めている。こんなことも初めてだった。これまでの夫はけっして自分の非を認めなかった。事実、なにも悪くなくてもすべてがクリスティアナのせいにされたのだ。

「ちがう、わたしのせいよ」素直に謝った。

夫は顔を寄せ、おもしろがっているような声でささやいた。「ぼくのダンスの教師なら、絶対そうはいってくれないな。すべては男の責任だ。相手をきちんとリードするのが男の役目だというのが口癖だったからね」

クリスティアナは驚いて口をつぐんだ。いったいどうしちゃったんだろう。夫の態度ががらりと変わったせいなのか、耳もとでささやかれ、息が耳たぶにかかると、全身に震えが走るのだ。さっき人にぶつかってからさらに引きよせられたこともあって、急に夫の近さが気になってきた。ぴたりと身体がくっつき、ステップのたびに脚や腰が触れる。夫の手が背中の下に滑ると、なんだか肌が粟立《あわだ》つようだ。初めての奇妙な感覚にとまどい、それと同時にもっときつくしがみつきたいとも思った。もっと下のほうを触れられたら、もっと腰をぴったりと合わせたら、いったいどうなってしまうのだろうと不安になった。

プロポーズされたときでさえ、こんなふうにはならなかった。クリスティアナは自分のことがわからなくなってしまった。

リチャードは腕のなかの女性をちらちらと盗み見た。どうやらクリスティアナはジョージの悪行をまったく知らず、夫だと思って暮らしていた男が実は詐欺師だとは、まるで気づいていない様子だった。そのうえ、一年の偽りの結婚生活はけっして幸せなものではなかったようだ。弟はひどい態度をとっていたらしい。クリスティアナはいわば自分とおなじく弟の犠牲者だが、そのことを公表するのも忍びなかった。結婚が合法ではなく、ジョージに騙《だま》されていたのが明るみに出れば、大変な醜聞《スキャンダル》になるだろう。

そう思うとまた怒りがわきあがり、なにがなんでも守ってやりたくなった。クリスティアナにはなんの落ち度もないのだ。ただ誠実に結婚しただけなのに、このままでは醜聞にまみれてしまう。なにか手を打たないと。

リチャードは彼女の困っているような顔を見つめた。さっきはあまり好みのタイプではないと思ったが、本当にそうだろうか。最初に会ったときは彼女があまりに驚いていたので、その印象が強すぎたのだろう。一緒に踊っているうちに、クリスティアナはどんどん魅力的になってきた。さきほど怒りを爆発させたせいか、頬はほんのりと染まり、目がきらきらと輝いている。父親を賭博場に連れていったと責めたときの苦しそうな表情を思いだすと、きつく抱きよせて慰めたくなった。いまはなにかに動揺している様子だが、頬を赤らめ、下唇を噛んでいるのがかわいらしい。こうして腕のなかでゆったりと力を抜いていると、最初にダンスフロアに連れだしたときとは別人のようだ。そこがまた魅力的だった。もっとちがった状況になれば、どう変化するのだろう。たとえばベッドでは？　紫がかって見える青い瞳が欲望に燃え、枕に美しいブロンドの髪を広げるのだろうか。

あれこれ思いをめぐらしながら、知らず知らずのうちにヒップまで手を下ろし、彼女をきつく引きよせていた。クリスティアナは逃げだささなかったが、はっとして身体を震わせ、ぴたりと密着したふたりの腰のあたりに視線を落とした。ふたりはほぼ同時に、そこにかたく大きなものがあるのに気づいた。知らないうちに興奮していたようだ。

「あなた？」

吐息をつくような物憂げな呼びかけが微笑ましく、彼はわざと耳に息がかかるようにしてささやいた。「どうした？」

「あ、あの」そっと耳たぶを噛むと、声が震えた。「お、思ったの……」

「なにを？」もう一度耳たぶを優しく噛んで、伝わってくる震えを楽しんだ。ますます、かたくなるのがわかる。

「音楽が終わったみたい……」クリスティアナは押し殺したような声でささやき、リチャードの肩にかけた手に力をこめた。

リチャードは噛んでいた耳たぶを離し、足を止めてあたりを見まわした。たしかに音楽は終わっていて、ダンスフロアからほとんど人がいなくなっていた。彼が視線を戻すとクリスティアナは唇を噛み、真っ赤になっていたが、腕のなかから逃れようとはしなかった。思わずその唇を自分の唇で噛んでみたくなった。もう一度、空気を吸いにバルコニーへ出ようと誘おうとしたら、すぐ横に男が現われた。

「つぎのダンスをお約束してあります」

どこか見覚えがあるとぼんやり眺めているうち、だれだか思いだした。ロバート・メイトランド・ラングリー卿。おなじ学校に通い、当時は仲のいい友人だったが、卒業後は疎遠になっていた。しかし、いまこちらを見つめるロバートの視線は、友好的とはいいがたかった。

「ああ、そうね。すっかり忘れていたわ」クリスティアナは慌てたように甲高い声で答え、するりとリチャードの腕から逃れてロバートの横に立った。リチャードはつい引きとめそうになったが、なんとか我慢した。ロバートがつぎのダンスの相手なら、彼と踊らなくてはならない。そうしないのは最大の無礼だとされていた。

リチャードは堅苦しくうなずき、ふたりが離れていくのを見つめるしかなかった。ロバートと踊りだすと、クリスティアナは明らかにほっとした様子を見せ、リチャードは眉をひそめた。安心しきった顔で微笑んでいるのを見て、どういう関係なのかと気になった。驚いたことに、ちくりと嫉妬《しっと》の思いが胸を刺す。馬鹿馬鹿しい。低くつぶやくと、フロアをあとにした。なんでもない。ただ、守ってやりたいと思っているだけだ。彼女のことはなにも知らないのだから。

「助けてほしそうに見えたから」

ロバートのリードで踊りながら、クリスティアナは弱々しく微笑んだ。ロバートのいうとおりだった。悪魔のような夫の虜《とりこ》となって、経験したことのない奇妙な衝動と戦っていた。事実、バルコニーに出て新鮮な空気を吸いたいと口走ろうとしていたところで、ロバートが現われてはっと正気に返ったのだ。問題は、本当に望んでいたものは新鮮な空気などではなかったことだ。バルコニーで夫の腕に抱かれ、キスをしてもらいたかった。あんなお酒のせいで、頭までおかしくなってしまったにちがいない。これまで夫に対してこんな感情を抱いたことはなかった。結婚式の夜でさえ。

「そうなの、助けてほしかったの。ありがとう」クリスティアナは小声で答えた。気づくと夫がダンスフロアの端から、燃えるような瞳でこちらを見つめていた。身体をなめるように動くその視線が、実際に熱く感じられる気がして、慌ててロバートに顔を向けた。

「それにしても驚いたな。こうしてきみと踊れる日が来るなんて、本当に嬉しいよ」

ただ黙ってうなずいた。たしかに夫は舞踏会に行かせてくれなかった。しかし今夜のことは、いくらロバートでもどう説明すればいいのか見当もつかない。なにより数分前に起こったことですら、自分でも解釈のしようがないのだから。あれほど憎んでいたはずの夫に、一緒に踊っただけで欲望を感じたなんて、とても正気の沙汰とは思えない。

空腹時に飲んだお酒と、今日の出来事で疲れきっていたせいで、混乱しておかしくなっているにちがいない。クリスティアナはそう結論づけた。そう、疲れているだけだ。まさに神経を磨《す》りへらした一日だったし、ようやく舞踏会にたどりついたと思ったら、そこへ夫がぴんぴんして現われたのだから。夫の目を離れて、その言動をいちいち気にしない自由を楽しみはじめたとたん、やはり夫は生きていると判明し、そのうえこれまでになく急激に惹《ひ》きつけられてしまったのだ。プロポーズされているときでさえ、こんな感情を覚えたことはなかった。キスされたいとか、もっときつく抱きしめられたいなど、一度も思ったことがなかったのだ。いまになれば、当時の殿方に対する感情など、女というより子どもの夢物語に過ぎなかったとわかる。毎日のように愛を語る花が届けられ、この幸せが永遠に続くと幼稚な夢を抱いていたものだった。しかしさっき踊っていたときに感じた魅力は、もっと生々しくて肉感的で、すこしおそろしくなるほどだった。こんな経験は生まれて初めてだ。結婚前の夫は優しかったけれど、結婚したとたんに思いやりや気遣いを見せることはなくなった。だが今夜の夫はなにかが決定的にちがう。死にかけたせいで変わったのだろうか。それなら、これからはずっと優しい夫でいてくれるということなのだろうか。

「クリスティアナ、リチャードはなにか印象が変わったな」

目をぱちくりさせ、驚いてロバートを見つめた。まるで心を読まれてしまったようだ。

クリスティアナがなにか答える前に、ロバートは続けた。「この一年ずっと感じていたんだが、学生時代とはまるで別人みたいだ」

クリスティアナは眉をひそめた。ちがうというのは、今夜のことだけをいっているのではないようだ。「どうしてそう思うの？」

「この数カ月、きみに三度会いに行ったが、いつも追いかえされたのを知っているか？」

申し訳ない思いで顔をしかめた。「二回追いかえされたと聞いているけど。今朝、そのことを知ったばかりなの。ごめんなさい。家族同然のロバートにそんな仕打ち、信じられない……」

「それはいいんだ」ロバートが遮った。「問題は、ぼくが知っているリチャードは、そんなことをするような最低な男じゃなかったんだ。どちらかというと、弟のジョージはまさにそういうタイプだったけどね」

いきなり夫の弟の話になったのでとまどった。夫の数分あとに生まれた双子の弟ジョージは、クリスティアナが結婚する数カ月前に火事で亡くなっていた。首を傾《かし》げて尋ねる。「いったい、なんの話？」

ロバートはしばらく黙っていたが、そのうち決まり悪そうに口を開いた。「なあ、リチャードには痣《あざ》があるか？」

クリスティアナは眉を上げた。「見たことないわ。どうして？」

顔をしかめてうなずいた。「彼は、左の尻に小さな苺《いちご》のような赤い痣があるんだ」

自分の顔が赤くなるのがわかった。「あの、あるかもしれないけど、服を脱いだところを見たことがないから」

「脱いだところを見たことが――」ロバートは途中で言葉を途切れさせた。自分がなにを聞きかえそうとしていたかに気づいて、顔を赤らめている。

クリスティアナも自分がゆでだこのように真っ赤になっているのがわかり、だれかに聞かれていないかとあたりを見まわした。さいわい、ダンスフロアのなかでも比較的人のいない場所に移動していたので、会話が聞かれる心配はなさそうだった。顔をしかめてつぶやいた。「話題を変えたほうがよさそうね。こんなこと、だれかに聞かれたら――」

「たしかにそのとおりだ」ロバートは小声で答えた。「ぼくたちは一緒に育ったようなものだが、こんな話をすることになるとは思わなかった。しかし重要なことなんだ。信じてくれ。ぼくが正しければ、クリスティアナの身にも危険がおよぶかもしれないんだ」

眉をひそめ、きょろきょろとあたりを見まわした。「わたしの前で服を脱いだことはないの」

「結婚式の夜は？」

「あの夜はタイも緩めなかったわ」なぜこんなことを訊《き》かれているのか、まったく理解できなかった。「どうして痣があるなんて知っているの？」

「学校の裏に湖があって、よく仲間たちで泳ぎに行ったんだ。当然、裸でね。そのなかにリチャードもいた。それより本当にタイもとらなかったのか?」

クリスティアナは怒ったようにかぶりを振った。顔は燃えるように熱いし、こんな話は早く終わりにしたかった。どうしてロバートはこんなことにこだわるのだろう。

「結婚式のあとは?」ロバートはしつこく続けた。

「ずっとそうなの」蚊の鳴くような声で認めた。このことでは、ずっと身の置きどころがない思いをしてきた。自分に魅力がないので、夫は結婚した翌日から寝室を訪れてくれなくなったのだと。夫が急に冷たくなったのもそのせいではないかと、何度となく考えた。普通ならばそういうことを娘に教えるのは母親の役目だが、残念なことに早くに亡くしたため、ベッドのことについてはまったく無知のまま結婚した。だからことが終わるまで、横たわったまま息を殺していたくらいだ。あっという間のことだったので、ほっとした覚えもある。もしかしたら、どうすればいいのかくらいは知っていたら、全然ちがっていたのだろうか。

あるいは、今夜ダンスのあいだに感じたようなことが、あのころに起こっていたらよかったのに。今夜だったら、丸太のように動かないなんてありえないはずだ。夫に触れ、キスをして、思いつくかぎりのことをしたいと思ったのだから。

「痣があるかどうか、確認できないか?」ロバートの低い声に、クリスティアナは長い物思いから覚めた。

ついしかめ面になった。「あまり気が進まないわ」

「いや、べつに、その……」ロバートは口調を変えた。「ほら、着替えているときなら、簡単に痣を確認できるだろう。着替えならしょっちゅうするわけだし」

それを聞いて思わず鼻にしわを寄せた。夫は許可なく部屋に入っていくと激怒するのだ。

「とても重要なことなんだ」ロバートは念を押した。

クリスティアナは黙ってロバートをちらりと見た。「つまり、痣がないと思っているのね。それって、本人ではないということでしょ？　まさかジョージだなんて、いくらなんでもありえないわよ」

ロバートはつらそうにうなずいた。「実は、最初に訪ねて追いかえされたときから疑っていたんだ。二度目のときにまちがいないと確信した」顔をしかめて続けた。「きみがプロポーズされているときに、そばにいなかった自分が許せない。本当に彼がジョージで、当時ぼくがそばにいたなら、すぐに気づいただろうに。そうすれば、きみがこんな目に遭うこともなかった。ぼくは……」

「お父さまが危篤だったんだもの。最期のときはそばにいてあげないと。ねえ、そのことで自分を責めないで。ディッキーと結婚すると決めたのはわたしなのよ」きっぱりと答えた。

「ディッキーか」その名を口にするのもつらそうだった。「リチャードはそう呼ばれるのが嫌いだった。そう呼ぶのはジョージだけだったんだよ」

ついきょとんとしてしまった。ディッキー、いや、ディッキーだと思っていた男が、自分のことをそう呼ぶよう命じたのだ。クリスティアナ自身は、リチャードという響きのほうが好きだった。

「ジョージはいつも横柄な奴だった」ロバートはいやな顔をした。「学生時代も嫌われていてね。リチャードの弟だから仲間に入れてやったようなものだ。だからよけいにひねくれたんだろうな。人気者のリチャードをやっかみ、父親の死後、双子の兄が爵位を継ぐのを苦々しく思っていたにちがいない」ため息をついて小声で続けた。「火事で死んだのはリチャードのほうで、それをいいことにジョージが入れ替わったのだと、ぼくは思っている」

彼女はかぶりを振って、反論した。「でも、そうだったとしたら、ジョージが彼のふりをする必要はないじゃない。黙っていても、すべてが自分のものになるんだから」

「たしかにそうだが――ジョージにとっては、それでは足りなかったんだろうな。なにしろ、まだジョージ本人のままなんだ。爵位があろうがなかろうが、全財産を手にしようが、まわりに尊敬され、好かれることは絶対にないだろう。要は兄のすべてをうらやんでいたんだと思う。みんなに好かれ、信頼されるリチャードを。爵位や財産を相続したところで、ジョージは百年たってもリチャードにはなれない。リチャードは優しく、思いやりがあって、みんながそれをわかっていたから」

最後の言葉がクリスティアナの心に響いた。〝リチャードは優しく、思いやりがあって、みんながそれをわかっていた〟それはダンスフロアで感じたこととまったくおなじだった。一緒に踊ったあの殿方は、驚くほど優しくて思いやりがあった。クリスティアナもそこに惹かれたのだ。しかしこの一年、夫はこれっぽっちもそんな素振りを見せなかった。わたしが結婚したのは、本当にリチャード・フェアグレイブ・ラドノー伯爵なのだろうか。それとも双子の弟ジョージなのか。もしジョージならば、それは自分にとってどういう意味を持つのだろう。まさか、この結婚は法的に有効ではないなんてことがありうるのだろうか。

「痣があるか、なんとか確認してくれ」ロバートが念を押した。「なかったら、すぐにぼくに知らせるんだよ。とにかく、すべてぼくに任せてくれ」

クリスティアナはしぶしぶうなずいた。夫がおとなしく死んだままでいてくれれば、こんな面倒なことにはならなかったのに。あれがこの一年、一緒に暮らした夫なら。

4

「おいおい、そんなすごい顔で睨みつけてたら、彼女が燃えてしまうぜ」

ダニエルの言葉を耳にして、リチャードは顔をしかめた。「どうやらこの部屋の男全員と踊って、ぼくを避けるつもりらしい」

「全員ではないだろ。ロバートの友人ばかりだ」ダニエルはにやにやとおもしろがっているようで、なにかを思いだしたという顔になった。「そうそう、ロバートは幼なじみなんじゃなかったか。たしか、家族ぐるみのつきあいだとか。あいつなら仲間と協力して、おまえからクリスティアナを遠ざけようとするだろうな」

「どうして？　ぼくは夫だぞ」とリチャード。「少なくとも、彼らが知るかぎりではそうだ」

「どうやらそれが理由らしい。妹たちの話によると、おまえはクリスティアナにひどい仕打ちをしてばかりだったそうだから。おまえを友人と呼ぶのが恥ずかしいくらいだ」

リチャードが眉を上げると、ダニエルはうなずいた。

「おまえの唯一の善行は、急死したことらしい。妹たちは、おまえの予期せぬ復活を嘆いているよ」

「ふーん」リチャードは自分の妻だという女性を振りかえった。音楽が終わり、いまの相手と一緒にダンスフロアから出てきた。緊張した表情をしていたクリスティアナは、ロバートがもう一度ダンスを申しこむと、とたんに安心しきった微笑みを浮かべた。どうやら仲間が一巡したらしく、少々の顰蹙《ひんしゅく》は覚悟でロバートはもう一度踊るつもりのようだ。リチャードは目を細めた。「家族ぐるみのつきあいなのか？」

「シュゼットによれば、兄同然だとか」

リチャードはなにごとかつぶやくと、妻とおぼしき女性とロバートに視線を戻した。たしかに兄といわれれば、そう見えなくもなかった。なにがあろうと守ってみせるという気迫を全身から発している。しかし兄同然にしても、他人の妻と二曲も踊るのはやりすぎだろう。

「ほかにわかったことは？」

「今朝、おまえの弟が自室に倒れていて、どこから見ても死体にしか見えなかったという事実以外にか？」ダニエルは淡々と告げた。「それが事実ならば、かなり面倒な事態になったと考えたほうがいい。それ以外の心配はあとからゆっくりすれば充分だ」

妻から視線をそらし、弟と直接対決できない場合の問題点をじっくりと考えた。自分にした仕打ちを白状させ、その顔に何発もお見舞いしてやるのを楽しみにしていたのだが。しかしジョージが死んでしまったとしたら、残念ながらそれは無理だろう。

「おまえの正体を証明するのは難しくなるだろうな」視線をそらしながら、ダニエルが鋭く指摘した。

「どういう意味だ？」

「去年、ロンドンの別宅の火事で死んだのはジョージだと思われている。いまじゃ氷漬けらしいけどな。ともかく、ジョージがずっとおまえのふりをしていたわけだが、いまさらそれを公表したところでどうなる？　おまえが火事を生きのびたジョージだと思われる可能性もある。遺言状が検認される前に、すべて相続してやろうとリチャードを自称しているだけだとな。あるいは、たまたま双子のように似ているだけのお父上の私生児で、リチャードとジョージ両方が死んだいま、図々《ずうずう》しく財産と爵位を相続しようとたくらんでいる悪党と見なされる可能性だってある。結局のところ、ジョージは一年前に埋葬されたことになっているんだ」

リチャードは顔をしかめた。屋敷の納骨堂に葬られているのは、刺客として自分のところに送りこまれた悪党のひとりだった。黒焦げの状態でジョージのベッドに横になっているのが見つかり、ちょうど背格好も似ていたので、だれもがジョージだと思いこんだのだろう。考えただけで本来の立場に戻ったら、すぐさま悪党の死体を納骨堂から追放するつもりだった。考えただけであまりの前途多難さに頭が痛くなってきた。

「まずは、おまえがリチャードであることを証明しなくてはならない」そんなことが可能かどうか不安だと、ダニエルの声がなにより雄弁に語っていた。「大騒ぎになるだろうな。特にクリスティアナは、リチャード・フェアグレイブ・ラドノー伯爵と結婚して、ずっと一緒に暮らしてきたと信じているわけだから」

「しかし、それで非難されるいわれはない」とリチャード。

「そう、悪いのはジョージだ。しかし、奴はおまえの名前で署名した」

リチャードは眉をひそめた。「だから、そんな結婚は無効だよ。ぼくでもジョージでもない男と結婚したんだから」

「そのとおりだよ。だが醜聞にはちがいない。クリスティアナは傷つくだろうな。妹たちはいうにおよばず……いまも父親が賭博で作った借金をなんとかしようと必死なのに、まさに恥の上塗りだ」

「クリスティアナもそんなことをいっていたな」ため息をついて、ロバートの腕に抱かれている彼女をちらりと見た。「シュゼットはすぐにも結婚相手を見つけなくてはいけないらしい。結婚すれば持参金の権利を主張できるから、それで父親の借金を返す計画のようだな。あの口ぶりだと、ジョージが父親を賭博場に連れていったようだ」

「なるほど」

その口調になにか違和感を覚え、リチャードはダニエルに問いただした。「なにがあった？」

「妹たちと別れてから、あちこちで聞き耳を立てていたら、なかなか興味深い噂があってな」

リチャードは目を細めた。「どんな噂なんだ？」

「ラドノー伯爵はいかがわしい連中とつきあうようになったらしいぜ。たとえば、賭博場の主《あるじ》とかな。カモの酒に薬を盛って、身ぐるみはいで巻きあげたというもっぱらの噂だ」

「クリスティアナの父親のことか？」

「おそらくそうだろうな。そのうえ、初めてではないらしいぞ。どうせ、最初の借金の裏にもジョージが絡んでいるんだろう。父親を破滅の淵に追いつめておいて、ぎりぎりのところでクリスティアナに救いの手を差しのべた。まったく、最低の男だよな。そうそう、あの三姉妹はセフトン男爵の孫娘らしいぜ」

「あの大金持ちの？」リチャードは驚いた。セフトン男爵は王さまより金持ちだったと聞いたことがある。

ダニエルはうなずいた。「自分の財産を三等分して、孫娘たちが結婚するまでは信託にしたらしい。しかし、そのすべてをひとりで手続きしたので、これはトップシークレットだ。孫娘たちが財産目当ての男に騙されるようなことは避けたかったんだろうな」

「どうしてそんなことまで知ってるんだ？」

「シュゼットから聞いたんだ」ダニエルは苦笑いした。

リチャードは目を細めた。「どうして会ったばかりの人間に、そこまで説明するんだ？」

「そのあたりはあとでゆっくり説明するよ」ダニエルは視線をそらしてつぶやいた。「いま重要なのは、どうやら持参金のことを嗅《か》ぎつけたジョージが、それを手に入れるためにクリスティアナと結婚したとしか思えないことだろう」

「まちがいなくそうだろうな」

「本気でいっているのか？」ダニエルは怪訝《けげん》な顔をした。「おれはまったく理解できなかった。ジョージはおまえを殺して、莫大な財産と爵位を手に入れたわけだろう。だったら、なぜ金のために結婚なんか」

「世界中の金を手に入れても、ジョージにとっては充分ではなかったんだ」リチャードの声に苦々しさがにじんだ。「あいつは満足ということを知らなかった。心が空っぽだったから、物で穴埋めしようとしていたのかもしれない」弟のことを思いだすと、つい吐きすてるような言い方になってしまった。「ジョージが姉妹の父親をいかがわしい賭博場に連れていき、クリスティアナの財産を手に入れようとしたのはわかるが、どうしてもう一度おなじことをしたんだろう？　すでに姉と結婚しているんだから、妹たちの持参金は関係ないだろう。三姉妹を醜聞に陥《おとしい》れようとしたんだろうか。しかしクリスティアナが巻きこまれたら、ジョージも無関係ではいられないしな。ジョージの目的はどこにあったんだろう？」

ダニエルはかぶりを振った。「それはおれもずっと不思議に思っていた。ジョージにはなにか計画があったんだろうが、まったく見当もつかない」

リチャードは不愉快な思いで、ロバートの腕に抱かれた女性をもう一度見た。「本来の自分に戻るために、すでにジョージからひどい仕打ちを受けていた女性を破滅させなくてはならないのか」

「おまえがリチャード・フェアグレイブだと証明するのに、法廷で何カ月、いや、何年も争うことになるだろう。たとえ裁判所が認めたとしても、おまえは詐欺師だと思う奴らはたくさんいるだろうしな」

「ジョージの奴め」リチャードはつい、悪態をついた。「いつだって、もめごとを起こすのはあいつなんだ」

「ほかの解決策もあることはあるがな」

ダニエルを睨みつけた。「すべて放棄して、こっそりアメリカへ帰れなんて口にするなよ。クリスティアナや家族を破滅させるのもいやだが、本来の自分をあきらめるつもりもないんだ」

「そんなことを提案するつもりはないさ」

「じゃあ、ほかの解決策とはなんだ？」

「ずっとここにいたような顔で、そのままジョージの立場を引きつぐのさ」

「なんだって？」

「もはやジョージに対して正義の鉄槌《てっつい》を下すことはできなくなった。死んでしまったのであれば、これは仕方ない。ジョージがやったことを暴いても、なんの罪もない者たちを傷つけるだけだしな。このままなに食わぬ顔でジョージの立場を引きつげば、長い法廷闘争も避けることができる。おまえはアメリカにいたことを忘れてしまえばいい――問題は、いまは妻がいるということくらいか」

「ぼくを嫌っている妻がね」問題の女性をちらりと見ると、ロバートの言葉に笑っていた。楽しそうな笑顔だった。ふと、一緒に踊ったときのことを思いだした。ダンスが終わるころには、そう嫌われているような気はしなかった。事実、バルコニーに連れだしてキスしても、きっと抵抗されないという自信もあった。

「嫌っているのはジョージであって、おまえではないよ、責める気にもなれないがね。あの男は最低のけだものだった。でも、おまえはまったくちがう。すぐにおまえを信頼するようになるだろう。案外、ふたりはお似合いかもしれないな。いずれにせよ、本来の自分に戻れるなら、必要以上に傷つく者を増やさないほうがいい」

リチャードは眉をひそめた。たしかに一理ある。できればクリスティアナを傷つけたくはないし、本来の自分に戻るだけのために法廷で延々と争いたくはない。しかし、一緒に踊ったときは相性がよさそうな気がしたが、そこに自分の将来を賭《か》けることはできなかった。クリスティアナのことをなにも知らないまま、重大な決断を下すのは気が進まない。

「口うるさい女だったらどうする？　あるいは、氷のように冷たい女だったら？　我慢できないほど、甘やかされた娘かもしれないし」

「まあな」ダニエルはクリスティアナをちらりと見た。「そんなふうには見えないが、こうした場所で素顔なんてわからないものだし」しばらく考えていたが、こう提案した。「本当の性格がわかるまで、数日のあいだジョージの死体を隠しておいたらどうだ？　もし、結婚生活に耐えられそうもなかったら、死体をベッドに戻し、あとは法的な手続きを踏むんだ」

「ジョージの死体か」それもあったかとリチャードは目を見開いた。おかしなことだが、きれいさっぱり忘れていた。

「そう」ダニエルは淡々と続けた。「二、三日で決心できそうなら、さっさとおまえの屋敷に向かい、あの姉妹に見つかる前にどこかへ死体を隠さないと」

「よし、善は急げだ」まっすぐ出口に向かった。

「試してみるのか？」ダニエルが慌ててあとを追った。

「ほかに手があるか？　できればなんの罪もない者を傷つけたくはないが、ジョージの罪をつぐなうためだけに、みじめな結婚生活に甘んじるのもいやだ。しばらく死体を隠しておいて、結婚を続けていけるかどうか試してみるよ。無理だと判断したら、死体を戻して、法廷に行く」

「結婚を続けていけると判断したら、死体はどうするんだ？」

「なにも考えていない」素直に認めた。「まあ、そのときはそのときだ」

「ダニエルと一緒に出ていったぞ」

クリスティアナは夫の姿を探すのをやめて、ロバートに顔を戻した。「気づかなかった」

「気づかなかった」ロバートはうなずいた。「ディッキーがジョージだと判明したら、大変なショックだろうね」

眉をひそめて顔をそむけた。ついさっき夫の腕に抱かれて踊った記憶がよみがえってきた。この一年のことを考えたら、特に意外でもないと答えただろう。でも、あのダンスは……大きくため息をついた。「ものすごい騒ぎになるでしょうね」

「そうだね。ただ、多少抑えることはできるかもしれない」ロバートはクリスティアナをくるりとまわした。

「どういうこと？」

ずっと黙っているので、答えてくれないのかと思った。しかし覚悟を決めたのか、ロバートはしぶしぶという顔で口を開いた。「たまたまジョージの昔の恋人を知っているんだが、彼女の話では、ジョージはできないらしい……」いったんは言葉を切ったが、いいづらそうに続けた。「こんなことを訊《き》いて申し訳ないが、クリスティアナ。きみたちは無事ベッドをともにしたんだろうか？」

なんのつもりかと呆気《あっけ》にとられていると、ロバートは顔をしかめて早口に続けた。

「こんな話はできればしたくないんだが、その恋人がいうようにジョージが不能ならば、事情がまったくちがってくるだろう」

思わずまじまじとロバートを見た。「ええと……わたし……その……よくわからないの」真っ赤になって肩をすくめ、素直に認めた。「どうすれば無事終わったことになるのか、はっきりわからないから。お父さまからはただ、夫に任せていればいいといわれただけだし。だから、そのとおりにしたんだけど」

「もちろん、お父上のおっしゃるとおりだよ」ロバートは視線をそらし、咳払いした。「さっき、結婚式の夜にタイもとらなかったといっていたが、ほかのものも身につけたままだったのか？」

しばらく考えてからクリスティアナは答えた。「靴は脱いだと思う」

ロバートはもどかしそうに顔をしかめた。「ズボンはどうだった？　脱いだのか？　あるいは前を開けたとか、下ろしたとか？」

「それはしてないと思う」

「してないと思う？」ロバートはせきこむように尋ねた。「その場にいたんだろう？　どうしてズボンを脱いだかどうかがわからないんだ？」

怒りととまどいで、ついロバートを睨みつけた。あたりを見まわし、だれにも会話を聞かれていないのを確認すると、小声でまくしたてた。「お風呂に入って、お化粧して、寝衣でベッドに横になっていたの。そうしたら夫が来て、蠟燭の火を消した。続けて二回どすんと音がしたから、脱いだ靴が床に落ちた音だと思う。それからまるで馬に乗るようにわたしにまたがって、ゆさゆさと揺すぶると、これで終わりだといったの。だから靴以外になにを脱いだかは、まったくわからない。蠟燭を消してからわたしにまたがるまでのあいだ、それほどいろいろ脱ぐ時間はなかったと思うけど」

「きみは毛布のなかにいたのか？」ロバートに鋭く尋ねられ、黙ってうなずいた。「その上からまたがったわけだな？」

クリスティアナはこんなことを説明させられるのにだんだん腹が立ってきた。「ねえ、なにかちがうの？　たしかにちょっとおかしいとは思ったんだけど、ディッキーが終わったというから、そうなのかしらと思うしか……」

「ディッキーか」ロバートは苦々しく吐きすてた。「リチャードがその名前をいやがるのも無理ないな。ぼくも好きになれない」小さくため息をつくと、微笑んだ。「それはともかく、聞いたかぎりでは、まずまちがいなくベッドをともにしていない。今夜にでも医者に診てもらえばはっきりするんだが。いまも処女だとわかれば、すぐさま結婚を無効にすればいい。それでも醜聞にはなるだろうが、まだましだろう」

「つまり夫に疵がなくて、本当はジョージが兄になりすましていたと判明するよりましってことね。その場合、当然結婚は無効になって、わたしは夫でもなんでもない相手とずっと暮らしていたということになるわけよね」

ロバートは表情を引きしめて、うなずいた。

「夫が実はジョージだとわかったら、このまま放っておくわけにはいかないわ。だれかに教えなくちゃ」

「シュゼットとリサが醜聞の嵐《あらし》に巻きこまれても？」

彼女はしばしためらったが、大きくうなずいた。

「そういえば、昔から正義の味方だったものな」ロバートはあきらめたようにつぶやいた。

クリスティアナはなんとか微笑んでみせたが、小さくため息をついた。ジョージがこの一年兄になりすましていたことを暴くより、結婚が無効になるほうがはるかに騒ぎにならないだろう。しかし、結婚したはずの相手がジョージなら、まさにこれ以上ない卑劣な人間なのだから、すべてを明らかにして裁きを受けさせるべきだ。とはいえ、できれば自分や家族への影響は最小限にしたかった。

「まずは事情をはっきりさせましょうよ、痣があるかどうかを調べて、痣があれば夫は本人だけど、それでもわたしが処女だったら婚姻無効の手続きをする。痣がなかったら夫はジョージなんだろうけど、それでもおなじようにするわ。とはいえ、ほとぼりが冷めたら、しかるべきところに知らせないとね。シュゼットやリサのために、すこし時間を稼いであげたいけど。醜聞に巻きこまれる前に、きちんと守ってくれる夫が見つかるといいわね」

ロバートはしばらく考えていたが、しぶしぶという顔でうなずいた。「本当なら今夜から屋敷に帰したくないが、いろいろ考えると、きみの意見が一番もっともかもしれないな」

「そうよ」

「わかった。できるだけ早く、痣があるかどうかを確かめてくれ。できれば今夜がいいんだが。いやな予感がするんだ。早く離れろという声が聞こえる」

優しく微笑み、ロバートの手を握る手に力をこめた。「ありがとう、ロバート。この一年、会えなくて淋しかったわ」

ロバートはその言葉を噛みしめるようにうなずいた。音楽がやんだので、ふたりはしばらくまわりを見まわしていた。たしかに夫の姿は見あたらない。「戻ってきていないようだな。残念だが。戻っていたら、なんとか酔いつぶしてやろうと思っていたのに。そうすれば、ぐうぐういびきをかいているあいだに、急いで確認すればいい」

「ディッキー相手には、なにひとつそう都合よくはいかないの」苦々しくつぶやき、壁際の椅子に腰を下ろした。ずっと踊りどおしだったので、休憩したいと思っていたところだった。きょろきょろと妹たちの姿を探す。「シュゼットとリサはどこかしら?」

「ぼくが探してこよう」とロバート。「なにか飲み物をとってこようか？　ずっと踊っていたから、喉が渇いただろう」

「ええ、お願い。ありがとう」さっき飲んだお酒は踊っているあいだに醒めたようだ。それにロバートならば、アルコールの入っていないパンチを持ってきてくれるだろう。少なくとも、これまでに出席したことのある田舎の舞踏会では、パンチにアルコールは入っていなかった。

「すぐに戻ってくるよ」そう声をかけ、ロバートは姿を消した。

人混みのなかに妹や夫の姿を探した。ついさっきまでも夫に戻ってきてほしくないと思っていたが、いまはさらにその思いが強くなっていた。戻ってきたら、ロバートが夫を酔いつぶしてしまう。たしかに、そのほうが簡単に痣の確認ができるだろう。それ以外、どうすれば夫のお尻を確認できるのかは見当もつかない。

普通の結婚ならこんなことは問題にならないのだろうか。ここにいる既婚女性に、夫のお尻に痣か目立つ徴《しるし》があるか訊いてみたら、みんな即座に答えられるのだろうか。

「ようやくダンス終了ね！」

急に妹の声がしたので驚き、クリスティアナは眉を上げた。「ようやく？」

「だって、夜明けまで踊っていそうに見えたから。もう疲れたし、そろそろ失礼しない？」

「本気でいってるの、シュゼット？　結婚相手を見つけたいんじゃなかったの？」

「もう見つけたの」シュゼットが自慢げに答えた。

「もう？」とても信じられなかった。

シュゼットがうなずいた。「ちゃんと説明もしたのよ」

「それで、お相手は？」

「ダニエル・ウッドロー卿」

聞いたことのない名前に、目をぱちくりした。「ダニエル・ウッドロー卿？」

「ディッキーがお姉さまに話しかけてきたとき、わたしたちを外へ連れだした殿方」リサの説明に、クリスティアナは青くなって尋ねた。

「ディッキーの友だち？」

「ちがうって」シュゼットがきっぱりと答えた。

「本当に？　一緒にいたように見えたけど」

「たしかにね。外に連れだされたとき、その点はしつこく確認したの。そうしたら、お姉さまの夫の友だちだったことはないし、今後もなる気はないそうよ。たしかに、ディッキーはいつ野原で撃ち殺されても不思議はないもの」シュゼットは大笑いした。「心からディッキーを嫌っているみたいだった。お姉さま、少なくともまともな感覚を持っていそうに見えたわよ」

クリスティアナは思わずかぶりを振った。「ディッキーがウッドロー卿の話をしたこともないし、屋敷を訪ねてきたこともないわね。名前を聞いたのも初めてだもの。たしかにそのかたは本当のことをいっているのかもしれない。とはいえ、さっきはディッキーに協力して、あなたたちを外へ連れだしたように見えたけど」

「偶然耳にしてしまったことを、ほかの人に聞かれないようにしただけだと説明してたわ」とリサ。

「それに条件は完璧《かんぺき》なの」シュゼットが続けた。「広大な領地があるんだけど、それを維持するお金に困っているんだって。それに爵位もあるし。まだなんの爵位かは知らないんだけど、たぶん男爵じゃないかしら」どうでもいいとばかりに肩をすくめた。

「きちんと説明したのね？」大事なことを確認した。

「もちろん」自分の手で未来を切りひらいたシュゼットは、誇らしげに微笑んだ。

「で、お返事は？」

「ひと晩考えさせてくれって」シュゼットはため息をついた。待ちきれないという顔をしている。「ふたりはどうか知らないけど、わたしはすごく疲れちゃった。いろいろあった長い一日だったし。ねえ、もう屋敷に戻らない？」

クリスティアナは唇を噛んだ。「もうちょっとお相手を探してみる気はないの？　もし、ウッドロー卿に断わられたら――」

「大丈夫だって」シュゼットが元気よく遮った。「今夜は、候補者をかたっぱしから消していったようなものよ。まあ合格といえるのはダニエルだけ。あとはなんの魅力もないか、横柄か、お父さまより年上のおじいさんばっかり。もしダニエルに断わられても、いざとなったらそのなかから選べるし、明日の夜の舞踏会でも見つかるかもしれない。見つからないと困るけど……」顔をしかめた。「正直、おじいさんはいやなのよね。子どもだって欲しいから、それなりに魅力的じゃないと。それにディッキーは死んでなかったんだから、急がなくてもよくなったわけでしょ。まだ二週間あるんだから」

「そうね」クリスティアナはうなずいて立ちあがった。

「見つかったのか」

振り向くと、ふたつグラスを手にしたロバートが立っていた。

「ええ。というか、妹たちが見つけてくれたんだけど。そろそろ失礼しようと思って」ロバートが持ってきてくれたグラスに手を伸ばした。「これ、もらってもいい？」

「もちろん」ロバートはリサのほうを見ながら、上の空の様子で返事をした。それから慌てて視線を戻し、大声をあげた。「それは駄目だ！」

手遅れだった。すでにごくごくと飲みほしてしまった。グラスを置こうとしたとき、まるで炎を飲んだように喉が焼け、そのあと胃がかっと熱くなった。またウイスキーを飲んでしまったようだ。クリスティアナは苦しさのあまり激しく咳きこんだ。

「すまない」ロバートは手で背中を叩いてくれた。「そっちはぼくのだった。これがきみのだ」

喘《あえ》ぎながら身体を起こし、パンチのグラスをひったくると、すこしでも楽になるかと急いで飲んだ。するとまた炎が喉を焼いたので、驚いて目をむいた。

「リージェント・パンチなんだよ」ロバートはまた激しく咳きこむクリスティアナの手からグラスを受けとった。

「どうしたの?」シュゼットが心配そうに顔をのぞきこんだ。

「しまった」とロバート。

「リージェント・パンチ?」リサがクリスティアナの背中をさすりながら尋ねた。

「ラム、ブランディ、シャンパン、紅茶、パイナップルシロップなんかが入ったお酒だよ」

「お姉さまの反応からすると、ほとんどお酒でできてるみたいね」シュゼットがずけずけと指摘した。

ロバートは顔をしかめた。「レディ・ランドンはいつも、夜が更けると強いものを作らせるんだ。舞踏会が毎年人気なのはそのおかげだと、信じこんでいるらしい」

「なるほど」とシュゼット。

「大丈夫、お姉さま?」リサが心配そうに尋ねた。

なんとかうなずいた。まだ喉が痛くて返事ができない。二杯も続けてお酒を飲んでしまうなんて。信じられない。頭がぐるぐるまわって、すべてがぼんやりとしか見えなかった。お酒のせいなのか、咳きこんだせいなのかは、自分でもわからない。心配そうにのぞきこむ三人に見守られ、しばらくするといくらか気分が落ち着いてきた。クリスティアナはかろうじて笑顔を浮かべた。「さあ、帰りましょう」

「本当に大丈夫か？」ロバートが眉をひそめた。「顔が真っ赤だぞ」

顔をしかめて、ふらふらしながら出口を探した。「みんな疲れてるのよ。よく眠れば元気になるわ。そうそう、ちょっと調べなくちゃいけないこともあるし」

「なにを？」リサが尋ねると同時にロバートが口を挟んだ。「またにするべきじゃないか、クリスティアナ。飲みなれていないから、もう酔っぱらっているだろう」

ぶんぶんとかぶりを振った。「最初の一杯はなんでもなかったし、二杯目だって息が苦しくなっただけ。大丈夫よ。結果がわかったら、すぐ知らせるわ」

「ふたりとも、なんの話をしているの？」リサがもどかしそうに尋ねた。怪訝な表情をしている。

「あなたが心配するようなことじゃないの」きっぱりと宣言し、クリスティアナはよろよろと歩きだした。「ディッキーのことで、ひとつ確認することがあるだけ」

5

「窓が開いてる。ついてるぞ」

ダニエルの声に、木を登っていたリチャードは問題の部屋の窓をうかがった。何度も木に登り、いくつもの部屋の窓をのぞきこんだ結果、ようやく主寝室とおぼしき部屋を突きとめたのだ。あとは、それがまちがっていないことを祈るしかなかった。以前の屋敷はジョージが焼死したと思われている火事で焼け落ち、その後ジョージが新たに購入したこの建物については、まったく知識がなかった。

「死体を冷やすために、窓を開けっぱなしにしたんだな」リチャードはまた木を登りはじめ、枝から枝へひらりと飛びうつり、なんとか窓に手が届きそうな太い枝にたどりついた。

「人はいるか？」遅れて登ってきたダニエルが尋ねた。

「だれかがベッドに寝ている」首を伸ばして部屋のなかをのぞきこんだ。「ほかにはいないようだ」

「ジョージか？」

「ここからじゃ、はっきりわからない。しかし、ほかにだれがいる？　三姉妹は舞踏会だし、召使が二階の部屋で寝るわけはないだろう」

ダニエルはうなずいた。「本当に死んでいるかどうか、なんとかわからないか？」

「無理だ」怒ったように答え、そろそろと先に進んだ。こんなことなら着替えてくればよかった。袖《そで》が枝に引っかかるし、なにより白いシャツは目立つので、いつ見つかるかと冷や冷やする。そういうわけで、とにかくスピードを最優先して窓を目指した。うっかり枝から落ちそうになったが、ダニエルが慌ててズボンの後ろをつかんで引っぱりあげてくれた。しかし後ろ側を強く引っぱられているのは、どうにも落ち着かない。

「助けてくれたのは感謝するが、そろそろ手を離してくれないか」リチャードは枝にしがみついて声をかけた。

ダニエルはくすくす笑いながら手を離した。「見つかる前に、とっとと部屋に飛びこめ」

当然リチャードにも異存はなく、するすると枝を登った。だれもいないのを確かめてから、部屋のなかに飛びこむ。ダニエルもすぐあとに続くだろうと、素早く立ちあがった。気づくと、自分そっくりの顔を見下ろしていた。まるで鏡を見ているようだ。ただ、目の前の顔は氷のせいで濡《ぬ》れ、顔面蒼白だったたが。

「まちがいなく死んでいるな」ダニエルが横に立った。「しかし病気というわけでもなさそうだ。特に体重も変化はなさそうだし。どうして死んだんだろう？」

リチャードはかぶりを振った。死因など見当もつかないし、なにより思いがけない感情の波に襲われていた。今夜、こんな形でジョージと再会するとは思ってもいなかった。意気込んでいただけに肩透かしをくらった感は否めないが、それでも双子の弟を失った悲哀はまぎれもなく本物だった。自分を殺して爵位と財産を奪おうとした悪党だが、昔から敵対していたわけではない。むしろ子どものころは仲のよい兄弟だった。その後ジョージは、なににつけても自分が軽んじられるのが、単にすこし遅れて生まれてきたせいだと理解できる年齢になると、兄をうらやむあまりひねくれてしまったようだ。

しかし、それでも家族と呼べる唯一の存在だった。父親には兄弟姉妹はなく、母親は幼いころに火事で家族を亡くしていた。ある意味、こうした事情もジョージの計画を成功させるのに有利に働いたのだ。入れ替わりに気づく家族はいなかったし、ジョージはリチャードの年来の友人とは意識的に距離を置いていたようだ。だれもが双子の弟を失って悲嘆に暮れているものと思い、悲しみが癒《い》えるのを待っていた。ダニエルですら、リチャードの手紙を受けとるまではそうだった。ダニエルがいなければ、ぼくはまだアメリカにいただろう。すべてこの親友のおかげだった。

「どうやってここから運びだす？」

どうしたものかと、侵入してきた窓に目をやった。

「論外だ」ダニエルが即答した。「死体をかついで降りるなんて不可能だよ」

リチャードは髪をかきあげ、またジョージを見下ろした。「それなら、階段を使うしかないか」

「見つからずにできるか？」

「この時間なら、召使はほとんど寝ているだろう。素早く行動すれば大丈夫だ」

「わかった」ダニエルは短く答えた。

「よし、始めよう」ベッドに近づく。「こういうことはさっさと終わらせるにかぎる」

死体の腋《わき》の下に手を入れて持ちあげようとしたが、顔を近づけたとたんにその場でかたまった。

「どうした？」横にいるダニエルが尋ねた。

身体を起こして後ろに下がった。「口のあたりのにおいを嗅《か》いでみてくれないか？」

ダニエルは怪訝そうに顔を近づけた。「ウイスキーだな」眉をひそめて続ける。「それに――これはアーモンド臭か？」ゆっくりと起こした顔は険しかった。「毒だな」

「うん、ぼくもそう思った」リチャードは神妙な顔でうなずいた。

ダニエルは低く口笛を吹いた。「殺されたのか。予想外の展開だな。しかし、よく考えれば意外でもなんでもないかもしれん。ジョージの犠牲になったのはおまえだけじゃないからな」

「たしかにクリスティアナも犠牲者だ。毒殺はご婦人の常套《じょうとう》手段だしな。男なら剣かピストルで決闘するところだが」

「とりあえず、気の毒なご婦人をいま責めたところで仕方ない。それにどのみちジョージが決闘に応じるとも思えないしな。あいつなら応じたふりをして、平気でならず者に相手の寝込みを襲わせるだろう。自分の身を危険にさらすようなことはしないし、守るべき信義のかけらも持ちあわせていない奴だった」ダニエルはかぶりを振った。「今夜耳にしたかぎりでは、ジョージはあまり外出しなかったようだから、毒殺しか手がなかったんだろう。とはいえ、レディ・クリスティアナが毒殺したとも思えないがね」

リチャードは興味を惹かれてダニエルに顔を向けた。「いきなり、どういう風の吹きまわしだ？」

「気に入ったのさ」ダニエルは肩をすくめた。

「なにも知らないくせにか？　話したことだってないだろう」その調子のよさになんとなく腹が立った。

「妹たちと話をしたよ」ダニエルはすかさず反論した。「ふたりとも実に魅力的なご婦人だった。だから姉もそうにちがいないと思ってさ。一緒に育てられたんだから」

「ジョ—ジとぼくだってそうだ」

「一本とられたな」ダニエルは渋い顔をした。

リチャードは大きくかぶりを振った。「とにかく死体をとっとと運びだそう。だれが殺したかは、あとでゆっくり悩めばいい」

死体を座らせようとしたら、板のようにかたかったので思わず悪態をついた。

「なるほど、死後だいぶたっているな」ダニエルは冷静だった。

「そのようだ」ジョージがわざとことを面倒にしているような気がして、つい渋面になった。

「足を頼む。ぼくは肩を持つから」

ダニエルはうなずき、ふたりで死体を持ちあげた。

これまで気づかなかったが、氷漬けにされていたせいで服までびしょ濡れで、水がぽたぽたと床に垂れた。

「戻せ、戻すんだ」慌てて死体をベッドに戻した。

「弱ったな」ダニエルは死体を降ろして大きく息をついた。「このまま運んだりしたら、至るところに妙な水滴を残してしまう」

リチャードはしばらく考えていたが、おもむろに死体のフロックコートを脱がしはじめた。三姉妹は衣服に手をつけていなかった。「乾いた毛布を探してくれないか？」

「どこにある？」ダニエルはきょろきょろと部屋を見まわした。

「ベッドの足もとにある棚を見てくれ」リチャードはびしょびしょの上着をなんとか脱がせ、床にほうり投げた。

「あった」ダニエルは毛布を肩にかつぎ、服を脱がすのを手伝った。裸にすると、床に広げた毛布の上にさっと死体を移す。これでほとんど水は垂れなくなった。

「このベッドはもう使いものにならないな」死体を毛布で包みおえると、ダニエルは立ちあがって口を歪めた。

ベッドをちらりと見ると、マットレスがぱんぱんにふくらんでいる。残りの氷が溶ければさらに膨張するだろう。そうでなくても、殺された弟が横たわっていたベッドで眠る気にはなれなかった。

それぞれ毛布の端を持って、急いでドアに向かった。リチャードはドアを開けようとしたが、鍵がかかっていた。

「召使たちが入ってこないようにだろう」とダニエル。

思わずうなり声をあげ、もうひとつあるドアに目を向けた。おそらくクリスティアナの部屋に続くドアだ。鍵がかかっていませんようにと祈りながら、リチャードは顎でドアを示した。「あっちだ」

ダニエルがまずドアに向かった。ノブをまわすと開いたので、ふたりはほっとため息をついた。だが大きく開こうとしたとたん、慌てた顔でそっと閉めた。

「どうした？」

「暖炉の前の椅子でご婦人が眠っている」ダニエルはささやいた。

リチャードは迷いながらも死体を床に下ろし、ドアをそっと開けた。たしかに暖炉脇の椅子で、中年の女性が低くいびきをかきながらうたた寝をしている。クリスティアナのメイドだろう。顔をしかめてドアを閉めると、ドアに額をつけた。

「さて、どうする?」ダニエルが訊いた。

死体のところに戻ると、膝をついて胴まわりを両腕で抱え、そのまま自分の胸のあたりまで持ちあげた。これで死体の足が床から離れた。

「そのままかついでいくつもりか?」ダニエルは心配顔だった。

「去年一年、農場で働いていたんだぞ、ダニエル。大丈夫だよ。このほうがふたりで引きずっていくより早いと思う。音をたてずに素早く動けば、目を覚まさないうちに通りぬけられるだろう」いちかばちかの賭けだったが、ダニエルは反論せず、太腿を抱えられるよう手を貸した。こうすれは、死体の足がぶつかることなく歩きやすい。リチャードはもう一度しっかりと死体を抱えあげた。「ドアを頼む」

ダニエルはうなずくと、なかがのぞける程度にドアを開けた。メイドがよく眠っているのを確認すると、ドアを大きく開けて手招きした。

大きく息を吸いこんで死体を運びはじめた。息をひそめてメイドの脇をすり抜け、ダニエルが開けたドアから廊下へ出た。

「助かったな、リチャード。さっきはもうお手上げかと思ったよ」ダニエルは息をつき、きちんとドアを閉めた。

「あとは家から運びだすだけだ」リチャードはそうつぶやき、歩きだした。とにかくだれかに見つかる前に、外へ出てしまいたい。しかし、ようやく階段にたどりついたと思ったら、階下の正面玄関がばたんと開いた。心臓が口から飛びだしそうになりながら慌てて下がると、そんなことを予想もしていないダニエルにどしんとぶつかってしまった。どこかに隠れようと適当に開けた部屋に飛びこむと、ダニエルはドアに耳を押しつけて様子をうかがった。

真っ暗闇《くらやみ》のなか、黙って死体を包んだ毛布を抱いていたが、もう我慢の限界だった。「なにか聞こえるか？」

「話をしている」ダニエルがささやいた。「まだ玄関ホールにいるらしい」

リチャードはダニエルの後ろにじりじりと近づき、自分の耳もドアに押しつけた。

「まちがいなく死んでいたわよ、クリスティアナ。だって、わたしたちが出かけるときには冷たくなっていたもの」

クリスティアナは、リサの必死の訴えに顔を曇らせた、が、まっすぐ歩くので精一杯だったので、ひと言だけつぶやいた。「悪魔と取引して生き返ったのよ」

「しぃっ！　召使たちに聞こえる」シュゼットは玄関ドアを閉めた。その言葉が終わるか終わらないかのうちに、執事のハーヴァーシャムが廊下の向こうに現われ、こちらに駆けよってきた。

クリスティアナはそれを手で追いはらった。助けは必要ないし、なによりこんな姿を見られるわけにはいかない。いまごろになってアルコールが効いてきたようだ。

「大丈夫、クリスティアナ？」シュゼットが腕を支えた。「ちゃんと立ってもいられないじゃない」

「大丈夫よ」そう答えたものの、本人にも自信はなかった。帰りの馬車ではそれほどでもなかったのに、降りようとしたら急に世界がまわりだし、そのまま転げおちそうになってしまった。さいわい御者がとっさに腕を支えてくれたので、怪我もなく無事だったが。

「ロバートに飲まされたお酒のせいかしら」リサが心配そうにつぶやき、もう片方の腕を支えた。そのとたん、また世界がぐるぐるとまわりだし、思わずリサにしがみついた。

「たった二杯で、こんなになるわけないわよ」とシュゼット。

「なにも口にしていないところに二杯も飲んだら、こうなっても不思議はないわ」リサがもっともな意見を口にした。

「三杯よ」クリスティアナはつぶやいた。

「三杯？」シュゼットが驚いた顔でのぞきこんだ。「いつのまに三杯目なんて飲んだの？」

「ちがう、最初の一杯らってば」ろれつがまわっていないのに眉をひそめ、今度はゆっくりとしゃべってみた。「最初にリッキーのウイスキーを飲んだから」今度はディッキーがリッキーになってしまったが、もうどうでもよくなってきた。「でも大丈夫。すごく気分がいいの」

「あらあら」リサがつぶやいた。

シュゼットはかぶりを振った。「少なくとも気分は悪くないなら、なによりじゃない。あの男と結婚してから、そんなの初めてなんじゃないの？　悪魔と取引して生き返っちゃったなんて、本当に残念だわ」

「そういったれしょう」シュゼットに指を振ってやりたかったが、腕をつかまれていたのでできなかった。

リサが悲しそうにため息をついた。「ねえ、どうすればいいの、シュゼット？　お姉さまをこのままにしておくわけにはいかないでしょう？」

「大丈夫よう。自分でなんとかするから」どうして玄関ホールに立ったまましゃべってるのかと思いながら、クリスティアナはきっぱりと答えた。

「なんとかって？」リサが疑わしそうに訊いた。

「隠されているものを探りだすのよ」自分でもうまい表現だと感心し、なんだかおかしくなってきて笑いだした。妹たちは目を丸くして、心配そうに目配せをしている。

「すぐ寝かせたほうがよさそうね」とリサ。「どんどんひどくなるみたい」

「やれやれ」シュゼットはつぶやき、クリスティアナに階段を登らせた。

「大丈夫よ、クリスティアナ」二階までたどりつくと、リサが腕を軽く叩いた。「ちゃんと寝かせてあげるから。ぐっすり眠れば、明日には気分がよくなってるわ」

「寝てなんていられないの」ぐいと腕を引き抜いた。「ディッキーに用があるのよ。どこにいるの？」

「お酒なんか一生飲まないって決めた」とシュゼット。「あんな悪党に会いたいと思うなんて、お酒ってすごく怖いわね。なにがあろうと、一滴も飲まないと決心した！」

それを聞いて、クリスティアナは目を丸くした。「ディッキーなんか会いたくない」

「だっていま、そういってたじゃない」リサはたしなめ、クリスティアナの寝室のドアを開けた。

「わたしが？」ふたりに寝室に押しこめられ、ぶんぶんとかぶりを振った。「とにかく、ディッキーなんかには会いたくないってば」

「わかった、わかった」シュゼットがドアを閉めた。

「お尻を見たいらけなの」また発音がおかしくなってしまった。

「は？」

一番の大声をあげたのは妹たちではなく、暖炉脇の椅子で帰りを待っていたメイドのグレースだった。

「そんな大声出さないで」いきなりグレースが会話に加わったのでとまどったが、そのおかげで頭がはっきりした。「リッキーを裸にしないと」クリスティアナは説明しようとして、慌てて訂正した。「ディッキーの裸を見らいと……ちがう、どっちもちがう」大きなため息をつき、妹たちの手から逃れた。片手を大きく振りまわしながら、よろよろと歩きだす。

「ねえ、わかってくれるでしょう?」

「全然わからない」シュゼットは容赦なかった。「ちゃんと説明してよ」

妹たちに顔を向ける。さっきまでの陽気な気分がどこかに吹き飛んで、しょんぼりと説明した。「ディッキーの裸を見たことがないの。妻なら、普通見らことあるものでしょう?」

「というか、裸のディック《アレ》をね」シュゼットがさらりといった。

「シュゼット!」リサは真っ赤になった。

「どうしたの? ただの名前でしょ」とシュゼット。

にやにやしているシュゼットのお尻を見ていると、昔のいたずら心がよみがえってくるような気がした。だが、ディッキーのお尻を調べなくてはいけないとわかっているのに、部屋がぐるぐるとまわりだしてしまった。こんなことは初めてだ。船室は揺れると聞いたことがあるから、ここは屋敷ではなく船だったのかしら。ベッドの端にちょこんと腰かける。「気分が悪くなってきちゃった。どうしてこの船はこんなに揺れるの?」

「大変、もどしそうなの?」リサが後ずさった。昔から具合が悪いと聞くと弱いのだ。

「そうかもね」シュゼットの声はそっけなかった。「ディッキーの裸なんて、想像しただけで気持ち悪い」

「だから、お尻だけだってば」クリスティアナは必死に言い訳した。「苺があるか確認しないと」

「苺なら、厨房のほうが見つけやすいと思うけど」シュゼットは大笑いしている。

「もうおふざけは終わりでございます」グレースが有無をいわさぬ口調でぴしゃりと宣言した。そしてクリスティアナを心配そうに見つめると、妹たちに顔を向けた。「いったい、どうなさったんです？　ずっと飲んでらしたんですか？」

「まさか」リサは即答したが、すぐに顔をしかめた。「まあ、そんなようなものなんだけど。でも、たまたまなのよ。ロバートが自分用に持ってきたグラスを、お姉さまがウイスキーと思わずに飲んでしまったの。そのあとでリージェント・パンチも飲んじゃったし、その前にもウイスキーを一杯飲んでいたようだから、全部で……」

「さようでございますか」グレースはため息をついた。苦笑しながら、かぶりを振っている。

「ぐっすりお寝《やす》みになればすっきりいたしますよ。さあさあ、ドレスを脱いで、お支度をしましょうね」

「でも、ディッキーの苺を見つけないと」どんどんドレスを脱がせていくグレースを止めようとした。

「さようでございますか。もう旦那さまのことは心配いりませんよ。亡くなりましたからね」

「それが死んでいなかったの」リサが不満そうにつぶやくと、クリスティアナの言葉は聞きながしていたグレースの手が止まった。

「たしかに亡くなっていましたよ。旦那さまは……」

「ぴんぴんしていて、舞踏会に現われたのよ」シュゼットが遮った。

グレースは断言すると、主寝室に通じるドアに向かった。あちらをのぞくなり慌ててドアを閉め、恐怖で引きつった顔を姉妹に向けた。「どうしてそんなことが?」

「だから、悪魔と取引したのよ」クリスティアナはのろのろと答えた。「さあ、ディッキーを裸にしないと。それにしても、どうして生き返っちゃったのかしら。一度死んだら生き返るべからず、という法律を作るべきよね。死んだはずの夫が舞踏会に現われて、本当にびっくり仰天……それに裸のお尻なんて見たくないし」

グレースは呆然としていたが、かぶりを振ってこちらに戻ってきた。「承知いたしました。みなさま、どうぞお寝みください。奥さまのお世話はお任せくださいませ」

「いや、まだ寝たりしないわよ。ディッキーの苺を見つけないといけないんだから」

「さようでございますか」グレースは口ではなだめながら、クリスティアナを立たせてさっさとドレスを脱がせた。「旦那さまのお尻をご覧になりたいのですね。でも、旦那さまはお出かけですよ。ですから、とりあえず寝るお支度をいたしましょう。ドレスでも寝衣でも、お尻はご覧になれますからね」

「そうね」

「さあさあ、ここはあたしにお任せください」グレースの言葉にクリスティアナは、妹たちがまだここにいることを思いだした。どうしてまだいるのかしら。まさか、一緒にディッキーのお尻を見たいわけじゃないわよね。

「いなくなったようだな」廊下が静かになったので、リチャードはささやいた。「このチャンスに移動するしかないだろう。クリスティアナを寝かしたら、それぞれ自分の部屋に行くだろうし。ここがその部屋かもしれないんだ」

ダニエルはうなずき、そっとドアを開けて廊下をうかがった。だれもいないことを確認すると、後ろに下がって大きくドアを開けた。ところがリチャードが一歩廊下に出たとたん、べつの部屋のドアが開いた。慌ててなかに戻ろうとしたが、音が聞こえなかったらしいダニエルは、そのまま出てこようとしている。

万が一にも死体を発見されるわけにはいかないので、とっさに死体をダニエルに押しつけ、そのままドアを閉めた。振りかえると、クリスティアナの部屋から妹たちが出てくるところだった。部屋のなかにおやすみのあいさつをしていたが、リチャードが近づいていくとくるりと振り向いた。そのとたん、浮かべていた笑みを凍りつかせ、ふたりはその場でかたまってしまった。

「やあ、おかえりなさい」ふたりが部屋に戻るのをすこしでも遅らせようと、必死で頭を働かせた。なんとか階下に引きとめておけば、そのあいだにダニエルが死体を運びだしてくれるだろう。「ベッドに入る前に、一杯つきあってもらえませんか」

「いいえ、結構です」リサがぎごちなく答えた。シュゼットは返事すらせず、すれちがいざまに鼻を鳴らしただけで、リチャードが出てきたばかりの部屋に向かった。

「お話があるんです」必死になってシュゼットの腕をつかんで引きとめた。すさまじい目で睨みつけられ、慌てて手を離す。「その、お姉さんに対して、いささか失礼な態度だったと――」

「いささか？」シュゼットの声は氷のように冷ややかだった。

「いや、これ以上ない失礼な態度でした」素直に認めながら、いったいジョージはなにをしたのだろうかと声に出さずに嘆いた。「つまり、今夜死にかかったおかげで、人生でなにが大切なのかをようやく悟ったんです。だから、一生かかってもクリスティアナにこれまでの償いをし、できればもっといい関係を築きたいと思っています。そのためにどうすればいいか、おふたりの助言をいただけないかと思って」

これはとっさに閃《ひらめ》いた口実だったが、まったくのでまかせというわけでもない。このままなにごともなかったように暮らしていくのなら、クリスティアナともっといい関係を築きたかった。もちろんジョージを毒殺したのはだれかという、ちょっとした問題はまだ残っているが。もしクリスティアナが犯人なら、それはそれできちんと対処すべきだろう。しかし、さしあたって重要なのは、ダニエルが死体を運びだせるようにこのふたりを階下に引きとめておくことだ。

「本気でいっているの?」リサが穏やかに尋ねた。

「そんなはず、あるわけないでしょ」シュゼットが遠慮なく口を挟んだ。「人の性格はそんなにすぐには変わらないわよ」

「でもお姉さまと結婚したとたん、いやな奴に変身したわけよね。また変わっただけかもしれないわ」とリサ。

「そもそも変身したわけじゃないの」シュゼットは歯に衣着せずに指摘した。「お姉さまの持参金目当てだっただけなのよ。とにかく結婚したい一心で猫をかぶっていたけど、まんまと結婚に成功したとたん、もとのいやな奴に戻ったってわけ」

「資産なら充分すぎるほどあります」リチャードは穏やかに答えた。「金のためにクリスティアナと結婚する必要はありません」

シュゼットは目を細めた。「じゃあ、なぜ結婚したの?」

それこそ自分が訊きたかった。どう答えればいいのだろうか。ジョージは持参金目当てに結婚したのだろうが、自分は結婚していないのだ。「クリスティアナに幸せになってほしいから」この言葉は真実だった。本心からそう願っている。弟のせいで不幸になるのはできれば避けたい。しかしシュゼットは眉ひとつ動かさないので、リチャードは続けた。「この一年の愚かとしかいいようのない失礼な態度は、ある意味、弟のせいといえるんだが――」

「まあ」リサがため息をついた。なにかに納得したようだ。「もちろん、そうでしょうね」

「なにがもちろんなの？」シュゼットは怪訝そうに尋ねた。

「もう、シュゼットったら」リサはわかっているという顔でリチャードを見つめた。「火事で弟さんが亡くなり、自分だけが生き残ってしまったという罪の意識が、つねに心の奥にあったのよ」

思わず苦笑いしそうになったが、なんとか我慢した。人を雇って兄を殺そうとしたジョージは、一瞬でも罪の意識を感じたことがあったのだろうか。

「クリスティアナと出逢って恋に落ち、心の痛手が癒《いや》されたのね」リサは大まじめに続けた。

「でも、ふたりが暮らすこのお屋敷とおなじ通りに、焼け焦げた以前のお屋敷が残っているでしょう。お気の毒な弟さんが亡くなった事実を思いださない日はなかったはずよ。自分だけが生き残ったことはもちろん、かわいそうな弟さんが経験できなかった愛と幸せを手に入れたことにも罪悪感があったのね」リサは大きな瞳を潤ませている。「傷つき、苦しみつづけた魂は、愛する妻クリスティアナにまでつらくあたってしまったのね。すべては大きすぎる罪悪感のせいなのよ」

リチャードは目を丸くしてリサを見つめた。自分の行動はある意味弟のせいといったただけなのに、ここまでロマンティックな物語になるとは、ただただ驚くばかりだった。リサは小説家になるべきだ。気づくと、シュゼットの表情までいくらかやわらいでいる。どうやらいまの話が心に響いたようだ。

「本当なの？」シュゼットが尋ねた。

ひとつ咳払いをして、悲愴《ひそう》な表情に見えますようにと祈った。「罪悪感というのはおそろしいもので、なにをやりだすか自分でもわからないんです」自分の屋敷にこそこそと忍びこんで、死体を盗みだしたりとか。しかもそれを運びだしたところで、問題が解決するわけではないのだ。しばらくのあいだとはいえ、どこに死体を隠せばいいのだろう。ダニエルの馬鹿げた提案を聞いたときには、そこまで考えなかった。ダニエルだっておなじようなものだろう。なんとかしようとしているはずが、どんどん泥沼にはまっているような気もする。クリスティアナが思ったとおりのすてきなご婦人でありますように。これがただの人殺しか、救いようのないじゃじゃ馬だったりしたら、まさに目もあてられない。

「ねえ、シュゼット」リサがささやいた。「話をうかがうくらいはできるんじゃない？」

シュゼットは迷っているような顔だったが、降参とばかりに両手を挙げて階段に向かった。

「わかったわよ。どういうわけか、お姉さまはいまでもこの人が大事みたいだしね」

リサは微笑んで、リチャードの腕をとった。「あなたがお姉さまにプロポーズしたときのこと、よく覚えているの。すべてうそのはずはないと思っていたわ。それはもう優しくて、ロマンティックで。毎日のようにプレゼントが届いたし、お姉さまのことを薔薇の蕾と呼んだでしょう？　お姉さまが恋に落ちたのも不思議はないわ」

「薔薇の蕾？」思わずつぶやいた。シュゼットの部屋をちらりと振りかえり、あとはダニエルが無事死体を運びだしてくれるものと信じることにした。

「お姉さまはあの呼び方が一番のお気に入りだったのよ」リサはリチャードと腕を組んでゆっくりと階段を降りた。「そう呼ばれるたび、とろけそうな顔をしてたもの。美しくて、いい香りで、なにがあろうと自分の手で守ってみせると説明したんでしょう？」

ジョージはだれかに女性の口説き方を教えてもらったようだ。ロマンティックなところなど皆無の弟が、そんな歯が浮くようなセリフを自分で思いつくはずがない。

「朝早くからお酒を飲むのも、やっぱり罪の意識からなの？」

リサに腕をとられたままジョージの執務室とおぼしき部屋に入ると、シュゼットにそう訊かれた。シュゼットは琥珀色の液体が入ったデカンターと空のグラスが載った、暖炉脇の小さなテーブルを見ている。おそらく中身はウイスキーだろう。質問が理解できず、デカンターを見てからまたシュゼットに視線を戻した。「早くから飲む？」

シュゼットはいらいらと鼻を鳴らし、デカンターの蓋《ふた》をとってにおいを嗅いだ。鼻にしわを寄せている。「今朝、発見したとき、これを飲んでたのはまちがいないの。朝食が済んだばかりって時間なのに」すさまじい顔でこちらを睨みつけながら、空のグラスに中身を注ぎ、乾杯するようにグラスを掲げた。「お姉さまの話では、これはすごく上等なウイスキーで、お祝いのときしか飲まないそうね。で、なにに乾杯してたの？」

まるで喧嘩を売っているような顔だった。ジョージがなにをお祝いしていたのかを察しているのかもしれない。それがなんだったのかはまったく見当もつかないが。そのとき、ジョージの口もとを嗅いだときのアーモンド臭は、この琥珀色の液体のせいだと閃いた。シュゼットが高く掲げているグラスの中身が原因でジョージは死んだにちがいない。

「さあ、なにをお祝いしてたのかを教えてよ」シュゼットは厳しい顔で迫ってきた。「いい知らせなんでしょ」

「なにかを祝っていたわけではないんだ」リチャードはシュゼットに一歩近づいた。「気分が悪かったので、伯父がよく健康のために毎朝一杯やっていたのを思いだして、試してみようかと思っただけで」

「うそつき」シュゼットはささやくようにつぶやき、そんなことはどうでもいいとばかりに肩をすくめると、グラスを唇に近づけた。「まあ、いいわ。生まれ変わって、お姉さまを幸せにしてくれることに乾杯」

「飲むな！」リチャードは慌てて駆けよった。なんとかグラスを叩きおとしたが、毒入りの酒はこぼれてドレスの前に広がった。

6

「まあ、シュゼットのドレスが！」リサが叫びながら、シュゼットに駆けよった。

「申し訳ない」リチャードはそうつぶやき、グラスを拾いあげた。「ドレスを台無しにするつもりはなかったんだ」

「ええ、そうでしょうとも。ご自分の大事なウイスキーを、わたしに飲まれたくなかったただけよね」シュゼットは容赦なく攻撃した。「お姉さまから聞いたけど、これはだれにも飲ませないそうね。だけど床にぶちまけるよりは、わたしに飲ませるほうがましだとは思わないわけ？」

「もちろん、我が家では遠慮なく、なんでも自由に飲み食いしてほしい」背筋を伸ばしてそう宣言し、ひとつうそをついた。「ただ、怒りにまかせて飲んでほしくなかったんだ。普段なら絶対にウイスキーなど飲まないはずだし、これはとても強い酒だ。たちどころに頭をがつんとやられるぞ」

　そんな言葉を聞いても怒りは収まらなかったようで、シュゼットはぷいとそっぽを向いた。

「それで頭ではなく、胸に浴びせたのね」

「シュゼット！」リサがはっと息を呑んだ。

「あら、本当のことでしょ」シュゼットは自分のびしょ濡れのドレスを指さした。いらだたしげに舌打ちして、つかつかとドアに向かった。「悪いけど、これ以上お話をする気になれません。おやすみなさい」

「たしかに、話すのは明日にしたほうがよさそうね」リサは申し訳なさそうにつぶやき、慌ててシュゼットを追った。しかし途中で足を止め、こちらを振りかえって弱々しく微笑んだ。「でも、どれほどひどい仕打ちをしてきたかに気づいてくれて、本当によかったと思っているの。冷えきってしまったお姉さまとの仲が元通りになるよう、わたしにできることならなんでも協力するわ」

「ありがとう」リチャードは答えた。シュゼットは気が強いが、リサはなんというか……まだ若く、驚くほど優しい娘だった。このままクリスティアナとの結婚生活を続けることになったら、リサが夢見がちな性格のせいで騙されたりしないよう、気をつけてやる必要がある。それにしても、自分が漏らしたたったひと言から、ジョージがあれほど冷酷だった理由を、あんなにロマンティックな物語で説明してみせるとはたいしたものだ。かぶりを振りながら妹たちを見送ると、自分の手のグラスのにおいを嗅いだ。ウイスキーのにおいだけで、アーモンドのような刺激臭はまったくしない。デカンターのにおいも嗅いでみたが、やはり刺激臭はない。あいにく毒にはあまり詳しくないが、そういったにおいは実際に飲んだあとでないとわからないのかもしれない。あるいは、毒が入っていたのはこのウイスキーではなかったか。

だが念のためにと、庭に続いているフランス窓に向かい、デカンターの中身を芝生に空けた。

室内を振り向くと、左のほうからどさっという音が聞こえた。そちらに目をやると、数メートル先の芝生にさっきまではなかった大きなものが見える。そこに転がっているのが毛布のはがれかけた死体だと気づき、さっと二階の窓を見上げた。窓枠の上に男の片脚が見える。ダニエルだ。すっかり忘れていた。どうやら妹たちが二階へ戻る前に抜けだすことができず、いまごろ窓から逃げようとしているらしい。手助けできないかとその場で待っていたが、ダニエルのもう片方の脚が現われるより前に、いきなり部屋に蠟燭の明かりが灯《とも》り、ダニエルの姿が窓に黒々と浮かびあがった。

リチャードは悪態をつきながら慌てて室内に戻った。空にしたデカンターを机に置いて廊下に飛びだすと、危うくハーヴァーシャムと衝突しそうになった。

「旦那さま！」執事が大声で叫んだ。「いったい――」

「ああ、そうそう、気分がよくなったんだ」召使たちはぼくが病気だと聞かされていたはずだと思いだし、リチャードは無理やり微笑んだ。ハーヴァーシャムがジョージにクビにされずに、まだこの屋敷で働いているとわかって嬉しかったが、いまはそれどころではない。

「すまない、その……二階に急用があって」

呆然としているハーヴァーシャムの返事を待たず、リチャードは気の強いシュゼットからダニエルを救いだそうと階段を駆けのぼった。あのシュゼットのことだ。いまごろは〝泥棒〟と叫びながら、蠟燭でダニエルの頭を容赦なく殴っているにちがいない。

ところがドアを勢いよく開けたとたん、その場に凍りついた。どうやら、あまり心配する必要はなかったようだ。ふたりはそれはそれは情熱的に抱きあっていて、夢中になるあまり、ドアが開いたことすら気づいていないようだ。少なくともシュゼットは気づいていなかった。どうしたものかと迷っていると、シュゼットの背中から片手を離したダニエルが出ていけと手を振った。一瞬ためらったが、その指示に従うことにした。ダニエルは誠実な男だから、シュゼットの身や評判を傷つけるような真似《まね》はしないはずだ。それに冷静になってみると、死体を芝生に転がしたままだと思いだした。

リチャードはドアをそっと閉めた。ドア越しに「シュゼット、もう行かなければ。おれがここにいるのが見つかったりしたら――」というダニエルのくぐもった声が聞こえ、やはり自分の判断は正しかったと安心した。

「でも、ちゃんと相談しないと……」

シュゼットの言葉はそれしか聞こえなかった。ダニエルはすぐに降りてくるつもりのようなので、すぐさま死体のもとに駆けつけたからだ。

一階に戻ってみるとハーヴァーシャムの姿は消えていた。しかし、ある意味さっき会ったことのほうがずっと不思議なことだったのだ。ハーヴァーシャムは自分やジョージが生まれるずっと前から、四十年ものあいだラドノー伯爵家の執事を務めてきた。有能な執事の例に漏れず、威厳と慎みをもって黙々と自分の務めを果たしているが、もう高齢なのも事実だ。屋敷中が眠りにつくのを待っているよりも、早く眠るべきなのはまちがいなかった。とはいえ、ジョージが執事の年齢や衰えなど意に介するはずがない。あいつのことだから、屋敷中が眠りにつくまで起きていて、自分とクリスティアナが起きだす前に職務についているよう、気の毒な執事に命じていたのだろう。

自分の留守にジョージはどんな真似をしていたのだろうと考えると憂鬱《ゆううつ》になる。とりあえずは執務室を通って庭に急ぐと、死体はさっきとおなじ場所に転がっていた。毛布の端から頭がのぞき、反対側は膝から下がのぞいている。苦労して毛布で包みなおし、それを両手で抱えあげたところで、はたと立ち止まった。

シュゼットの部屋の窓が裏庭に面しているから、死体はここに投げおとされた。あとは屋敷のなかを通らずにダニエルの馬車まで運ぶつもりだったが、そうすると厩舎《きゅうしゃ》を通るときに馬たちが大騒ぎして、まちがいなく馬丁頭が飛びだしてくるだろう。となれば、屋敷のなかを急いで通りぬけて正面玄関から出るしかない。リチャードはしかめ面でそう決心した。

また執務室に戻ってフランス窓を閉めたところで、ドアをノックする音がした。呆然とドアを見つめてから、フランス窓を振りかえり、まずは死体を自分と机のあいだにどさっと落とした。机の両側からそれが見えないことを確認してから、大声で答えた。「どうぞ」

ドアが開き、ハーヴァーシャムがおそるおそるといった表情でなかをのぞきこんだ。これまでの一年間、ジョージがこの部屋でどんなことをしてきたのかと、ますます不安になってきた。まさか妻と暮らす屋敷に愛人を連れこむほど悪趣味ではなかったと思いたいが。

「どうした、ハーヴァーシャム？」リチャードは落ち着けと自分にいいきかせた。

執事はひとつ咳払いをすると、戸口で背筋を伸ばした。「お寝《やす》みになる前に、なにかご入り用のものはございませんか？」

「いや、なにもないよ。おまえももう寝みなさい」そう声をかけ、出ていこうとした背中に尋ねた。「まだ起きている召使はいるかな？」

ハーヴァーシャムは立ち止まり、ちょっと考えてから答えた。「わたくしの知るかぎりではおりません、旦那さま。奥さまづきのメイド、グレースはべつですが。彼女はおそらくまだ起きていると存じます」

「そうだな」リチャードはつぶやくと、もう下がっていいと身ぶりで示した。「さあ、もう寝みなさい。それからハーヴァーシャム、今後はこんな遅くまで起きている必要はないよ。まあ、その件についてはは明日また話すとしよう」

「かしこまりました」ハーヴァーシャムは音もたてずにドアを閉めた。すこし時間を置き、もうさすがに執事も姿を消しただろうというころ、何度目かもわからないがまた死体を抱えあげた。ため息をつきながら背筋を伸ばすと、いま閉まったばかりのドアに近づき、しばらく耳を澄ませてからドアを開けた。そして廊下にだれもいないのを確認すると、急いで玄関へ向かった。

ダニエルの馬車は、リチャードたちが降りた場所でそのまま待っていた。御者はぐっすりと眠りこんでいるようだ。急いで馬車の扉を開け、死体を座席の片側にほうり投げた。いや、正確にはそうしようと思ったのだが、板のようにかたくなっている死体はそのまま転がりおち、そう簡単には扉のなかに収まりそうもなかった。

困りはてたが、このままにしておくわけにもいかない。きょろきょろとあたりを見まわし、内心悪態をつきながら、おもむろに死体のマッサージにとりかかった。最初は首、つぎに両脚を曲げ、なんとか馬車のなかに押しこむ。それからきちんと毛布に包まれているのを確認し、屋敷を振りかえった。

ダニエルの姿は見えない。どこでなにをしているのか、死体をどうするか相談したかったのだが。これから数日間、死体をどこに隠しておけばいいのか見当もつかない。そもそもすべてはダニエルがいいだしたことなのだから、なにか名案があるのだろうと期待していたのだ。しばらく待ってもダニエルが現われないので、馬車の扉を閉め、またなにか起こったのかと思いながら屋敷に戻ることにした。

「最低！」クリスティアナはベッドの天蓋《てんがい》を見つめながらそうつぶやき、どうして天蓋がぐるぐるまわっているのだろうと考えていた。「ディッキーの馬鹿、馬鹿、馬鹿！」

あいかわらずぐるぐるまわっている天蓋にうんざりしながら、ため息をついて夫の帰宅を待った。お尻を見なくては！　できればそんなことはやりたくないし、夫が大馬鹿でなければそんな必要はなかったはずだ。グレースが姿を消してから出した結論はこれだった。いわせてもらえば、自分はそんな最低な女じゃないはずだ。たしかに絶世の美女ではないが、二度と顔を見たくないほどの不細工でもないし、頭も性格も悪くないと思う。そうそう、これまでに一度だって夫にがみがみ噛みついたり、わがままをいったこともない。ただ、愛する夫と幸せに暮らしたかっただけなのだ。それなのに、夫は自分の幸運にも気づかない大馬鹿者なのだ。あるいは、少なくとも結婚式が終わった瞬間から気づかない大馬鹿者に変身してしまったが、プロポーズ中や、今夜の夫なら……。

瞳を閉じて、ダンスフロアでのひとときを思いうかべた。わたしを腕に抱き、あれこれと気遣ってくれた夫。まるでプロポーズ中に戻ったような気がした。わたしの知性やセンスを頭ごなしに否定し、成りあがり者以外わたしに近づく者はいないといった夫とは大ちがいだった。

今夜はまるで別人のようだった。この一年はすまなかった、これからその償いをすると謝ってくれた。夫の腕に抱きしめられた感触がよみがえる。

耳にかかった夫の息や、耳たぶを軽く噛まれたときのことを思いだすとぞくぞくする。そして、夫の片手がお尻の上に滑りおり、腰に強く押しつけられたときのことを思いだすとため息が漏れた。

本当はバルコニーに連れだしてほしかった。ちゃんとキスされたらどんな感じなのか知りたかった。なにしろ、結婚式のときに唇にいいかげんに口づけされた以外、これまで一度もキスをされたことがないのだ。もっとも、これまでは夫にキスされたいなんて思ったこともなかった。今夜夫の腕に抱かれ、耳に息がかかったり、触れられたりしたときに、身体を熱い電流のようなものが走るのを感じるまでは。

ひょっとすると望みはあるのかもしれない。といっても、夫がジョージではないと確認できたらの話だ。顔をしかめながら自分にいいきかせる。なんとしても自分の置かれている状況と、自分の結婚相手が何者であるかを確認しなくては。夫の寝室に通じるドアを睨みつけた。

それにしても、夫はどこにいるのだろう。寝る準備をしているのなら、どしんどしんと歩きまわる音が聞こえてくるのだが、いまのところ物音ひとつしない。先に舞踏会から帰ったはずなのに。

ドアが開く音にはっとすると、リサが顔をのぞかせた。

「ああ、よかった。まだ起きていたのね」嬉しそうにそっとなかに入ってきた。「わたしも眠れなかったの。あまりにも幸せで、興奮しちゃって」

「いったいなんの話？」クリスティアナはなんとか無事に座ってから尋ねた。世界がこんなにぐるぐるまわっていなければ、座るのも楽なのに。

「お姉さまとディッキーのことよ」リサはベッドの端に腰を下ろした。

自分の質問に対する答えだと一瞬わからなかったが、それに気づくと思わず顔をしかめ、鼻を鳴らした。「いやだ、ディッキーのことなの」

「ねえ、クリスティアナ」リサがため息をついて両手を握った。「この一年、結婚生活が想像していたのとは全然ちがってたことも、ディッキーを恨んでいることも、よくわかってる。でも、これからは大丈夫よ。安心して」

「どうしてそうなるわけ？」呆《あき》れた顔で聞きかえした。「生き返っちゃったのよ」

「それを知ってがっかりしたこともわかってる。だけど、これからは大丈夫なんだって。いまにわかるわよ、クリスティアナ。ディッキーはお姉さまを愛してるの」リサは握った両手に力をこめた。「うそじゃないの。弟を亡くして、罪悪感で苦しんでいたのよ。だから、一年間あんな態度をとっていたんだって」

「は？」まさか。

「まだわからないの？」リサは身を乗りだした。「気の毒な弟さんは火事で亡くなったんでしょ。でも、ディッキーだけは生き残った。そのせいでひどい罪の意識に苦しんだはずよ。そんなときにクリスティアナに出逢い、状況はますます悪くなった。お姉さまのことを好きになり、結婚もして、かわいそうな弟さんがけっして味わうことのなかった幸せな生活を送っているんだもの。毎日のように罪悪感にさいなまれていたはずよ、かわいそうなディッキー」

目を細め、普通にしゃべれるか不安に思いながらゆっくりと尋ねた。「ディッキーが苦しんでた？」

「そうなの！」リサはようやくわかってくれたかと嬉しそうに微笑んだ。

「だから、あんないやがらせをしたの？」

リサは目をぱちくりさせた。「ええ、そうだと思うわ」

「そんなの愛じゃない。愛する相手にあんな態度をとるわけないもの」クリスティアナはかぶりを振った。「わたしを愛してなんかない」

今度はリサが顔をしかめる番だった。「でも、罪悪感にさいなまれている男性は、昔から愛する女性を苦しめてきたのよ。本のなかでは本当にしょっちゅうあることなんだから。ヒーローが罪悪感にさいなまれ、愛する人につらくあたるんだけど、その女性は優しいから、じっと耐えているの。やがてヒーローも自分がまちがっていたと気づき、ふたりは永遠に幸せに暮らすの」

「やれやれ」思わず口から漏らしてしまった。こうなったのも自分のせいだ。そんなくだらないロマンス小説ばかり読ませず、もっと高尚な文学を勧めるべきだった。ついため息が出る。「そんなの本物のヒーローじゃないわよ、リサ」

「でも……」

「悲しいからって、あなたはシュゼットやわたしにつらくあたったりする？」

「もしかしたら……無愛想にしたり、いやな態度をとったりすることもあるかもしれない」

「でも、だからといってわたしたちをののしって、馬鹿な役立たずだと思いこませたりする？　趣味が悪いとか、貴族じゃなかったら友だちなんてできないなんていう？」

「まさか、そんなこと」

「どうして？」

「だって、お姉さまたちが好きだから」リサはそういうと、目を丸くして息を呑んだ。「ああ、そうだったのね」

無言で妹を見つめながら、なぜかがっかりしている自分に気づいた。やはりディッキーが変わるなんてありえないのだ。自分の結婚に希望なんて抱いても、ろくでもない結果になるに決まっている。夫とキスしたいなんて、なにかの勘違いだ。もっとも、それもこれも夫がジョージではなければの話だ。その可能性がほとんどないことをつい忘れてしまう。そして、ベッドをともにしていないという理由で婚姻無効の手続きができるという事実も。こんな最低の生活から一刻でも早く解放されたかったはずなのに。

「でもクリスティアナ、ディッキーにだって変わるチャンスをあげないと。完璧な人なんていないんだし、心から後悔しているみたいよ。それに、いまはこの結婚を続けるしかないんだし」

「夫のお尻次第ね」思わずつぶやいた。でも、結婚したのはジョージではなく、本気で後悔しているなら、もしかして……。現実に、この生活がこの先変化することなどありうるのだろうか？ 踊っているときに優しくて、抱きしめられてどきっとしたからって、毎日の生活が変わるわけではない。それとも、信じていいのだろうか？ ますます頭が混乱してしまった。

「またそれ？」リサがため息をついた。

「えっ？」クリスティアナは意味がわからなかった。

「ディッキーの裸のお尻の話よ」リサの声はうんざりしていた。

「ディッキーの裸のお尻を見れば、すべてはっきりするのよ」そう考えると、心が軽くなった。もしも苺のような痣がなければ、血も涙もない冷血漢のジョージだと証明されたということで、キスされようがされまいが今後の生活に希望などありえない。もっとも、痣があったらあったで事態はより複雑になる。それでも婚姻無効の手続きはできるし、この生活をもうすこし続けてみて、夫とキスしてみることだってできるし、キスだけしておいて、結婚はおしまいにすることだって可能だ。どちらにしても婚姻無効の手続きはできると考えてから、そもそもどうして夫の痣を探さなくてはいけないのかを思いだした。そうそう、そうだった。

「苺のような痣がなければ、わたしが結婚した相手はジョージなの」

「ジョージは亡くなったのよ」リサが辛抱強く説明した。「亡くなった人と結婚することはできな――クリスティアナ、まさか」

どうして妹がいきなりぎょっとした顔つきになったのか、どうして目の前の妹が二重に見えるのかわからないまま、その顔を見つめた。焦点を定めようと、かぶりを振ってみる。

「なに?」

「まさか自分の命を絶とうなんて、考えていないわよね」リサが心配そうに尋ねた。

「そんなこと、考えたこともないわよ」即答すると、リサはほっと胸を撫でおろしたようだ。

「ディッキー、あるいはジョージの息の根を止めようとしているだけ。まあ、もしかしたらだけどね。とにかく、苺のような痣にかかってるの」

リサはぽかんと口を開けたまま、まじまじとこちらを見ていたが、おもむろに咳払いをして立ちあがった。「この件について話すのは、頭がもっとすっきりしてからのほうがよさそうね。明日の朝にしましょ」

「いいわよ」クリスティアナは陽気に答え、ベッドにごろりと横になって、どうすればディッキーのお尻が見られるかを考えた。突然、それが世界で一番重要なことに思えてきた。

7

リチャードはシュゼットの部屋のドアに耳をあて、なかでなにが起こっているのかを探ろうとした。早くつぎの行動を決めたかった。ノックして、本来ならそこにいるはずのないダニエルを呼びだすわけにもいかない。だが、もし醜聞となるようなことが起こっているのであれば、遠慮なくノックするつもりだった。シュゼットは実の妹ではないが、自分の屋敷で起こったことはすべて自分に責任があるとリチャードは考えている。まさかダニエルがクリスティアナの妹をたぶらかすようなことはないと信じているが、どういうわけかいやな予感がした。

できるだけ音をたてないように気をつけていたが、廊下の先のドアが開く音に、とっさに姿勢を正した。

クリスティアナの部屋からリサが出てきた。シュゼットの部屋の前でうろうろしているのを見られるわけにはいかない。自分の寝室に向かっているふりをして、リサのほうへ歩いていった。

「あら」寝衣に上着をはおっただけの姿を見られて、リサは恥ずかしそうに微笑んだ。「クリスティアナとちょっとおしゃべりしていたの」

「おやすみ」すれちがいざまにあいさつし、主寝室のドアに向かった。肩越しに振りかえると、リサが自分の部屋の前にいるのが見えた。唇を嚙んで、こちらを見つめている。リチャードは無理やり笑みを浮かべ、ドアノブをまわした。ところが、ノブがまわらない。

「いやだ、鍵を開けるのを忘れていたわ」リサが飛んできた。まるで鍵がそこにあるかのように、上着のポケットを手で探っている。ところが、途中ではたと立ち止まった。「鍵はシュゼットが持っているんだった」

慌ててシュゼットの部屋に向かうリサに声をかけた。「大丈夫だよ。起こすのも気の毒だしね。クリスティアナの部屋を通っていくことにするよ。朝になったら開けてくれれば充分だ」

リサはどうしたものかと迷っている様子だった。ダニエルをリサが目撃したらどうしようとはらはらしながら、リチャードはクリスティアナの部屋のドアの前に立った。小声でおやすみと声をかけ、なかに滑りこんだ。

もちろんクリスティアナが起きているのはわかっていた。さっきまでリサがいたのだから、きちんと服を着て、メイドとおしゃべりでもしているのだろうと思っていたが、メイドの姿は見あたらない。いつのまにいなくなったのだろう？

左手からかすかにはっと息を呑む音が聞こえた。振り向くと、クリスティアナがベッドに横になっている。慌てて起きあがり、舞踏会のときとおなじような恐怖と驚きに満ちた表情でこちらを見つめていた。まさかここに夫が現われるとは思ってもいなかったようだ。考えてみればおかしな話だが。気づくとベッドカバーがずり落ちて、美しいレースの寝衣があらわになっていた。凝った薔薇のデザインのせいか、ほっそりした身体がすこしふくよかに見える。頭のなかはそのことでいっぱいだったが、クリスティアナが毛布を引っぱりあげて身体を隠したので、はっと我に返った。しかし即座に考えがまとまらないのはおなじだった。

クリスティアナをじっと見つめながら、主寝室のドアに向かってカニのように歩いていった。さっきのあられもない姿が目に浮かび、つい情けない声が漏れてしまう。

クリスティアナが眉を上げたので、なにか説明する必要があるようだ。「すまない。ただ通らせてもらうだけだよ。ぼくの部屋のドアに鍵がかかっていてね。その、廊下に出るドアに。だから、こっちを使わせてもらったんだ」

「ああ」クリスティアナはかすかに目を見開き、毛布を押しのけた。「シュゼットが鍵を持っているの。とってくるわね」

「いや、いいんだ」リチャードは両手を挙げ、もがいているカニのように素早くドアに向かった。クリスティアナの魅力的な姿がますます目に焼きつく。「ここから入るから大丈夫だ。きみは……」慌ててベッドから降りようとしているクリスティアナを抱きとめた。ベッドカバーに足をとられて危うく倒れるところだったのだ。ひと安心したのもつかのま、胸に抱える形になってしまい、すこし身を引きながら尋ねた。「大丈夫か？」

クリスティアナはうっとりとこちらを見上げていた。視線はついついクリスティアナの唇に引きつけられる。ふっくらとして、キスを待っているかのようにすこし開いていた。自分の唇をそこに押しつけて、クリスティアナの口を舌で探りたい衝動に駆られた。しかし強いウイスキーの香りに、ぎりぎりでなんとか自分をとりもどした。さっき二階の部屋にダニエルと隠れているあいだに、クリスティアナがろれつがまわらない様子だったことも、耳にした会話もよみがえってきた。ロバートに何杯も飲まされたといっていた。しかも、強い酒ばかりを。クリスティアナは酔っぱらっているのだ。

「ねえ、お尻を見せてくれない？」

まさに予想外の言葉に目を瞠った。「なんだって？」

「わたし、なにかいった？」クリスティアナは眉をひそめた。

思わず笑いだしそうになって、そっと身体を離した。「ベッドに戻ったほうがいい」

「お尻を見せてあげたら、お返しにわたしのお尻を見せてくれる？」クリスティアナは小首を傾げた。「あら、まちがっちゃった？」

「そうだね」リチャードとしても苦しいところだった。クリスティアナが寝衣を引っぱりあげる姿が頭に浮かぶ。それは夢に見そうなほど魅力的だった。かぶりを振りながら、ベッドに押し倒したいという誘惑と戦った。「優しいお誘いをどうも。断わらなくてはならないのが実に残念だ」

クリスティアナは大きなため息をついた。「リサとならうまくいくのに」

その言葉にはたと立ち止まった。うまく声が出てこない。「きみたちは尻を見せあっているのか？」

「ちがう！　刺繍《ししゅう》の話よ」憤然と答えた。「どうして、リサのお尻を見なくちゃいけないの？」

「これは失礼」

クリスティアナは、「ろくでなしのディッキー伯爵」らしきことをつぶやくと、自分からベッドにもぐりこんだ。絹のカバーの下でしばらくごそごそしていたが、こちらを見て眉をひそめた。「なにか、することがあったはずなんらけど？」

リチャードはひとつ咳払いをした。「ぐっすり眠りなさい。ぼくも自分の部屋に行くから」

しかしクリスティアナはまた起きあがってしまった。寝衣のひもが肩からずり落ちて、片方の胸の形があらわになっている。さっきはどうして魅力がないなどと思ったのだろう？ジョージと対決することしか頭になく、緊張のせいでまともに考えられなくなっていたにちがいない。見れば見るほど魅力的な女性だ。

「なにかあったの。しなくちゃいけないことが」

不機嫌そうなその言葉に、見えそうで見えない胸から目を引きはがし、ドアに足を向けた。

「たいしたことじゃないだろう。じゃあ、おやすみ」

ひとりになるとなんだか力が抜けて、がっくりとドアに寄りかかった。

「ねえ、お尻を見せてくれない？」思わずさっきのクリスティアナの言葉が口をついて出た。女性というものには驚かされてばかりだ。これまでにわかったかぎりでも、一緒に暮らして退屈する心配だけはなさそうだ。まずは死んだ夫を氷漬けにし、初めての舞踏会に出かけた。もちろん妹たちを破滅から救うためだが、クリスティアナ自身はまるで醜聞をおそれていないようだった。この一年、夫婦で出かけることもなく、舞踏会、お茶会、夜会、夕食会やお芝居も一切なしだったようだ。もちろんその理由ははっきりしている。リチャードではないと発覚するのをおそれて、ジョージは徹底的に人に会うのを避けたのだろう。おそらくは一、二年社交界から遠ざかり、みんなの記憶が薄れるのを待って戻る計画だったはずだ。そのとばっちりでクリスティアナは世間から隔離され、ひとりで出かけることもできなかった。

「かわいそうに」リチャードはドアから離れ、鍵のかかった主寝室に閉じこめられた形になってしまったのに気づいた。うっかりしていた。

「どうしたものか」閉めたばかりのドアを見た。あの部屋を通るのは無理だ。クリスティアナは目を覚まし、鍵をとってくるといいはるだろう。そんなことをしたら、シュゼットの部屋にいるダニエルが見つかってしまう。シュゼットの名誉を守るために、ダニエルを結婚させるわけにはいかない。不本意な結婚にとらわれるのはひとりで充分だ。

部屋を見まわし、ほかに出口がないかを探した。廊下に通じるドアの鍵をこじあけることはできるだろうが、それに使えそうな道具は見あたらない。

続いて窓に顔を向ける。一刻でも早くダニエルと落ちあって、死体をどこかに隠さないと。入りこんだときとおなじように、窓から出るしかないだろう。

運命のいたずらにかぶりを振りながら、急いで窓に向かった。さきほど死体を運びだしたあとで、だれかが窓を閉めたようだ。ふたたび窓を開け、身を乗りだして外の様子をうかがった。そのときドアが開く音が聞こえ、慌てて身体を起こした拍子に頭を窓にぶつけてしまった。

悪態をつきながら頭の後ろをさする。振り向くと、クリスティアナがこちらに歩いてきた。

「従僕が病気なのを思いだしたの」まっすぐ歩くだけで精一杯という感じだが、声は明るかった。

「従僕?」リチャードは時間稼ぎに聞きかえした。

「病気なのよ」それがすばらしい知らせのように、満面の笑みを浮かべている。

「ああ、そうだったね」思いだしたふりをした。なるほど、なかなか難しい。この一年に起こったことはなにも知らないわけだが、まわりは当然覚えているだろう、慎重に慎重を重ねる必要がある。そこでズボンを引っぱられるのを感じて、不意に我に返った。クリスティアナがすぐ後ろに来ていた。ぴったりした膝丈のズボンを下ろそうとしているらしい。

「なにをしているんだ？」驚いて、そちらに顔を向ける。

「服を脱ぐのを手伝っているの」また背中にまわろうとする。

まっすぐにクリスティアナを見つめた。「その必要はないよ。自分でできるから」

「馬鹿なことをいわないで。今日、ディッキーは死んじゃったのよ。自分で服を脱げるわけがないじゃない」まるで噛みつくチャンスを狙《ねら》っているブルドッグのように、まわりをぐるぐるまわっている。当然、そうはさせまいと一緒にまわることになった。

眩暈《めまい》がしてきたので、クリスティアナをしっかりと抱きかかえて動きを止めた。「ありがとう。でも本当に自分で……」リチャードはやれやれとため息をついた。しかしそんな言葉は耳に入らなかったようだ。後ろからズボンを脱がせようとするのはあきらめてくれたようだが、今度はダブルの濃紺の上着を脱がせようとしている。さっき木に登る前にボタンをはずしたので、爪先立ちして肩から脱がせればいいだけだった。しかし足もとがおぼつかないので、レースに覆われた胸をぎゅっと押しつけてきて、そこに気をとられているうちに上着を脱がされていた。

「ほら」クリスティアナは嬉しそうに笑いながら、ダニエルが買ってくれた高価な上着を脇に置いた。つぎはその下の白いマルセイユ織りのベストにとりかかった。今度はボタンをはずさなくてはならない。なんとかやめさせようとした。

「なあ、クリスティアナ。ひとりで脱げるよ。頼むから……」酔っぱらってふらふらしているくせに、驚くほど素早くボタンをはずしている。気づくと、上着とおなじように脱がされてしまった。ベストはそのまま床に落とし、目を丸くしている。もう上半身はシャツとタイしか身につけていなかった。

「まぁ！」クリスティアナは驚いたように息を呑んだ。「すごく広い肩」

「あ、いや、その」どう答えればいいのか。半年前に姿を見られていたら、まったくちがう感想が返ってきただろう。寝こんだせいで見るも無惨なありさまだったのだ。さいわいなことにその後体重も戻り、ジョージに命を狙われる前より健康になったくらいだった。

そんな感傷は忘れようとかぶりを振ったとたん、クリスティアナがズボンの前に指を入れたので仰天した。前から脱がそうとしているのかと思ったが、単につかまっているだけとわかってほっとしたのもつかのま、今度はがくんとくずおれた。

バランスをくずしてズボンをつかんだまま前のめりになり、頭を股間《こかん》にぶつけてはっと気づいたようだ。ズボンから手を離してくれたのはありがたいが、今度はいきなり足を持ちあげられて驚いた。慌てて窓の下枠をつかんで後ろに寄りかかった。

「すごく大きな足ね、ディッキー」

リチャードは思わず苦笑した。ディッキーと呼ばれるのは昔から嫌いだった。そう伝えようかとも思ったが、とりあえずは尻もちをつかないように窓枠にしがみついた。クリスティアナはさらに高く上げた足を自分の胸に置き、靴のバックルをはずしてくれるつもりのようだ。靴を履いた自分の足が胸のあいだに置かれている。そこに顔をうずめたいというとんでもない考えが頭をよぎった。

正直な話、靴を脱がすだけとわかってちょっとがっかりしたくらいだった。しかしクリスティアナは靴を脱がせおわった足をまた胸に置き、今度は靴下を脱がしはじめた。どうすればいいのか途方に暮れたまま、柔らかい胸に載せられた自分の足を息もできずに見つめた。爪先を動かして胸の感触を味わいたかったが、それは忘れろと自分に命じる。綿の靴下と、その上の絹の靴下を同時に脱がされて、かっと目を見開いた。クリスティアナの指がなにげなく大事なところを撫でていた。

靴下を脱がされてしまうと、思わず吐息が漏れた。クリスティアナはその足を床に下ろし、もう片方の足をおなじように胸に載せた。そして素早くバックルをはずして靴を脱がせ、指を滑らせながら靴下をはがしていく。本人は気づいていないが、リチャードの足は胸の感触と滑る指の愛撫《あいぶ》にもだえていた。あまりに早く終わってしまい、実に残念だった。

ため息をつきながら姿勢を正した。しかしこれで気が済んだかと思ったのに、それは大きな勘違いだった。今度はズボンの正面に手を伸ばしてきたのだ。

「クリスティアナ……」リチャードは布地越しに股間を触られて思わず喘ぎ声が漏れ、ただ突っ立ってなすがままにされていた。思いもよらない愛撫にどんどん大きくなって、このままでは我慢できなくなりそうで怖くなる。手をつかんでやめさせようかとも思ったが、本音ではそうしたくなかった。

まったく、どういうことなのか。こんなふうに無邪気に触られているだけなのに。従僕になら着替えのときになにをされても平気だったが、そんな思いもすぐにどこかへ吹き飛んだ。ズボンの前を開かれただけで、大きくなったものが顔を平手打ちしそうな勢いで飛びだしたのだ。

「まあ、ディッキー。なんて大きな……」クリスティアナは驚きに息を呑んでいる。リチャードは腕を引っぱって立たせると、唇に自分の唇を重ねた。

8

クリスティアナは夫に引っぱりあげられて驚いた。そしてそのまま口づけされて、さらに驚いた。まったく予期せぬ展開だった。なにしろ結婚式以来、夫にキスされたことはないのだ。ベッドをともにしたと思っていたあの夜もなかった。しかも、こんなふうに……。爪先までしびれるようなキスは生まれて初めてだった。夫の舌がなかに入ってくると、身体のなかで大きな渦がわきおこっているような気がした。

ただのキスにこんなに興奮してしまうなんて、いったいだれが想像できる？　どうしてだれも教えてくれなかったの？　なぜ、これまでこんなキスをしてくれなかったの？　毎晩こんなキスをしてもらえるなら、この一年もそれほどみじめじゃなかったはずなのに。

冷えきっていたクリスティアナの心のなかで、自分でも持てあますほどの思いが渦巻いていた。しかしそれさえも、経験したことのない新たな喜びの前にはどこかに消えさってしまった。ダンスのときの何百倍もの衝撃だった。唇はピクピクと震え、押しつけられた胸が熱かった。身体の奥底でなにかが大きな口を開けて待っているようで、思いきり背を反らしたくなった。キスに夢中になっていたら、気づけば腕全体が震えていた。夫の片手がお尻に伸びたのをレース越しに感じ、ふたりのあいだのかたいものに自分を押しつけたくなった。身体の奥底からとめどなくわきあがってくる泉に、また声をあげる。激しい思いに翻弄《ほんろう》されるまま、身体にあたるかたいものに知らないうちに自分をこすりつけていた。夫のもう一方の手が胸を強くつかみ、もうなにもわからなくなった。

柔らかな肌を揉《も》みしだかれて、夫のむきだしの肩にしがみつき、喉の奥から長いうめき声をあげた。寝衣の繊細なレースを乱暴に引っぱられて肌があらわになると、その声は喘ぎ声に変わった。

「ああ、ディッキー」急にキスをやめられて声をあげた。なぜか息切れしている。

「リチャードと呼んでくれ」彼は首筋に唇を這《は》わせ、むきだしになった乳首を優しくつまんでいる。

「リチャード！」夫の名を呼びなおし、肩に指先を食いこませた。「ねえ、お願い」

「そうだ」夫は低い声でつぶやいた。胸にあったはずの夫の手がいつのまにか口に替わっている。乳首に唇を近づけ、舌で円を描いたかと思うと、吸いつき、引っぱりはじめた。思わず喜びのすすり泣きを漏らした。

夫の手がお尻のあたりでうごめいているのを、心ここにあらずで感じていた。強くつかんだかと思うと、クリスティアナの希望どおり自分のかたいものにこすりつける。クリスティアナはつぎつぎと襲ってくる感情に押しつぶされそうになっていた。すべてはひとつに溶けあって、激しい欲望の嵐に変わった。もっとキスをして。胸の愛撫もやめないで。こっちの胸にもおなじことをして。着ているものを脱ぎすてて、もっと身近に感じたい。そして、欲しい……それがなんだかわからないけれど、この甘い拷問を終わらせるなにかが欲しかった。とはいえ、永遠に終わらせたくないという気もする。

自分の裡《うち》に荒れくるう欲望を鎮めようと、片脚を上げて夫の腰に巻きつけた。かたいものをもっと感じたくて、さらに激しく腰をこすりつけ、より密着できた喜びに声をあげる。夫はいまは中心を攻め、レース越しでも充分すぎるほどの刺激を与えていた。

夫もうめき声をあげ、その音が裸の胸に振動となって伝わってきた。また唇を求められると、目を閉じて懸命にそのキスに応《こた》えた。侵入してくる舌を無意識のうちに吸っていた。夫の手の位置が変わったかと思うと、突然腰をつかまれて抱きあげられた。自然ともう片方の脚も上げて夫の背中で両脚を組む格好になり、色も光も影もなにもかもがぐるぐるまわりだした。

どうやら夫はわたしをどこかに運んでいくつもりのようだ。この体勢だとかたいものを存分に感じることができ、ますます頭が真っ白になっていく。しかし夫は数歩で足を止め、クリスティアナをそっと床に立たせたので驚いた。

「どうしたの？」不安になって尋ねると、夫はさっとズボンを足もとに落とした。そのとき、そうだ、苺だと思いだした。身を乗りだしてのぞきこむと、たしかに赤い痣があった。弟のジョージではなく、リチャード・フェアグレイブ・ラドノー伯爵と結婚していたのだ。夫は詐欺師ではなかった。このままベッドをともにしそうないま、それを確認できてほっとした。あとはこのままベッドをともにするか、あるいはまっすぐロバートのもとへ向かい、医者の診察を受けて婚姻無効の手続きを進めるか、どちらにするかを決めなくてはならない。

唇を噛んで考えこんでいると、ズボンを脱ぎおわった夫がこちらに顔を向けた。口もとに笑みを浮かべ、彼女の頬を包みこんだかと思うとかすれた声でささやいた。「その顔を見るたび、ぼくが唇を噛んでやりたくなる」

「そうなの？」

「ああ」

夫の唇がふっくらした唇を挟んでなめると、クリスティアナはゆっくりとまぶたを閉じた。夫の唇は耳へと移り、耳たぶを甘く噛む。「唇もなにもかも噛んでしまいたい」

「なにもかも？」息も絶え絶えに聞きかえした。

「そう、なにもかも」夫の手がレース越しに太腿のあいだに伸びてきたのを感じる。中心を探られると、うめき声が漏れ、全身が震えた。また夫の唇が覆いかぶさってくる。舌の動きと、脚のあいだの手の動きが速くなるにつれ、無我夢中でキスに応えていた。ありえないほど身体が熱くなっている。

た。

「すべての埋めあわせをしたいんだ」夫は急にキスをやめ、また腰を支えて持ちあげた。

「……」また吐息が漏れた。結婚を無効にするとか、この熱い情熱を忘れるとか、あらゆることがすべて吹き飛んだ。もう一度両脚を夫に巻きつけ、目を閉じると、肩に爪を立ててしがみついた。また夫が歩きだすと、指で愛撫されていたところにかたいものが押しつけられた。

「いい夫になって、きっときみを幸せにする」頬から耳に唇を這わせながら、夫が宣言した。

「嬉しい……」クリスティアナはため息をつき、そうなってほしいと祈った。そうなれば、毎日みじめな思いで暮らすこともなくなる。そのとき急に仰向けにされたかと思うと、夫が上に乗ってきて、太腿のあいだにぴたりと腰を据えて動きはじめた。体重をかけて腰をまわし、押しつけてはまたまわし、左右にこすりつける。

唐突にキスが終わったので、クリスティアナは目を開けた。いつのまにか自分の部屋にいて、ふたりが倒れこんでいるのは自分のベッドだった。いきなり胸をつかまれ、もうほかのことはどうでもよくなってしまった。部屋を移動したときに、どういうわけか寝衣の乱れは直っていたが、夫は気づいてもいないようだった。おそらくそんなことはどうでもいいのだろう。レースの上から肌をなめ、吸い、息を吹きかけるのに夢中だった。喜びの波が全身を駆けぬけていき、思わず身震いした。

「リチャード」声をあげ、もどかしい思いに脚を動かした。夫はまだ上に乗っていたが、腰は動かしていない。もっと攻めてほしかった。膝のあたりがむずむずするのでこっそり見てみると、夫が寝衣の下から手を潜りこませ、中心へと指を滑らせていた。

指が内腿に沿って上がってきて、じらすように中心に近づいてくると、身体を震わせて身《み》悶《もだ》えした。もうすこしというところで指が止まったので、やめないでと叫びたくなった。夫の背中に爪を立て、喉の奥で低いうめき声をあげながら、ぐずるように身体を動かす。

夫は乳首を軽く嚙み、ようやく手を動かしはじめた。ざらざらした夫の指が肌の上を滑っていく。

「ああ、神さま！」ついに夫の手が花芯《かしん》をかすめると声をあげた。

「神さまじゃない。リチャードだ」胸に顔をうずめたままの夫にからかわれて笑い声をあげたが、今度はもっとしっかりと花芯を愛撫されて、気づかぬうちに笑い声が喘ぎ声に変わっていた。腰を上げて迎えいれる体勢になっていたが、夫のもう一方の手がレースを引っぱっているのに気づいた。

自分で肩から寝衣を下ろし、身体を揺すって上半身をあらわにした。とはいえ、そのあいだも夫の指と一緒に踊っていたが。しかし夫がなにかを自分のなかに押しこもうとしているのに気づき、驚いて身体をかたくした。

「リチャード？」不安で声をかけた。夫がなにをしようとしているのかわからない。

夫はまた唇を重ねながら、なだめるような優しい声でなにかささやいた。そして下のほうの動きと合わせるように、口のなかに舌を入れてきた。まだ不安なままだったが、そのうちクリスティアナは両方の愛撫に応えていた。夫の舌を吸い、ベッドに踵《かかと》を押しつけて腰を持ちあげ、なにかを受けいれようとした。

なにが起こっているのかもよく理解できないまま、自分のなかにあるとてつもなく大きな欲望に驚き、もっと欲しくなる予感がした。つぎの瞬間、自分のなかで喜びの爆発が起き、そのあまりの衝撃に身体全体がおののいた。

夫の口から逃れ、叫び声をあげながら夫の肩に噛みついた。この大波のなかで溺《おぼ》れてしまいそうな恐怖で、とにかく必死でしがみついた。そのあいだ夫は優しく待っていてくれた。抱きついていると、激しい震えはそのうちやわらいでいった。

ぼんやりと目を開けると、改めてなにもかもに驚いた。腰に引っかかっていた寝衣をそっと引っぱられ、いつのまにかすっかり脱がされようとしている。

自分が赤くなるのがわかったが、それでも腰を上げて寝衣を脱ぐのを手伝った。夫はそれを脇に投げ、また太腿のあいだに入ってきたと思うと、脚をさらに広げた。

腰の丸みに沿ってキスをされ、その優しい感触にそこから全身に震えが広がっていった。唇がさらにお腹《なか》まで上がってくると、興奮のあまり身体が跳ねあがるようで、全身にさざなみが走った。つぎに夫は片方の胸を口に含み、舌で円を描いたかと思うと、もう片方の胸にもおなじことをした。

もう息をするのもやっとで、クリスティアナはさきほどの爆発も忘れて黒いつややかな髪に指を絡ませた。なにもかもが嬉しくて、またキスをしてほしくなった。夫はそれと察してくれたのか、腰がしっかり合わさるように彼女の身体を持ちあげて唇を重ねた。

夫の腰が動き、かたいものが芯にあたるのを感じた。うめき声をあげながらキスに応え、膝を立ててその愛撫を受けいれた。待ちきれないような反応に、夫はくすりと笑って下唇を優しく嚙み、また身体をこすりつける。その舌を逃がすまいと、吞みこまんばかりの勢いで吸った。夫はおもしろがっているように舌を入れたり出したりしながら、今度は夫自身もなかに入ってきた。

クリスティアナはよくわからないながらも、たぶんそうだと思った。いまやもう爆発寸前で、さっきよりもっと大きななにかを感じて全身が緊張している。夫のズボンの前を開けたとたんに飛びだしてきた、あのとてつもなく大きなものが、いまはしっかりと自分のなかにいるということだけは理解していた。

ベッドをともにするというのがどういう行為なのか、具体的にはまったく知らなかったが、おそらくこれがそうなのだろうとは感じていた。これが好きかどうかは自分でもわからない。でも、ふたりはしっかりとつながったままだ。夫は舌を抜き、顔を上げると吐息を漏らした。

「初めてだったんだね」

ぼんやりと夫を見上げた。初夜にこんなことをしなかったのはたしかなのに、なにをいまさら驚いているのだろう。そういえば結婚式のあいだ、かなりお酒を飲んでいた。だからベッドをともにしなかったことをよく覚えていないのかもしれない。

ひとつ咳払いをして答えた。「そうなの」

夫は首筋に顔をうずめた。

きちんと初夜を終えていなかったことを、男らしくないと恥じているのだろう。夫の背中をそっと撫でた。「結婚式の日、たくさんお酒を飲んでいたもの。そうでなければ、ちゃんと終わっていたと思うの」

「すまない」夫はぼそぼそとつぶやいた。「もっと時間をかけてゆっくりとすれば、心の準備もちゃんとできただろうに」

心の準備とはどういう意味なのかわからなかったが、クリスティアナは黙って横になったまま、夫の背中を優しく撫でていた。ついさっきまで全身を包んでいた興奮が徐々に消えつつあり、改めていまの自分の行動について考えてみた。この一年、わたしの人生をみじめにした張本人の背中を撫でているわけだった。さらに信じられないのは、実際にベッドをともにしてしまったことだ。もう婚姻無効の手続きをすることもできない。いったいなにを考えていたのだろう。残念なことに、なにも考えていなかったようだ。少なくとも、冷静には。すべてをお酒のせいにしてしまいたいが、夫がズボンを脱いでいるあいだは、きちんと状況を理解できているつもりだった。しかしお酒のせいというより、夫のキスと愛撫のせいだろう。もちろんあのあいだは、こんなにがっかりするとは思わなかった。さっきまでは最高に楽しかったのが、最後の最後に台無しになってしまった。

ついため息が出てしまう。夫の背中を撫でるのをやめて、これからどうするかを決めることにした。これで本当に終わったかしら。夫はこのまま離れず、寝かせてもらえないの？思わずしかめ面になる。ひとりになれたとしても、横になったまま、ロバートに会ったらどう説明するかを考えて悶々《もんもん》とするのだろう。結婚を無効にするのはいったん忘れて、誓いを守ることに決めたと説明しようか。夫には痣もあったことだし。ちゃんとこの目で見たのだ。少なくとも、夫のお尻に赤いなにかがあるのがちらりと見えた。

なんだか急に心配になってきた。もしかしたら、あれは痣ではなかったのかもしれない。ちらりと見ただけだし、たしかに赤い痣だったかどうか自信はない。服を脱がせていたとき夫は窓枠に寄りかかっていたから、そのせいで赤い跡がついただけかもしれないのだ。

夫の背中をのぞきこんでみたが、よく見えなかった。ごそごそしているうちに、夫が身体を起こしてしまった。すると消えたと思っていた情熱が、また自分の裡によみがえってきたので驚いた。

もう、そのことは考えないとかたく決心した。しかし都合の悪いことに、夫はすこし身体の位置を変え、クリスティアナの顔をじっとのぞきこんだ。

「本当にすまなかった。この一年、つらい思いをさせてしまったね」

信じられないほど誠実なひと言だった。瞳をのぞきこんでも、これまでのような冷たく光るガラス玉ではなかった。舞踏会で見たような、温かな優しさと思いやりであふれている。思わず目頭が熱くなった。慌てて目を閉じて顔をそむけ、なんとかやりすごそうとした。すると夫が閉じた両目に、鼻先に、そして閉じた唇にそっとキスをしてくれた。

しばらくじっとしていたが、クリスティアナは口を開いてさらに激しいキスを求めた。もう一度、あの情熱を味わいたい。この一年はみじめな思いばかりが続いたけれど、今夜だけは忘れてしまいたかった。せめてこの数時間だけでも、永遠の幸せをつかめたと思いたかった。

さいわい夫はむさぼるようにキスをし、また動きはじめた。優しく愛撫されるうち、クリスティアナの裡にすでに目覚めていた情熱があっという間によみがえり、気づくとさっきとおなじ渇望に全身を震わせていた。すると、夫の優しい愛撫も激烈さを増し、さっき経験した爆発に向けてふたりの身体が緊張した。そして今度は夫も一緒に喜びの叫び声をあげた。

リチャードは乱れたベッドを見つめて、起こった出来事を思いかえしていた。最初にクリスティアナにキスをした。ひとつにはおとなしくさせるため。そして、どうしてもそうしたくなったからだ。自分も平凡な人間なのだと反省する。しかし服を脱がしながらの無邪気な愛撫に思わず興奮してしまい、キスだけでは済まなくなった。まるで火事のように全身が激しく燃えさかり、良識などどこかに吹き飛んでしまったのだ。クリスティアナを立たせ、ズボンを脱いだときだけは頭がはっきりしていた。こんなことはやめて、寝室に送り届けるつもりだったのだ。ところが、どうしても我慢できなかった。遊びたい盛りだった若いころですら、そんな経験はなかったのだが。なので、瞬時に心を決めた。結婚したのは自分になりすましたジョージだったが、このままなにごともなかったように続けようと。おそらくそれが最善の道だろう。三姉妹を醜聞から守ることもできるし、自分はベッドでもとても情熱的なパートナーを手に入れることができた。これ以上いったいなにを望もうか。

しかし、まさか処女だとは思わなかった。妻だと信じている女性と結婚を続けるつもりでベッドをともにするのであれば、相手がいささか酔ってはいても、まあ許されるだろうと思っていた。しかし、処女となるとまったく事情が変わってくる。つまり、クリスティアナにはほかにも選択肢があったということだ。この一年、夫だと思っていた男となにもなかったのだから、多少は醜聞になるだろうが、結婚を無効にすることもできた。だが、ほかでもない自分がその選択肢を踏みつぶしてしまった。

クリスティアナは胸に顔を寄せて眠っていたが、なにかつぶやいて寝返りをうった。ことを終えたあと、リチャードはふたりの身体をきれいに拭《ふ》いて、寝衣を見つけて着せてやった。彼女はとまどったような表情をしていたが、おとなしくされるままになっていた。さっきまでとはうってかわった愛らしさで、ますます魅力的だった。

ため息をつきながらクリスティアナを見下ろした。最初は特に魅力的とも思わなかったが、恐怖で引きつっていた表情が落ち着くと、驚くほど美しかった。自分の好みよりはほっそりしているが、まあ、許容範囲だ。それよりロバートやほかの男と踊っているときの笑顔は、まさにだれにも渡したくないと思えた。そしてひざまずいた顔の前に大きくなったものが飛びだした瞬間の表情といったら、あれを目にできたのはまさに男冥利《おとこみょうり》に尽きるというものだろう。

すやすやと眠っている愛らしい顔を眺めていると、優しいキスと愛撫で起こしたくなってきた。だが、外の馬車に放りこんだままの死体の問題が残っていた。

顔をしかめ、いまや名実ともに自分の妻となったクリスティアナの下からそっと身体を抜いた。

クリスティアナは寝返りをうってむにゃむにゃとつぶやき、腰のあたりに手を伸ばしてきた。リチャードがベッドを出ようとすると、寝ぼけて股間に手を這わせてくる。また、大きくなってしまいそうだ。死体のことなど忘れてベッドに戻りたいところだが、それでは思慮が足りなすぎると歯を食いしばって我慢した。

自分の服はまだ主寝室だと思いだし、通じるドアをそっと抜けた。燃え尽きそうな蠟燭の明かりだけが頼りだ。窓のそばで服を見つけて身につけはじめたが、ふと手を止めて窓からだれもいない通りを眺めた。なんと馬車は姿を消していた。どうしてダニエルは自分を探しに来なかったのだろう？　せめて馬車のそばで待っていてくれてもよさそうなものだが。肝心の死体はどうしたのだろうか。一瞬、自分の馬車で探しに行こうかとも思ったが、それでは召使を起こして、馬車の用意ができるまで待たなくてはならない。そもそもダニエルがここに死体を運んだのか、まったく見当がつかなかった。屋敷に持ってかえるわけはないとすると、どこか知らない場所に運んだのだろう。ダニエルの屋敷に駆けつけて、それがわかるまで待つ手もあったが、隠し場所によっては何時間も待たされる可能性もある。明日まで放っておくのが得策のようだ。朝一番に訪ねて、死体をどうしたのか教えてもらうと決めた。

どう考えてもこれが最善なのだから、隣の部屋で寝ているすべすべの肌の美女は無関係だと自分にいいきかせ、さっさと服を脱ぎすてた。そしてクリスティアナの隣に滑りこむと、妻の顔をのぞきこんだ。蠟燭の明かりで、まどろむ顔に影ができている。吐息をついて寝返りをうった拍子に、ベッドカバーがずり落ちて胸があらわになった。

リチャードは真っ白な胸をじっと見つめた。無意識のうちに唇をなめながら、ベッドカバーをゆっくりとはがしていく。やはりやせすぎだ。もっと肉をつけるよう、気をつけてやらなくては。しかし、それでも充分すぎるほど魅力的だ。もう一度あの甘美な果実を味わえると思うと心がはやった。

クリスティアナは夢うつつだった。かすかに声を漏らしながら伸びをして、どうしてこんな声が出たのだろうと考えた。身体のどこか奥底で生まれた喜びが、全身を駆けめぐっている。

今度ははっきりと目覚め、身体を弓なりにしてもう一度伸びをすると、夫はどこかと手探りした。すべて夫のせいにちがいない。これまでこんな甘美な拷問を味わったことはないのだから。しかしなかなか夫の姿が見つからない。自分の上に載っているのかと思ったが、目を開けると身体の下のほうにいた。なにをしているのか理解するのにすこし時間がかかった。手や驚くほど大きくなるもので愛撫しているのではなく、脚のあいだをのぞきこんでいるようだ。なにかよくわからないが、とにかく気持ちがよかった。

とはいえ、当然とまどいもあった。まるで宝物を探しているように脚のあいだに顔をうずめているが、そんなところはだれにも見せたことはないし、ましてやそんなに近寄られるなど論外だった。殿方にこんな間近で見られているのに、寝ているままなのもあまりにもはしたない。唇を嚙み、離れてもらおうと手を伸ばしたが、顔に手が届かなかった。そのときはっとして、なにかすがりつくものを求めてシーツをつかんだ。たぶん夫の舌が花芯に触れたのだ。どうしたらいいのかもわからず、慌てて腰をずらしたが、奇妙な声が漏れてしまった。

夫がくすくすと笑い、その振動が柔らかな肌に伝わってくる。夫になにをされてもたちまち興奮の波にすくいとられるのが悔しくて、なんとか逃れようともがいた。だが、それを許してはくれないようだ。力強い手で太腿を押さえつけられ、さらに脚を開かされた。まだまだ甘い拷問が続くようだった。

「駄目、ねえ……ああ」なにを口走っているかもわからず、息も絶え絶えだった。後ろに倒れこんでかぶりを振り、引きちぎりそうなほど激しくシーツを引っぱる。つぎになにが起きるか、まったく想像もできなかった。

みんな本当にこんなことをしてるの？　これもベッドをともにすることなの？　これまでなにも知らないで生きてきたことに呆然とした。いつのまにか夫の愛撫に腰を動かしていたかと思うと、今度は逃れようともがくことを繰りかえしていた。夫に教えられた情熱の深さには、恐怖を覚えるくらいだった。こんな形で夫を受けいれたことがなかったせいもあるのだろう。身体は反応しているのに、心は嵐のなかですがりつく碇《いかり》を探していた。

だがそんな碇などあるはずもなく、指と舌の愛撫に甲高い悲鳴をあげ、どうしようもなく全身が跳ねあがった。つぎつぎに襲ってくる喜びの波に引きこまれ、ついになにもかもがはじけとんだ。

気づくと夫はしっかりと抱きしめてくれていた。クリスティアナも震えおののきながら、必死でしがみついた。夫が入ってきたのがわかったとき、声をあげながらさらにしがみついた。まださっきの激情が残っているのに、また新たな火をつけられ、もうなにもわからなくなってしまった。自然と脚を夫の腰に巻きつけて、さらに知らない世界に駆けていった。また興奮がどんどん高まってきた。夫のものをしっかりとらえ、できるだけ奥深くへ迎えいれようと、一緒に腰を動かした。

最初は自分がこういうことを好きなのかどうかよくわからなかったが、いまとなっては、ない世界を想像するほうが難しい。要は楽しめばいいのだと考えながら眠りに落ちたとき、クリスティアナは満足し、疲れきってはいたが、それでも微笑んでいた。

9

ダニエルの屋敷の客間でうろうろしていると、ようやく本人が姿を現わした。〝やっと会えた！〟と叫ぼうとしたら、ダニエルが駆けよってきた。「いったいどうしたんだ？　なにがあった？　従僕が急用だというから」

リチャードはうなずいた。「あれは……」開いたままのドアをちらりと見て、小声で尋ねた。「どこだ？」

ダニエルは足を止めた。一瞬、わけがわからない様子でぽかんとしている。「つまり……やはり開いたドアに目をやって、声をひそめた。「奴のことか？」

「そうだ」あたりまえだといってやりたかった。

「それが緊急の用事か？」ダニエルは信じられないという顔だった。「そんなことを訊くために、熟睡していたおれを起こさせたのか？」

「あれのありかが、ぼくにとっていかに重要な問題かはわかっているよな？　昨夜、きみが黙っていなくなったりしなければ、今朝たたき起こす必要もなかったんだがね」

ダニエルはうんざりしたようにそばの椅子に座りこんだ。「ほかにどうすればよかったんだ？　おまえがあいつの妻を口説いているあいだ、馬車のなかで待っていろとでも？」

その言い方がかちんときた。「ぼくの妻だ。おまちがえなく」

「おやおや、今朝はまたずいぶんと旗色が変わったな。昨夜はこのまま続けたいのかどうかも、はっきりしなかったようだが」

「そうだが、気が変わった」ダニエルを睨みつけた。「そもそも、どうして口説いたなんて知ってるんだ？」

ダニエルは高々と眉を上げた。「まさかとは思うが、一応確認しておく。おまえたちふたりは、通りから丸見えだったぞ」

驚いて目を見開いた。たしかに最初は窓際にいた。まったく、なんたるざまだ。クリスティアナの姿はどのくらい見えてしまったのだろう。なにを考えていたのかと思うが、その答えははっきりしている。なにも考えていなかったのだ。昨夜、主導権を握っていたのは自分の分身だった。思う存分働き、いまは満足しきっているこいつだ。

今朝、目が覚めたときは、この結婚は大成功だと満足していた。寝室のカーテンの隙間から照らす朝の陽《ひ》射《ざ》しを感じながら、またクリスティアナのほうに手を伸ばした。しかしリチャードの頭のなかでうるさい声が騒ぎだしたので、大きくなりはじめた分身もおとなしくなり、大事な問題を思いだしたのだ。邪魔な死体をどうするか。

朝一番にダニエルをつかまえて、死体をどうしたのか尋ねるつもりだったことを思いだし、ベッドから飛びだした。主寝室でジョージがあつらえたらしい服を見つけ、気が進まなかったがそれを身につけた。ジョージはいつも派手な色が好きだったが、反対にリチャードは地味好みなのだ。すべて服も新しくしなくては。

「それで？」

はっと我に返って、怪訝そうなダニエルに顔を向けた。「それでとは？」

「本気で彼女とやっていくつもりなのか？」

「もちろん」ため息をつきながら椅子に座った。「実は、昨夜まで処女だったんだ」

ダニエルは音をたてずに口笛を吹いた。「それはまたずいぶんと怠慢だったものだな」

リチャードはなにも答えなかった。怠慢だったからベッドをともにしなかったわけではないだろう。ジョージはできないらしいという話は過去にも耳にしたことがあったが、わざわざいうことでもあるまい。くだらない噂話など興味はなかったが、いまとなればそれは本当のことだったのかもしれない。

「つまり、おまえだと思っている男に一年もみじめな思いをさせられたのに、昨夜はすべてを許しておまえに抱かれたというわけか？」ダニエルが静かに訊いた。

その声に非難めいたニュアンスがあるのを感じ、うしろめたい思いで顔をこすった。昨夜三姉妹が帰宅したとき、ダニエルはドアのところで聞き耳をたてていた。クリスティアナが慣れない酒を飲んだことも、どういう状態だったかも知っているわけだ。経験のある女性だと思いこんでいた昨夜なら聞きながすところだが、分身がやっとおとなしくなった朝の陽射しのなかで改めて考えると、恥ずべき行為としか思えなかった。

自己嫌悪に駆られてかぶりを振った。「ご婦人が酒に酔っているのをいいことに、紳士としてあるまじきふるまいにおよんでしまった」

ダニエルは肩の荷を軽くしてはくれず、自己嫌悪に駆られるのは勝手だといわんばかりの顔で、ひとつ咳払いをした。「まあ、少なくとも諸事情を鑑みて結婚を続けようと努力していたわけだしな」

「そもそも、結婚自体、合法ではなかった」かっと目を見開いた。「万が一、クリスティアナが身ごもったらどうすればいいんだ？　子どもが私生児になってしまう」

「一回ぐらいじゃ、子どもはできないよ」ダニエルはなだめた。

顔をしかめる。「だが、一回じゃなかったんだ」

「二回くらいだって……」リチャードの表情に気づき、言葉を切った。「三回か？」

黙っていた。

「四回？」

だんまりを決めこんだ。

「やれやれ」感心したような顔だった。「その……すごく魅力的だったわけだな。受胎能力が強くないことを願うばかりだ」リチャードががっくりと肩を落としたのに気づき、ダニエルは続けた。「それほど心配ならば、もう一度きちんと結婚すればいい。そうしておけば、なにがあろうと安心だ」

「すでに結婚していることになってるのに、どう説明するんだ？」

ダニエルは口を開きかけ、ドアのほうをちらりとうかがうと、立ちあがってドアを閉めた。ドアを閉める前にあまりに多くのことをしゃべりすぎたと、ふたりは気まずい思いで顔を見合わせた。「説明もなにも、もう一度ちゃんと結婚したいと提案したらどうだ。この最悪の一年の埋めあわせのために、改めて式をやりなおそうと。最高にロマンティックな男だと感心してくれるんじゃないか。ばんばん子どもをつくっても安心だ」

「なるほど、名案だ」

「まあね。たまには役に立たないとな」ダニエルはさらりと答えた。リチャードの驚いた顔にいささか気を悪くしたようだ。

しかし、リチャードは実際にどんな言葉でプロポーズするかを考えるのに忙しく、そんなことまで気にしていられなかった。

「結婚するなら、シュゼットとおれと一緒にグレトナグリーンに向かえばいい」

「そうしようかな。ぼくたちは……」目を丸くする。「きみとシュゼットだって？」

ダニエルはまた咳払いをした。「まあ……そうなんだ」

「シュゼットと結婚するのか？」リチャードは聞きまちがいではないかと確認してしまった。

「まだ決定ではないが、そうしようかと思っている」ダニエルはズボンから肉眼では見えない糸くずをつまむふりをしている。

リチャードはゆっくりと考えた。自分は欲望にまったく抵抗できなかった事実と、なぜかダニエルと合流できなかった事実を考えあわせる。結局、ダニエルはどのくらいの時間シュゼットの部屋にいたのだろう？　どうにかして探りださないと。

「まだだよ」ダニエルには心が読めるようだ。ため息をついている。「危ういところだったがね。だけど結局、あれが邪魔だったんだよ。なんのことだかわかるだろ？」

「馬車のなかのあれか」

「そう。ちなみにシュゼットとおれも馬車にいたんだけどな」

「えっ？　あれと一緒に馬車に乗っていたのか？　あれがあるのを知っていたのか？」

ダニエルは顔をしかめた。「べつの呼び方を考えないか？　これじゃあ、ますます混乱する」

「質問に答えろよ」

「もちろん、彼女は知らないさ。おれだって、馬車に乗りこむまでは知らなかった。死体から彼女の気をそらそうと、それはもう必死だったんだ」ダニエルはため息をついた。「とはいえ、結局はあれが邪魔で踏みとどまったわけだから、皮肉なもんだよな」

どうすれば踏みとどまることができるのかを知りたかったが、聞いたところで実行はできそうにないと、あきらめて髪をかきあげた。「まだなら、どうして急に結婚なんか？　お互いほとんど知らないだろう」

「シュゼットのことならよくわかっている。おまえだって、ほとんど知らない相手と結婚するわけだろ」

「クリスティアナは特別で、ぼくたちの状況は普通とはちがう」

「シュゼットだって特別だし、おれたちの状況も普通とはちがうさ」ダニエルは負けじといいかえし、ため息をついた。「舞踏会で結婚を申しこまれたんだ。だから自分の部屋におれがいるのを見つけたとき、イエスの返事をしに来たと思いこんでしまってね。本当の理由を説明もできないから、そのまま信じさせておいた。ほかの理由なんて、なにひとつ思いつかなかったしな。それをいうなら、いまも思いつかないが。しかしそれはそれとして、結婚も真剣に考えている」

「そもそも、どうして結婚を申しこまれたんだ？　金に困っている相手を探してるはずじゃなかったか」

「そうなんだが、おれの経済状況についてちょっと誤解させたかもしれない」

リチャードは眉を上げた。「どうして？」

「収入について訊かれたとき、また財産目当てかと思って文無しだとうそをついたんだ。ところがシュゼットはそれが気に入ったといいだしたもんだから、おれも驚いた」

ダニエルはまちがいなくシュゼットに惹かれたのだろう。ふたりとも財産目当ての少女やその母親には慣れっこだった。不在だったこの一年半に事情が変わっていなければ、昔から連綿と続く常識といえる。それが正反対のご婦人に出逢ったのだから、興味をそそられた気持ちはわからないでもない。

「それじゃあ、いまも文無しだと……」

「もちろん。おまえも黙っていてくれ。そうそう、父親の賭博の借金を肩代わりするなんていいだすなよ。結婚するかどうかはともかくとして、おれがなんとかするつもりだ」

やれやれ、惹かれているどころの騒ぎではない。だんだんおもしろくなってきた。「どうしてぼくが肩代わりしちゃいけないんだ？　そうすれば姉妹を苦境から救えるのに」

「姉がこの一年どんな生活をしてきたかを知って、シュゼットは結婚というものに幻想を抱いていないんだ。だから結婚など必要ないとなれば、田舎に引きこもってしまう可能性が高い。シュゼットがマディソン館、おれがウッドローにいたら、お互いを知るチャンスがほとんどなくなってしまう」

「なるほど」リチャードにもその心情はよく理解できた。とにかく、ダニエルの心はもう決まっているわけだ。あとの問題はシュゼットの気持ちだけだった。「事情はわかった。借金の肩代わりを提案するのはやめておくよ。とりあえず、いまのところはな」

ダニエルはほっとした様子だった。「ありがとう」

手を振って話題を変える。「ぼくたちもそのまま結婚を続けると決めたので、あれをとっておく必要もなくなったわけだ。ずっと考えていたんだが——」

「ちょっと待て」ダニエルが静かに遮った。「処分するのはまだ早いだろう。少なくとも、だれが殺したのかが判明するまでは」

リチャードは眉をひそめて椅子に寄りかかった。「なんのために？　だれに殺されたか教えてくれるわけじゃあるまいし」

「それはそうさ。しかし死体がなくては殺人を証明できない」ダニエルが指摘した。「毒を盛ったのがだれだろうと、すぐに失敗したことに気づくはずだ。とっくに気づいているかもしれないがね。当然、また殺そうとするはずだ」

「もっともだな。気をつけよう。とはいえ、犯人をつかまえるまであの死体を隠しておく必要もないだろう。またぼくを殺そうとしたら、そいつをつかまえればいいだけだ」

ダニエルは眉をひそめた。「すべてが解決するまで、念のために隠しておいたほうがいい気がするけどな」

「わかった。で、いまは安全な場所に隠してあるんだな」

「いや、そういうわけでもないんだ」ダニエルは面目ないという顔で認めた。「夜のあいだ、裏庭のあずまやに隠しておいた」

「庭に?」

「そこしか思いつかなかったんだ。寒くて、人の出入りがないところといっても、なかなか難しいんだよ。でも、当然長くは置いておけない」

「あたりまえだ。すぐにでもどこかに移動しないと」

「それについても、考えがある」

「へえ、本当か?」

リチャードの皮肉には気づかないふりで続けた。「主寝室に戻すのが一番いいと思うんだ」

「なんだって?」

「まあ、話を聞けよ。三姉妹はすでに死体がなくなったのを知っていて、おまえがディッキーだと信じている。まあ、まさに本物だからな。さらに死体を氷漬けにしたせいで、ベッドが台無しになったのも知っている。だから死体をベッドに戻し、窓を開けて室温を下げておくんだ。当然、ドアにはきちんと鍵をかけておく。そして新しいベッドを注文したと説明すればいい。そうすれば、新しいベッドが届くまで、わざわざ部屋に入ったりする馬鹿はいないだろう」ダニエルは自慢げに椅子に寄りかかった。「万が一に備えて、死体は手もとに置いておいたほうがいい。しかも、見つからないところにな」

「たしかに、それならうまくいきそうな気がするな」

「うまくいくさ。問題は、白昼堂々どうやって移動するかだ」リチャードが理解できていないと見て、さらに説明した。「死体はいますぐにでも移さないといけないわけだ。庭をぶらぶらしてる召使が、いつ発見するかもわからないんだから」

「なるほど、そういうことか」ただちに死体を移動させる必要があるが、明るいなかでも死体だと見抜かれない方法を考えなければならない。リチャードは頭を抱え、ぼんやりと足もとを眺めていたが、ふと床の模様入りじゅうたんが目にとまった。にんまりして顔を上げる。

「古いじゅうたんを駄目にしても構わないよな?」


クリスティアナはドアの音で目を覚ました。寝返りをうってそちらに顔を向けると、グレースが歩いてくるのが見えた。

「ラングリー卿がお見えです」グレースが大まじめに告げた。

しまったと隣を見ると、夫の姿はなかった。

「旦那さまは一時間ほど前にお出かけになりました」グレースは新しいドレスを用意しながら答えた。

「あら」頭のなかを様々な思いが駆けめぐった。憂鬱になるものばかりだ。朝の陽射しに照らされて、夫とベッドをともにしたことを否応《いやおう》なく意識させられた。そもそも本当に夫なのかどうかもまだ不明だが。お尻にちらりと見えた鮮やかなものが、本当に痣だったのかどうかは自信がなかった。

なにより決まり悪いのは、すっかり酔いも覚めてひとりベッドに横になっていて、部屋にはまじめくさった顔のグレースしかいないことだ。窓からのまぶしい陽射しに照らされ、なんとも身の置きどころがなかった。目を覚ましたときに夫とふたりきりなら、キスや愛撫で夫を起こし、続きを始められたかもしれないのに。夜のあいだ、何度もそうやって起こされたくせに、いまもまたそうしたくてたまらない。考えただけで、胸が締めつけられるようだった。昨夜の出来事はあまりに甘美で、あの興奮や喜びは忘れられそうにない。

「ラングリー卿はお断わりいたしますか?」グレースはベッド脇の小さなテーブルに水のたらいを用意した。

ロバートにどう説明するかを考えると、まさに合わせる顔がないとしかいいようがなかった。クリスティアナをみじめな結婚から救いたい一心で、こうして会いに来てくれたのに。それがまさかこんなことになるとは……。どうすればいいのか、まったく見当もつかなかった。あんな喜びを味わってしまったら、知らなかったころには戻れない。いまも身体中どこもかしこも痛かった。こんなふうになったのは初めてだが、こんなに満ち足りた思いでいるのも初めてだ。この一年はなかったことにして、これが結婚して初めて迎えた朝なのだと思いたかった。昨夜のような喜びを毎晩のように味わい、これからはリチャードと笑いに満ちた楽しい日々を過ごせるのだと――もちろん、リチャード本人にまちがいないときちんと確認できないと困るけど。

「まだお寝みだと申しあげましょう」グレースは勝手に決めてドアに向かったが、クリスティアナは勇気を振りしぼって起きあがった。

「もう起きるわ」毛布を押しのけて、ため息をついた。先延ばしにしたところで、なんの解決にもならない。いずれにしても不愉快な思いをするなら、早く終わらせてしまったほうがいい。

「よろしいんでございますか？　でも――」

ベッドから降りると、グレースは絶句してこちらをまじまじと見つめている。押しのけたカバーの下に小さな血のしみがついているのに気づき、昨夜なにがあったのかを雄弁に語る証拠に、思わず顔が赤くなるのがわかった。

「旦那さまがこちらでお寝みになったのはごもっともでございます。あちらのベッドは氷で使い物になりませんから。それでも……」グレースは怒りに震えていた。「奥さまがお酒を召しあがってらしたのをいいことに、あんまりでございます」

しかめ面で顔をそむけた。真っ赤になっているのが自分でもわかる。どう説明すればいいのか途方に暮れ、たらいに近づいた。「ねえ、まがりなりにも夫なのよ」

グレースは怒ったように鼻を鳴らすと、ベッドのシーツを勢いよくはがした。「このしみこそが、この一年、夫でもなんでもなかった証拠でございますよ。結婚式の晩以降、旦那さまがこちらにいらしていないのはうすうす感じておりました。でも初夜くらいは、夫としての義務を果たしたものと思っておりましたが。あの悪魔！」苦々しく吐きすてた。「どうして生き返ってしまったのか、かえすがえすも残念でございます」

唇を噛んできれいなリネンを手にとると、香水を垂らした水につけて身体を拭いた。たしかに昨夜はクリスティアナも、どうして生き返ってしまったのかと何度となく考えた。まあ、正確にはキスされるまではだが。あのあとは、もし途中で死んでしまったりしたら、それこそ大声でわめいていたはずだ。だんだん、すべてがなんとかなりそうな気がしてきた。

「どんな目に遭わされたのか、きちんとご覧くださいませ！」グレースは目を瞠り、ベッドメイクを放りだして飛んできた。

クリスティアナはなにごとかときょろきょろしたが、グレースの視線は身体に向けられていた。見ると赤や青の痣がいくつもついており、引っかき傷らしきものもあって驚いた。どうしてそんなものが残っているのかは思いだせないが、痛みなど感じなかったことだけはたしかだ。この一年、夫は冷酷そのものだったけれど、まさかわざとつけたとも思えなかった。とはいえ何度か激しく絡みあったときに、夫の背中にもたくさん傷をつけたような覚えはある。

「大丈夫よ」ふたたび身体を拭きはじめた。「痛くないし」

グレースはしばらく黙っていた。その頭のなかでどんな悪態をついているか、聞こえてくるような気がする。なにもいわずにベッドを整える仕事に戻ってくれたので、本当にほっとした。勢いよくシーツをはぎとる行為に怒りをぶつけているが、まちがいなく夫の生皮を剝《は》いでいるつもりでいるはずだ。グレースは母づきのメイドだったが、母が亡くなったあとはクリスティアナづきになった。子どものころから成長を見守ってきただけに、母親のような大きな愛情で包んでくれる。だが癇癪持ちなので、その愛情の裏返しもおそろしかった。ドレスを着せてもらうあいだも、ふたりともずっと黙ったままだった。たまらなくみじめな思いだったが、母親がわりのグレースにかける言葉もない。着替えが済んだときには、心底からほっとした。とはいえ、ロバートとの話の内容は予想がつくだけに、こちらも気が進まずのろのろと階段を降りた。ぐずぐずと時間をかけて客間にたどりつくと、ロバートがいらだたしげに歩きまわっていた。クリスティアナの顔を見るなり、開口一番に尋ねた。「それで？」

唇が引きつって言葉が出てこない。とりあえず、ドアを閉めた。既婚女性が夫ではない殿方とふたりきりでいるのに、ドアを閉めるのは言語道断とされている。しかし、いまは非常事態だ。開けておいて、だれかに会話を聞かれるよりはましだろう。振りかえると、すまし顔で椅子に座った。なにをどうすればいいのか、途方に暮れるばかりだった。

「それで？」ロバートは長椅子の端に腰を下ろし、おなじ言葉をくり返した。「痣はあったのか？」

唇がうまく動かない気がしてうつむいた。一応確認しようとはしたが、どちらともいいきれないのだ。もっと近くで見るか、あとで落ち着いてから調べればよかった。でも情熱の波にさらわれてからは、痣のことなどどうでもよくなってしまった。とにかく夫を煽《あお》りたて、彼がなかに入ってきてからは、踵を背中に押しつけることしか頭になかった。でも、キスをされ、撫でられ、触られ、揉まれ、脚のあいだに顔をうずめられたりしたら、痣の確認なんかできるはずがない。そのうえ、そのあとであの大きいものが入ってきたのだ。頭がおかしくならなかったのが不思議なくらいだった。そして何度も何度も……。

「クリスティアナ、大丈夫か？」ロバートが心配そうに訊いた。「顔が真っ赤だぞ」

どんどんよみがえる熱い記憶からはっと我に返り、驚いたようにあたりを見まわした。

「なんだかここ、暑くない？」

「えっ？　いや、ちょうどいいが」ロバートはもどかしそうに本題に戻った。「で、痣があるかどうか、確認はできたのか？」

できなかったと答えようとして、口をつぐんだ。それではうそをつくことになる。もちろん、確認するチャンスならたくさんあった。ただほかのことに心を奪われていて、ちゃんと見ることができなかったのだ。ようやく口を開いた。「苺のような形だったかどうか、はっきりしないの」

ロバートは落胆を隠そうともせず、どさりと後ろに寄りかかった。しかし、すぐに身を乗りだした。「それなら、確認するのはべつの方法を考えよう。昨夜は三人がこの屋敷にいると思うと、心配で仕方なかったよ。今日、三人とも連れてかえる。ぼくが婚姻無効の手続きをするあいだ、お父上の屋敷にいればいい」

「でも……」ひとつ咳払いをした。「もう無効にはできないと思う」

「そんなことないさ。ベッドをともにしてないんだから」

「ええと……そうよね。そこなのよね。昨夜、痣を確認しようとして……その、見ようとしたの。お酒を飲んでいたけど、大丈夫だと思ったし。その……たしかに結婚式の夜はベッドをともにしてなかったし」もうなにをいっているのか、自分でもわからない。

「なにがいいたいんだ、クリスティアナ？」ロバートはゆっくりと尋ねた。すでに察してはいるが、それを知りたくないと顔に書いてある。

「その、昨日の夜、ともにしちゃったの」正直にうちあけた。

「まさか」ロバートはまぶたを閉じてうめいた。すぐに目を見開いて問いただす。「どうしてそんなことになったんだ？」

「わたしのほうがそれを知りたいわ」顔を赤らめながら、消えいりそうな声でつぶやいた。

ロバートは突然頭痛に襲われたように額を押さえ、ため息をつくと背筋を伸ばした。「わかった。それなら無理やり離婚にもっていけばいい。ぼくたちは恋人同士ということにして、奴が離婚を決意するまで、どこへ行くにも一緒に出かけよう。醜聞にはなるだろうが、少なくともきみは安全だ。ぼくが――」

「安全？」思わず聞きかえした。

ロバートは眉をひそめた。「奴がジョージだとしたら、リチャードが死んだのも事故ではなかったかもしれない」

たしかにそんな可能性は考えてもみなかった。リチャードを妬《ねた》むあまり、ジョージが兄を殺して入れ替わったということだろうか。ロバートは折良く起こった火事を利用したと疑っているのだろう。

「クリスティアナ？」

「ちょっと待って。考えてるの」

ロバートは黙って待ってくれたが、内心では早く話を進めたくていらいらしているようだ。

だがクリスティアナはうつむいて、ゆっくりと考えをまとめることにした。ロバートの疑いは思ってもみなかっただけに、聞いたときはかなり驚いた。だが昨夜からのことを思いかえすうち、すこし気持ちが落ち着いてきた。この一年、一緒に暮らした夫ならやりかねないと感じる一方、舞踏会では思いやりがあって優しく、寝室でもこまやかな気遣いと大胆さを併せもっていた昨夜の夫なら、嫉妬から実の兄を殺すなど絶対にありえないと思う。

気づくと、一年暮らした夫と、昨夜の夫と、まるで別人のように考えていた。一年暮らしたディッキーなら実の兄を殺しても不思議はないし、そんな結婚生活からはできれば逃げだしたい。しかし穏和な好男子で、ふたりきりになると情熱的な恋人となる昨夜のリチャードも夢や幻ではなかった。問題は、どちらが本物の夫なのかはもちろん、つぎに顔を合わせるときにどちらなのかさえ、まったくわからないことだ。冷酷で顔も見たくないディッキーなのか、あるいは理想的な恋人のリチャードなのか。昼はディッキーだが夜になるとリチャードに変身するなら、あの甘美な喜びを味わうために、地獄のような日々に耐えるつもりはあるのだろうかと、クリスティアナはつい自問した。

だがそんなことは考えても時間の無駄だ。すでにベッドをともにしてしまったのだ。夫が弟のジョージだったと判明しないかぎり、この結婚を続けなければいけない。昨夜は自分を失って馬鹿な真似をしてしまったが、ロバートに恋人のふりをしてもらうなんて、さすがに頼む気にはなれない。その気持ちは本当に嬉しいけれど。もちろん、お願いすればロバートは実行してくれるはずだ。それにシュゼットやリサがおなじ状況になれば、きっとおなじことを提案してくれるだろう。ロバートはかけがえのない友だちで、血のつながりこそないが、あらゆる意味でまさに兄同然の存在だった。だからこそ、こんなことで破滅させるような真似はできない。

「クリスティアナ?」

ため息をついて、なんとかこれだけは伝えた。「もうちょっとだけ待って。今夜こそ、ちゃんと確認するから。そのあと今後のことを相談しない?」

「クリスティアナ」ロバートが厳しい声を出したとき、ドアが開いてリサとシュゼットが飛びこんできた。

「ここにいたのね」リサが明るくいった。「ハーヴァーシャムから、ロバートが来ていると聞いたの。それより、どうしてドアを閉めているの？」

リサがふたりを非難がましい目で見たので、クリスティアナは目を丸くした。リサはなに に対してだろうが、いやな顔をすることなどまずないのだ。「なにも考えないで、つい閉めちゃったのね。ちょうどよかった。今夜わたしたちが出席できる舞踏会がないか、ロバートに訊こうと思ってたところなのよ」

ふたりが腰を下ろしているあいだに、ロバートに目配せした。妹たちの前であんな会話は続けたくない。本音をいえば、これ以上なにも話しあいたくなかった。少なくとも、夫に痣がないと判明するまでは。もちろん、そうなったら相談することだらけになるが。

さいわいロバートは目配せの意味を察してくれて、舞踏会の話を始めた。

「声が聞こえる」

ダニエルのささやき声に、リチャードは玄関ホールで足を止めた。しばらく耳を澄ませていたが、ふっと力を抜いた。「客間からだ。三姉妹はそこに集まっているらしい。つまり二階で出くわす心配はないわけだ」

「それは好都合だな」ダニエルはつぶやき、死体を巻いたじゅうたんの端を持ちなおした。

リチャードはうなずき、急いで階段に向かった。じゅうたんの重みが加わって、死体はおそろしいほど重くなってしまった。ふたりで運ぶのも精一杯なので、できればだれにも出くわさずに主寝室まで運びたかった。

階段を登り、急いで廊下を進んだ。なんとかうまくいきそうだと思ったとたん、主寝室からハーヴァーシャムが現われ、こちらに向かって歩いてきた。後ろでダニエルが小さく舌打ちする音が聞こえ、リチャードもおなじことをしたかったが我慢した。ふたりの計画では、大丈夫、じゅうたんでくるんでおけば、まさか死体を運んでいるとは思われないはずだった、ただじゅうたんを運んでいるようにしか見えないと自分にいいきかせた。ところがハーヴァーシャムが目の前で立ち止まったので、仕方なくそれにならった。

高齢の執事は、大きなじゅうたんを目にして眉を上げた。「旦那さま、だれかに運ばせましょうか？」

「いや……いいんだ」なんとか笑顔を浮かべた。「その……なんというか……部屋がすこし寒いので、ダニエルがこのじゅうたんを譲ってくれたんだ」

「さようでございますか」執事はもっともらしくうなずいた。「昨日、奥さまたちもおなじ問題を抱えておいででした」

どういう意味かと眉をひそめたが、尋ねる前に執事が続けた。

「夜は窓をお閉めになったほうが、部屋は暖かいと申しあげようかと存じまして。実は、いまも窓を閉めてまいりました。二階のメイドから、ベッドが使い物にならないと報告を受けましたもので、調べにまいりましたら、窓が開いていたのでございます。どういうわけかベッドも水浸しでございました」

「ああ、その……それは……」リチャードは慌てて言い訳を考えた。「ベッドのことはいいんだ、ハーヴァーシャム。その、もう新しいベッドを注文したし、届くまではクリスティアナと一緒に寝るよ。いや、つまり、クリスティアナの部屋でという意味だが。まあ、その、夫婦が一緒に寝る分には問題ないだろう。だから――」

「つまりだ」ダニエルが遮った。「新しいベッドが届くまでは、レディ・クリスティアナの部屋で寝むということだ。そういうわけだから、当分のあいだリチャードの部屋については心配無用だ。ドアの鍵を閉めておくから、使っていない部屋の掃除をして時間を無駄にすることはないよ」

「そう、そのとおりなんだ」落ち着かない顔でうなずいた。昔からうそは苦手なのだ。そんなことを上手になる必要はないと、いまのいままでは思いこんでいたが。

「さようでございますか」ハーヴァーシャムはまじめくさった顔でうなずいた。「お気遣い、恐縮でございます。旦那さまから新たな指示をいただくまで、お部屋はそのままにしておくよう、一同に申しつたえます」

「助かるよ」ほっとして微笑み、そのまま廊下を進んだ。

「奥さまに、旦那さまがお戻りになったとお伝えいたしましょうか？　妹さまたちやラングリー卿と客間にいらっしゃいますが」

「あ、いや、その必要は——え、ラ、ラングリー卿だって?」気になる名前を耳にして、足を止めて振り向いた。

「さようでございます、旦那さま。奥さまとお話しされたいとのことで、すこし前にお見えになりました。いま、奥さまや妹さまたちと客間にいらっしゃいます」

リチャードはつい目を細めた。「一緒に客間に? なるほど。そうだね、すぐに客間へ行くと伝えてくれないか」

「かしこまりました」執事はくるりときびすを返し、階段に向かった。

その後ろ姿を睨みながら、ロバートが妻や妹たちと客間にこもっている理由を考えた。クリスティアナに話があると訪ねてきたようだ。昨夜のランドン公の舞踏会でも二回も妻と踊っていたし、心配している様子を隠そうともしていなかった。昨夜はそれほど気にならなかったが、クリスティアナと夜を過ごし、この結婚を続けると決心したいま、なんだか気に入らなかった。クリスティアナは自分のもので、ロバートになど……。

「おい、リチャード。一日中ここで突っ立っているつもりか? こんな重いものを抱えてるのに、勘弁してくれ」

「すまない」また歩きはじめた。とっとと死体を片づけたら客間に向かい、クリスティアナは自分のものだとロバートに思いしらせてやる。

10

そのころロバートは、シュゼットからウッドロー卿について質問攻めにあっていた。客間の戸口でハーヴァーシャムが咳払いをしたので、一同はそちらに目を向けた。

「どうしたの、ハーヴァーシャム？」ロバートは口を閉じ、クリスティアナが尋ねた。

「旦那さまがお戻りになられました。ウッドロー卿とご一緒でして、まもなくこちらにいらっしゃるそうでございます、奥さま」

「ダニエルがここに？」すかさずシュゼットが確認した。

「さようでございます」シュゼットが背後に目をやったのに気づき、ハーヴァーシャムは続けた。「旦那さまがなにかを主寝室に運ぶのを手伝っておいででした」

「まあ」シュゼットは眉をひそめ、不満そうな顔だった。だがクリスティアナはそれどころではなく、帰宅したことを知らせるとは夫らしくないと考えていた。いつも、自分がそうしたいと思ったときに現われ、何の説明もなくいきなり姿を消すのがディッキーだった。でも今日の夫には気遣いが感じられるし、これまでとはちがう気がした。

執事が待っているのに気づき、慌てて返事をした。「ありがとう、ハーヴァーシャム」

「恐縮でございます、奥さま」執事は重々しくうなずき、姿を消した。

クリスティアナはため息をついてみんなに顔を向けたが、内心は落ち着かなかった。ディッキーが戻ってきた。ちがう、リチャードと呼ぶんだった。昨夜、そういわれたのだ。

「すごい！」リサが明るい声をあげた。「ディッキーにも会えるのね。楽しみだわ」

リサの懇願するような表情に気づいて、内心ため息をついた。自分の過ちを反省し、心を入れ替えたそうだから、それを証明するチャンスを与えるべきだといいたいのだろう。たしかに昨夜、これまで味わったことのない経験をしたのだから、夫は本当に変わったのかもしれない。でも、それが続くという保証はないのだ。これからやってくるのは、一年のあいだ一緒に暮らした最低のディッキーか、昨夜のすてきな恋人リチャードか、どちらなのだろう。

それはそれとして、お尻に赤い痣があるのかという問題も残っている。なにしろ夫は実の兄を殺したジョージかもしれないのだ。正直いえば、髪をかきむしって叫びだしたい気分だった。どうしてこんな問題ばかりの夫を抱える羽目になったのか理解できない。わたしはいったいどうなってしまうのだろう。

「クリスティアナ？」いきなり立ちあがると、リサが声をかけた。

「ハーヴァーシャムになにか飲み物を頼むべきだったたと思って。まだ近くにいるだろうから、ちょっと行ってくるわ」そう答え、急いで部屋を出た。

ハーヴァーシャムは廊下の奥にある厨房に入ろうとしていた。急いで追いかけて飲み物を頼むと、そのまま二階に向かった。ただ待っているのが耐えられなかった。痣があるのかどうか、あるいは今日はどんな機嫌なのか、想像するだけなんてもうまっぴらだ。いますぐにすべてをはっきりさせたい。それもまずはひとりでそれを確認し、ゆっくりと考えたかった。

とはいえ、実は昨夜見えたものは痣にちがいないという確信があった。念のためにもう一度、確かめたいだけだ。昨夜、あんなに優しくて、とろけるような喜びを与えてくれた夫が人殺しなんてありえない。本当に知りたかったのは、つぎに顔を合わせたときにどんな態度に出るかだった。それで昨夜のことは大きな過ちだったのか、それとも大正解だったのかがはっきりする。

まっすぐ主寝室には行かずに、自分の部屋に寄って鏡を見た。グレースがいつものように整えてくれた、きつく結った髪が乱れていないかを確認する。ディッキー、いや、リチャードは、髪をきちんとまとめていなかったら、また機嫌が悪くなるだろう。それではうまくいくものもいかなくなる。そこで足を止め、自分を叱りつけた。いったいなにを考えているの！

やだやだ！　すでに従順な妻に戻ってしまっている！　ディッキー、いや、リチャードを怒らせないために、髪型を心配するなんて。それが習い性になってしまっているのだ。夫が死んだと思ったとき、ほんの数時間だけ味わった自由を忘れては駄目。わたしには家族もついているんだからと自分にいいきかせた。

しゃんと背筋を伸ばし、主寝室に通じるドアをノックしようとして、ふとその手を止めた。一刻でも早く痣の有無を確認したいのだ。ノックなしで飛びこめば、着替えている最中かもしれない。まさに好都合だ。そういうわけで、ノックもせずにドアを開けた。

夫は着替え中で半分裸……ではなかった。ダニエルとなにか相談しながら、こちらに歩いてくる。しかしクリスティアナの姿に気づくと、ふたりはぎょっとした顔で足を止めた。見られてはいけないところを目撃されたような反応に、クリスティアナは眉を上げてどういうことかとふたりを交互に見た。

「おっと」ダニエルが最初に口を開き、リチャードに顔を向けた。「どうする?」と肩越しにちらりと後ろを振りかえっている。

「いや、大丈夫だ。このままでいい」夫にはダニエルの謎《なぞ》めいた質問の意味がわかっているようだ。

眉をひそめてダニエルが見たあたりをのぞきこんだが、そこにはベッドがあるだけだ。まるでだれかが寝ているように見えるが、グレースは溶けた氷でびしょびしょで使い物にならないといっていた。ほかの召使は、どうしてベッドがそんなに濡れているのか見当もつかないだろう。氷はグレースと四人だけで運んだのだ。

「クリスティアナ?」

はっと我に返ると、とっくにダニエルは姿を消していて、ディッキー、ではなくリチャードが目の前に立っていた。怪訝そうにクリスティアナの顔をのぞきこんでいるが、熱を帯びたような目は口もとを見つめている。そのとたんに昨夜のことを思いだし、自分の身体がどんどん熱くなるのがわかった。

「そんなにきつく髪を結っていたら、頭が痛くならないか」そういうなり、夫は手を伸ばしてヘアピンを抜きはじめた。

「この髪型にしろっていったのはあなたなのに」口ではいいかえしながらも、また火がつきそうな予感がしていた。

「ぼくがまちがっていたよ」夫は髪を広げて嬉しそうに笑った。「このほうがずっといい」

それにずっと気持ちがよかった。頭を締めつけるものがなくなってほっとしたのもつかのま、いきなり頬を両手で包んで上を向かされ、目をのぞきこまれた。「お帰りなさいのキスもしてくれないのかな?」

答える前に口をふさがれた。最初はまるで動けず、これまでの一年と別人のような夫に、頭が混乱するばかりだった。どうしてあんな冷たい仕打ちをしたのか、どうしていまはこんなにちがうのか、すべて説明してもらいたかった。ところが身体は昨夜のことを覚えていて、心のとまどいなどはお構いなしに口が勝手に応えていた。たぶんよくできた妻ならこうするはずと自分にいいきかせる。

夫の舌が閉じた唇をなぞり、なかに入ってこようとしている。吐息を漏らして口を開き、あとはもう無我夢中だった。いきなり身体に火がついてしまった。のけぞりながら腰を突きだし、どんどん大きくなるものにこすりつけ、髪に指を絡める。

もっと激しいキスを求めると、夫はうなるような声をあげた。そのうち夫の手があちこちを探りはじめた。全身にさざなみが走り、うめき声が漏れる。片手が腰に伸びてさらにきつく引きよせられ、もう片方の手がドレスの上から胸を強くつかんだ。思わず声をあげて、身悶えしながら下半身を大きくくねらせた。

まさかいきなりこんな展開になるとは思ってもいなかったが、こうしてこっそりひとりで来たのは正解だった。気づくとドレスの胸もとからふくらみが顔を出している。客間でみんなと一緒にいたら、こんなふうに夫の股間に手を伸ばして、岩のようにかたくなっているものをつかんだりはできなかった。

リチャードの反応にも驚いた。怒ったように唇を離し、こう宣言したのだ。「もう我慢できない」

夫の正体や今後についていろいろ疑問はあるものの、いまはそれどころではなく、息を切らせながら「来て」と返事していた。そのまま持ちあげられ、ふたりしてベッドに倒れこんだ。

すぐにまたキスが始まったが、今度はどうも集中できなかった。ベッドに倒れこんだときに、なにかかたいものが背中にあたって、それが気になって仕方ないのだ。まるで二本の丸太の上に寝ているような感じだった。

顔をそむけて唇から逃れた。「ねえ、リチャード」

「ん？」首筋に唇を這わせながら、夫はくぐもった声で返事をした。

「なにかある……ああ」突然、ドレスをめくられてあらわになった乳首をつままれ、思わず声をあげた。乳首を吸われ、さらに引っぱられると、唇を嚙んで目を閉じ、身体中を燃えつくしそうな炎にじっと耐えた。しかし最初の喜びの波が来ても、どうも背中が気になって仕方ない。こっそり手を伸ばし、なにかはわからないが邪魔なものを引っぱりだそうとした。ところが、どういうわけかそれは横にずれて、手が届かなくなってしまった。

夫は胸を愛撫しながら、スカートをまくりあげようとしていた。乳首を放したかと思うと、今度はスカートのなかに顔を突っこんだ。もうなにもわからなくなった。

「あ……リ……リチャ……ああ」太腿に沿ってキスされると、なにかにすがりつきたくなってベッドカバーをつかんだ。背中の違和感も薄れた気がして、歯を食いしばる。夫の舌がどんどん上に近づいてくるにつれ、また激しい嵐がやってくると身構えた。ついに口が花芯をとらえ、耐えきれずに大きな声をあげた。触れたかどうかもわからないくらいだったが、がばっと跳ねおきてベッドカバーを引っぱった。起きていると背中の違和感もないので、ようやく安心して波に身をゆだねた。喘ぎながらかぶりを振った瞬間、頭のてっぺんからすさまじい声が出た。ベッドカバーの下から顔をのぞかせているリチャードは、どう見ても生きているようには見えなかった。

スカートのなかのリチャードが慌てて顔を出した。「すまない。急ぎすぎたか」

クリスティアナはまた悲鳴をあげ、夫の胸を蹴飛ばしてベッドから飛びおりると、ドアに向かって一目散に走った。

リチャードも驚いてベッドから飛びおりたが、転げおちるような妻の姿しか見えなかった。ふとベッドに目をやると死体が丸見えだ。しまった。慌ててあとを追いかけたが、クリスティアナは鍵の閉まった廊下側のドアを開けようと、必死にノブをがちゃがちゃいわせている。

とっさにその腕をつかんだ。

「クリスティアナ！　待って。ぼくの話を聞いてくれ」

「触らないで！」クリスティアナはぴしゃりと手を振りはらった。ドアを開けるのはあきらめ、じりじりと後ずさりしながら、必死の形相でベッドの死体と目の前のリチャードとを見比べている。

「わかった。触らないから、安心して」静かに声をかける。すぐに落ち着いてくれるだろう。

「大丈夫だ。ぼくといれば安全だから。なにもかもうまくいくよ」

「なんですって？　なにもかもうまくいく？」クリスティアナは信じられないという顔でく

り返した。落ち着くどころではなさそうだ。「そもそも、あなたはだれなの？」

「リチャード・フェアグレイブ・ラドノー伯爵だ」背筋を伸ばして答えた。

「それなら、あれはだれ？」ベッドを指さした。

クリスティアナの手が震えている。リチャードは声に出さずに自分を叱りつけた。また盛りのついた雄牛のような真似をしてしまった。全身の血が思慮のない分身に集中して、我を忘れた。よりによって、死体を置いたベッドに押し倒すなんてまさに愚の骨頂だ。とにかく一番近い場所に横たえて、彼女のなかに入ることしか考えられなかったのだ。

「あれは」声を絞りだした。「双子の弟のジョージだ」

そのひと言で安心してくれて、続きはわたしの部屋でと誘ってもらえるとはさすがに思っていなかった。とはいえ、分身がおとなしくなる気配もないので、そうなってくれないかという淡い期待はあった。しかしクリスティアナは疑わしそうに目を細めて考えこんでしまったので、順を追ってすべてを説明するしかないと覚悟を決めた。

リチャードは髪をかきあげ、最初から話しはじめた。「ちょうど一年ほど前のことだ。帰宅すると二階からくぐもったような悲鳴が聞こえてきたんだ。なにごとかと駆けつけると、ぼくの従僕ロビーが四人の男に襲われていた。悔しいが助けてやることはできなかった。暴漢がロビーの喉を切りさいて、ベッドに投げすてたところだった。二階に向かう途中でつかんだ胸像を、そいつの頭にお見舞いしてやったがね。その男は即死だったようだが、まだ三人も残っていたので、つぎからつぎへと襲われてはさすがにひとたまりもなかった。

すぐに殺されなかったのは、弟のジョージの差し金だとぼくに知らせるのが条件だったせいらしい。当時はおなじ屋敷で暮らしていたから、見分けがつかないほど焼け焦げたぼくの死体が、弟のベッドで見つかるという寸法だった。当然死んだのは弟だと思われ、ジョージはそのままラドノー伯爵になりすますことができる。三分遅れで生まれたというだけで、手にすることができなかった財産や爵位が自分のものとなるんだ。血を分けた実の弟に殺されたことを、ちゃんと理解して死んでいけというのがジョージの希望だった」あの晩、弟の本心を知ったときの衝撃を思いだして、つい唇を歪めた。大人になってからは気が合わないと感じてはいたものの、まさか弟がそこまで自分を憎んでいるとは夢にも思わず、それを思いだすといまだにショックだった。ベッドの死体をちらりと見て、話を続けた。「だが、そんなジョージの見下げはてた根性のおかげで命拾いしたんだから、皮肉なものだよな。すぐに殺されなかったので、すかさず暴漢に交渉したんだ。屋敷にぼく以外は存在すらも知らない隠し金庫があるから、それと引き換えに命を助けてくれと持ちかけた」

クリスティアナに目を向けると、簡単には信用してくれそうもなかったが、一応耳は傾けてくれているようだ。なんともいえない表情を浮かべている。「最初は話に乗ってきそうもなかった。ぼくが殺した男と仲のいいのがひとりいて、そいつはとにかくぼくを殺したくて仕方ない様子だった。もちろん、痛めつけて金庫のありかは吐かせるつもりだったようだが。

もうひとりの奴は金さえ手に入ればいいという感じで、ぼくをどこかに監禁しておいて、ジョージが約束の金を払ったら解放して、どんな騒ぎになるか見物したそうだった。とにかく弟が気にくわなかったようだな」なにか反応があるかといったん言葉を切ったが、クリスティアナはじっとこちらを見つめるばかりだった。

「最後のひとりは一番抜け目なかった。痛めつけたところで金庫のありかを吐くわけないと理解していたしね。それはそうだ、どのみち殺されるのはわかりきっているんだから。とにかくああいう稼業も評判が大事なのか、そう簡単には取引に応じなかったが、最後には妥協案を出してきた。連中は翌日からアメリカ行きの船に船員として乗りこむ予定だったが、金庫と一緒にぼくをその船に乗せるという案だ。インディアンに毛皮と交換で奴隷として売りとばせば、殺すよりも三倍も儲《もう》かるらしい。

ぼくに友人を殺された奴もその案には心を動かされていた。最後には金の魅力に負けて、全員が賛成したよ。インディアンに奴隷として売りとばされるのはぞっとしないが、とりあえず命は助かったので、連中に金庫の隠し場所と開け方を教えた。すぐに縛られ、さるぐつわも噛まされて、馬車の後ろに放《ほう》りこまれた。連中は屋敷に火をつけて、弟との約束の場所へと向かった」つい死体に目をやった。「すべて聞こえたよ。ジョージはなにもかも知りたがった。ぼくが従僕を殺されてどれだけ嘆いたか、必死で命乞《ご》いをしたのかなど、細かいことまですべてをね。ぼくが苦しめば苦しむほど、楽しくて仕方がないようだったな」

説明するだけでもつらくなってきて、かぶりを振った。まさか、それほどジョージに憎まれていたとは。「ジョージの常軌を逸した好奇心を満足させて金を受けとると、連中はそのまま港に向かって、ぼくは船に放りこまれた。あの船旅は永遠に続くような気がしたよ」

リチャードは目を閉じて、暗闇のなかでじっとしているしかなかった、悪夢のような船旅を思いだした。最後まで縛られたままで、さるぐつわをはずすのも水や食べ物を口にするときだけ。まさにえさを与えられるだけの日々が延々と続いた。アメリカに着いたころには、衰弱のあまり熱を出して半死半生のありさまで、ロープがすれた手首や足首がひどく化膿《かのう》していた。だが連中はそんなことお構いなしに馬に乗せ、毛皮と交換で売りとばそうと交渉した。当然、そんな瀕死《ひんし》の奴隷を買う者がいるはずもなく、ついに連中はその場にリチャードを置き去りにして姿を消した。

「ひどい！　見殺しにしたわけ？　金庫を渡したのに？」クリスティアナは怒ったようにまくしたてた。「よく無事だったわね」

驚いて目を開けた。どうやら気づかぬうちに声に出していたようだ。ひとつ咳払いをして、肩をすくめた。「テディ・マコーミックという農夫に拾われたのが幸運だった。テディはぼくを馬車の後ろに乗せて農場に連れていき、奥さんのヘイゼルと一緒に介抱してくれた。このふたりのおかげで、いまこうして生きていられるんだ」夫妻を思いだして微笑んだ。

「元気になると、ダニエルにすべての事情を説明する手紙を書いた。家族と呼べるのはジョージだけだったからね。ダニエルは一番親しい友人だった」

彼がそこで言葉を切ると、クリスティアナは神妙な顔でうなずいた。もちろん、家族がいないのは先刻承知のはずだ。なにしろこの一年、ジョージと結婚していたのだから。まあ、夫婦とも呼べない生活だったようだが。とにかくあまり驚いた様子もなく、話を信じてくれたようなのでほっとした。

「命を助けてくれた恩を返すため、テディとヘイゼルの農場で一所懸命に働き、ダニエルからの返事を待った。まさに一日千秋の思いだったよ。屋敷で襲われてからちょうど一年たったころ、ダニエルが農場に迎えに来てくれた」

ダニエルの顔を見たときは飛びあがらんばかりに喜んだのを思いだし、つい微笑んだ。

「船の切符を送ってくれるか、だれかを迎えに寄こすかのどちらかだろうと思っていただけに、本人が現われたときには驚いた。ぼくの服もきちんと用意してくれてね。待たせておいた船で、ぼくたちはまっすぐ英国に戻ってきた」

「ぼくたち？　マコーミック夫妻も？」

「まさか、ちがうよ。ふたりは自分の農場で幸せに暮らしているさ。ダニエルに頼んで、いくらかお礼を包んだけどね」眉をひそめて続けた。「そうだ、忘れてた。ダニエルに借りた金を返さないとな。帰国してからはばたばたしていて、うっかりしていた」

「ばたばたって、なにがあったの？」クリスティアナが穏やかに尋ねた。「いつ英国に戻ってきたの？」

「ああ」リチャードは思わず苦笑を漏らした。「昨日の朝、港に着いたんだ」

クリスティアナはつかつかとベッドに近づき、端に腰を下ろした。もう立っているのは限界といった様子だが、表情をうかがっても、なにを考えているのかはわからなかった。

「ダニエルと相談した結果、ランドン公の舞踏会でジョージと直接対決するのが一番だという結論に達した。社交シーズンの始まりとあって、あの舞踏会にはほとんどの人が出席する。そこでジョージの不意を突いて、自白させる計画だった」

「ところがジョージは死んでいたのね」クリスティアナがぽつりとつぶやいた。

「そう、そのうえきみと結婚していた。当然、計画を練りなおす必要があった」

「どうして？」

「ジョージは死んでしまったのだから、もはや正義の鉄槌を下すことはできない。すべてを白日のもとにさらしたところで、きみたち姉妹が醜聞に苦しむだけだ。三人とも、なにひとつ非はないのに」

クリスティアナは、生まれて初めて目にする生き物を見るような顔でこちらを見つめている。なんだか落ち着かない気分だったが、とりあえず説明を続けた。「ジョージの極悪非道な仕打ちは忘れて、なにもなかったようにもとの生活に戻ればいいとダニエルに勧められたが、正直、決心がつかなかった。きみたちを傷つけたくはないが、まったく知らない相手と一緒に暮らすのも不安だった。そもそもジョージにこれ以上苦しめられるのもごめんだったしな。だから死体を数日隠して、きみと一緒にやっていけるかどうか試してみることにした」

いきなりクリスティアナが立ちあがった。真っ赤な顔をしているので、ベッドでの相性を試したと誤解されたにちがいない。「そうじゃないんだ」慌てて早口で説明した。「昨夜のことは、あんなつもりはまったくなかった。ぼくの服を脱がせようとするのを、なんとか止めようとしたのは覚えているだろう？　それでも頑固に続けたのはきみだよ」

「あなたの苺を確認したかったの」クリスティアナは目を細めた。「ちょうどいいから、いま見せてもらえないかしら」

「ぼくの苺？」目を丸くして、自分の股間を見つめた。そういえば昨夜もやけにズボンを脱がそうとしていた。だが、これまで苺だなどといわれたことは一度もない。もしこいつのことをいっているのなら、立ちなおれないかもしれない。

「お尻にあるんでしょ？」できれば見たいどころか、確認しないかぎり納得しないと顔に書いてある。「本物のリチャード・フェアグレイブ・ラドノー伯爵なら、お尻に苺の形をした痣があるはずなの。それを見せてもらえないかしら」

「ああ、あれか」内心ほっとして、笑顔になった。「苺の形だとは知らなかった」

クリスティアナは眉を上げただけで、なにも答えなかった。なにがなんでもここで確かめる覚悟のようだ。この一年、リチャード・フェアグレイブ・ラドノー伯爵と結婚したと信じていたのに、実は弟のジョージだったと知らされたばかりなのだ。たしかに本人だという証拠を確認したがるのも無理はない。内心ため息をつきながら、後ろを向いてズボンを脱いだ。


クリスティアナは驚いて、まじまじとリチャードを見つめた。たしかに痣を確認したいとはいったが、抵抗されるか、少なくとも恥ずかしがると思っていた。ところがあっさりとズボンを下ろしたので、どうやらこの本物の伯爵は慎みというものを知らないようだ。

「どうだ?」もどかしそうに尋ねている。

おずおずと近づき、むきだしのお尻に目を凝らした。だが明るい陽射しが入る窓から離れているうえ、ちょうど立っている場所もベッドの陰になっていた。「う、うーん……暗くてよく見えないわ」

リチャードは舌打ちすると、ズボンを足もとに絡ませたままアヒルのようによたよたと歩き、ベッドの向こうの窓に向かった。上はフロックコートを着たまま、大事なものをぶらぶらさせている姿を見ていると、つい笑いそうになってしまった。

「ほら、これでどうだ?」窓際で立ち止まり、横を向いた。

こみあげる笑いを咳払いでごまかすと、リチャードのお尻をのぞきこんだ。

「あった!」思わず声をあげ、指で痣を撫でた。ロバートの説明どおり左のお尻にあり、薄い赤にも濃いピンクにも見える色合いだった。「苺というより、どちらかというと薔薇の蕾みたい。ロバートが……」

「奥さま、お妹さまたちが——まあ！」

慌てて身体を起こすと、開けっぱなしだったドアのところにグレースが立っていた。窓際のふたりの姿を見て、呆然としている。クリスティアナはどう説明しようかと必死で頭を働かせた。グレースは低い声でお詫びの言葉を口にしながら後ずさりしはじめたが、ベッドの死体に気づいてかたまってしまった。死体とクリスティアナの後ろにいるリチャードを交互に見比べている。「ま、ま、まあ！」

「ちゃんと説明するから」なんとか声を絞りだし、慌ててグレースのところに飛んでいった。大きなため息と衣擦れ音に振り向くと、リチャードが渋い顔でズボンを上げていた。クリスティアナに死体を発見され、お尻を確認され、そのうえグレースにまで死体を見られてしまったわけだ。朝から気苦労ばかりで、なんだかかわいそうになってきた。この一年もたしかに大変だったが、どうやらしばらくは大騒ぎが続きそうだ。

11

「つまり」クリスティアナがすべて説明すると、グレースがいった。「実は弟君のジョージさまだったのなら、この結婚は法的に無効なわけでございますよね。結婚した相手はリチャード・フェアグレイブ・ラドノー伯爵だったのですから。ジョージさまはリチャードさまのふりをして、署名したということでございますね？」

「そういうことみたい」

「でも、ジョージさまとの結婚は法的に無効なのに、リチャードさまとベッドをともにしてしまったわけで、この場合リチャードさまとの結婚は法的に成立してるのでしょうか？　それとも……」グレースは言葉を濁したが、なにを知りたいかは痛いほどにわかっていた。わたしは法的にリチャードと結婚していることになるのだろうか。あるいは詐欺師に騙されて結婚した馬鹿な女が、ふしだらにも結婚もしていない相手とベッドをともにしたことになるのだろうか。

　リチャードが舞踏会に現われたときは、ディッキーが生き返ってしまったのだと絶望した。

でもいまは、もっと複雑な問題がつぎからつぎへと持ちあがっているような気がする。クリスティアナはひとつ咳払いをした。「よくわからないけど、リチャードはこのままなにもなかったように暮らしていくことを考えているみたい。ただ決心する前に、わたしとの相性を試してみたいって」

グレースは不満そうな声を漏らした。「昨日の晩は、ずいぶんと自信がおありだったようでございますが」

「あれはわたしも悪かったの」顔が赤くなったのがわかる。「苺を見ようとして……」

「竿《さお》に引っかかってしまったというわけでございますか？」グレースは歯に衣着せずにぴしゃりといった。

「グレース！」

「ご自分を責める前に、よくお考えになってくださいませ」グレースはもどかしそうに身を乗りだした。「昨日の晩まで、奥さまは生まれたままのお姿だったのでございます。シーツに残っていた血のしみがその証拠でございます。そのうえ慣れないお酒を召しあがってらしたし、リチャードさまを旦那さまだと思いこんでらした。反対にリチャードさまは、本人ではないことがわかってらしたわけでございますよね。今回のことでは、奥さまにはなんの罪もございません。すべては隣の部屋にいるリチャードさまとジョージさまの責任です」

「そのとおりだ」

驚いて振り向くと、まじめくさった顔のリチャードがこちらに歩いてくる。グレースに事情を説明するあいだ主寝室で待っていると約束したはずだが、どうやらしびれを切らしたようだ。メイドの分際であれこれ意見するグレースに気を悪くしたのではないかと、心配で思わず唇を噛んだ。しかしメイドとはいえ、生まれたときから見守ってくれているグレースは、母親がわりも同然の存在だった。クリスティアナも大切に思っているし、すべて愛情からくる言葉だとわかっている。その信頼関係があるからこそ、グレースも歯に衣着せぬ物言いができるのだ。

さいわい、リチャードもそれと察してくれたようで、グレースに力強くうなずいた。「すべてそのとおりだ。昨夜、結婚をこのまま続けていこうと決めたのは、ほかならぬこのぼくだ」続けてこちらに顔を向けた。「昨夜はまさか初めてだとは思わなかった。とはいえ、おそらくは結婚が法的に無効であることも、きみが慣れない酒を飲んでいたことも承知していたのだから、あのまま先に進むべきではなかった」

クリスティアナは目を丸くした。ディッキーは自分が悪いと認めることなど絶対になかった。どんな小さな過ちだろうが、つねに自分以外のだれかのせいなのだ。そのだれかはたいていクリスティアナで、自分がつまずいたといっては責め、雨が降ったといっては責め、あらゆることがクリスティアナのせいになった。

「それで、今後はどうなさるおつもりですか、旦那さま?」ぼんやりしているクリスティアナを尻目に、グレースが単刀直入に尋ねた。

「法的にも有効だと確信できるよう、もう一度式を挙げるつもりだ」リチャードは真剣な顔で答えた。「理由を訊かれたら、改めてふたりの誓いをしたいからと説明すればいい」

「ありがとう存じます」グレースはいきなり立ちあがり、ドアに向かった。「ラングリー卿とリサさまに、奥さまは大丈夫だと申しあげてまいります」

「大丈夫だって？」リチャードが怪訝な顔をした。

グレースはうなずいた。「奥さまが二階に行かれてずいぶんたつので、ラングリー卿が心配なさって、それであたしが様子を見にまいったんです」

一瞬、リチャードの顔にいらだちの色がよぎったが、なにか低くつぶやいただけだった。ドアが閉まると、こちらを見てすまなそうに苦笑した。「申し訳ない。結婚をこのまま続けたいかどうか、きみの希望をまだ訊いていなかったな。どうだろう、ぼくと結婚していただけませんか？」

そんなふうに謝ってくれて、そのうえ改めてプロポーズされるなんて想像もしていなかった。優しくされるのに慣れていないのだ。とはいえ、クリスティアナに選択の余地などない。法的に結婚しているかどうかはともかく、すでにベッドをともにしてしまったのだ。

気が進まないので返事をしないと思ったらしく、リチャードはひざまずいて彼女の手を握った。「ジョージと暮らした一年は、さぞかしつらかったことと思う。でも、これからはそんな思いはさせないと約束する。自慢できるような夫となるよう努力する。そして……」

クリスティアナがひょいと手を伸ばして口を覆うと、リチャードは怪訝そうに眉を上げた。ついため息が漏れる。「ディッキーは……いえ、ジョージは、結婚する前にたくさん約束をしてくれたの。すばらしい夫になる、楽しい人生をふたりで一緒に歩んでいこうって。でもすべてうそだったわ。だからもう約束なんか聞きたくない。それよりも、態度で示してほしいの」

「わかった。約束はなしにしよう」リチャードはうなずいた。「でも、まだ返事をしてくれてないよな。このまま一緒に暮らさないか？　そのためにも、もう一度改めて式を挙げるのに賛成してくれるかい？」

クリスティアナは思わず苦笑した。最初のように結婚してくれないかと訊かれたほうが簡単だった。醜聞を避けたいならば答えは決まっている。でも、一緒に暮らそう、もう一度式を挙げようといわれると、つい考えこんでしまう。あまりにもたくさんのことが起こり、本心ではなにを望んでいるかすらわからなくなってしまった。たしかにリチャードはジョージよりずっと優しい。でも、昨夜ベッドをともにしたとはいえ、ほとんど知らない人間に等しいのだ。ジョージだって結婚前は理想的な相手に思えた。リチャードも誓いの言葉を口にしたとたん、横暴でいやみな怪物に変身しないともかぎらない。また裏切られたりしたら、二度と立ちなおれない気がする。ジョージの冷酷な仕打ちを思いだすたび、愛を約束してくれる殿方を信じるのがおそろしくなるのだ。

とはいえ、夜は楽しみになりそうだ。自然にそう考えた自分に驚き、頬を染めて顔をそむけた。楽しみどころか、喜びの波はいまも感じられるような気がする。もちろん、それだけを期待して結婚するわけではないが、ほかにいやな面を見せたことがないのだから、もう一度信じてみてもいいのかもしれない。あんな熱くとろけるような夜が過ごせるなら、すこしくらいのことは我慢できそうだ。

ひとつ咳払いをすると、リチャードをきちんと見つめて返事をした。「ええ、もう一度きちんと式を挙げられるなら、一緒に暮らしましょう」大きく息を吸い、小声でつけ加えた。

「ありがとう」

リチャードはかぶりを振った。「礼にはおよばない。ぼくが自分を犠牲にして、結婚しようとしているなどと思わないでほしい。たしかにきみたち姉妹を救いたいとも考えているが、ぼく自身の希望でもあるんだ」手を強く握りしめた。「いい友人としても、伴侶《はんりょ》としても、ぼくたちなら楽しく暮らせると期待している」

黙ってリチャードを見つめた。クリスティアナたちが負担に思わないよう言葉を重ねてくれるのはもちろん、調子のいいことばかり並べたてないところにも誠実さを感じる。結婚はリチャードの希望でもあり、明るい未来を思いえがいているようだ。ジョージに会う前なら、華やかさのかけらもない言葉にがっかりしたかもしれないが、いまはそのほうが安心できる。

中身の伴わない耳に快いだけのうそなど、真実の前にはなんの意味もないことを、いやというほど学んだのだ。

「大丈夫か?」黙って見つめてばかりなので心配になったようだ。

クリスティアナはしみじみと微笑んだ。「大丈夫よ」

「よかった」リチャードはにっこり笑うと、手を引っぱってくれた。「さあ、行こう。ぐずぐずしていると、またロバートがきみを救出しにやってくるぞ」

からかうような口調だったが、どことなく引っかかるものを感じた。そういえばロバートがなにを心配しているか、まだきちんと説明していないのを思いだした。

「ロバートはね、あなたがジョージじゃないかと疑っているの」前置きもなく切りだした。

リチャードは驚いたように足を止め、鋭い視線を向けた。「本当か?」

昨夜のロバートとの会話をかいつまんで説明した。リチャードは黙ってその意味するところを考えているようだ。

「わかった」リチャードに腕をとられて廊下に出た。「なるほど。あいつの態度のわけがようやく理解できた。そもそも、きみが痣のことを知っている時点で、不思議に思うべきだったな。そんなことを知っている者など、ほとんどいないからね」リチャードは黙って階段を降りたが、階下に着くとこちらに顔を向けた。「ロバートは信頼できるのか?」

その質問にまたまた驚かされた。この深刻な状況下でも、クリスティアナの判断を信用してくれるようだ。日々の屋敷内のあれこれから選ぶ服まで、いっさい信用してくれなかったジョージと双子の兄弟とは思えない。

「ええ、家族のようなものだもの」

リチャードはうなずいた。「それならば、ぼくから事情を説明しよう」

かたく閉ざしていた自分の心の扉がかちりと開いたような気がして、涙が出そうになった。リチャードに見られる前に慌てて顔をそむける。どうして涙ぐむのか理解できなかった。彼が優しくて、自分の意見を尊重してくれるから泣きたくなるなんて、なんだか馬鹿みたいだ。しっかりしなさいと自分にいいきかせた。

「こんなところにいたのか！　声が聞こえたような気がしたんだ」

ロバートがすこし先の客間の戸口に立っていた。おかげで気分がしゃんとした。感謝しながら微笑んだが、その後ろにいるリサの表情が曇っているのに気づき、どうしたのかと気になった。

「さあ、早く。お茶が冷めてしまうぞ」とロバート。

「実はな、その前にちょっと話があるんだ」リチャードに背中を押され、クリスティアナはロバートの前に立った。

「話？」ロバートは目を細めると、顔をのぞきこんだ。

ロバートの顔に例の件は解決したのかと書いてあったので、優しく微笑んだ。「苺があったわ！　でも、いわせてもらえば、薔薇の蕾のほうが似てると思う」

ロバートは答えなかった。リチャード本人だったとわかっても渋い顔は変わらない。この一年、ひどい仕打ちをくり返してきた男との結婚を続けるしかないとわかって、絶望しているのだろう。ため息をつきながら、ロバートの腕をぎゅっと握った。「大丈夫。もう心配いらないの。リチャードが全部説明してくれるわ」

殿方ふたりを残して客間に入ったが、今度はリサが目の前に立ちふさがった。

「座ってお茶をいただきながら、待ってましょうよ」クリスティアナは声をかけたが、リサは返事もせずに、ロバートの後ろ姿を睨んでいる。「なにかあったの？」

リサはいらいらとため息をついた。「なんだか……すごく変なの」

「ロバートが？」驚いて聞きかえした。

「そう」リサはお茶のトレイ脇の椅子にどさりと座った。「お姉さまのことが心配でしょうがないみたい。お姉さまがいなくなったとたんずっとドアを気にしていて、どこにいるのかしつこく訊いてばかりと思ったら、しまいにはグレースを探しに行かせるし。まるでディッキーが極悪人みたいな言い方をするのよ。おかしいでしょう、お姉さまの旦那さまなのに。なにをそんなに心配してるのかしら？」

「ああ」どう答えたものかと考えながら、リサの向かいのソファに座った。いますぐ洗いざらいしゃべってしまいたいところだが、二度おなじ話をくり返すより、シュゼットも揃ったところで説明したかった。「ロバートは、この一年のわたしの生活が悲惨だったことに気づいているみたい。だから心配しているのよ」

「お姉さまのこととなると、心配しすぎだわ」リサは納得できないようだった。

思わず首を傾げた。まるで嫉妬しているようだ。クリスティアナやシュゼットは兄同然と慕っているが、もしかしたらリサはそれ以上の気持ちを抱いているのかもしれない。「ロバートはわたしたち全員のことを心配してくれてるの。リサも、わたしも、シュゼットのこともね。シュゼットといえば、どこにいるの?」

「お姉さまのすぐあとに、履物を替えるとかなんとかいいながら、いなくなっちゃったの」リサはため息をついた。

「あら」いったい、どこに行ったのだろう。気づけばダニエルの姿もない。主寝室から出ていったのはずいぶん前だし、てっきり客間に向かったとばかり思っていたが。

「冷めてしまう前に、ふたりでいただきましょうか」リサがお茶を注《つ》ぎはじめた。

クリスティアナはカップを受けとった。

「リチャードじゃないだろうと察していたよ」リチャードが毛布をめくると、ロバートはジョージの顔をしげしげと眺めた。「最初は気づかなかったがね。もっと早くわかっていれば、クリスティアナに警告できたんだが。きみの顔を見かけないなと思っているうち、あれよあれよという間に結婚して、この屋敷で暮らしだしたという感じだった。このころからかな、ようやくなにかがおかしいと思いはじめたのは。始まりは、ここを訪ねたときにクリスティアナの様子が変だったんだ。夫を怒らせたらどうしようと、つねに顔色をうかがっているようでね。二度目に訪ねたときは執事に追いかえされた。これで異変を確信して、グレースが出てくるのを待ったんだ。そこでクリスティアナがいかにひどい仕打ちを受けているかを知らされた」ロバートは口を歪め、ため息をついた。「この一年、まさに人間以下の扱いを受けてきたらしい。学生時代のことを思えば、きみがそんなことをするとはとうてい思えない。一方、ジョージは……」

リチャードは毛布をかけ直した。見るたびに死体の状況は悪くなっていく。ここに置いておくのも、もう限界だろう。窓を開けて室温を下げておいても、臭《にお》いはじめるのは時間の問題だ。一刻も早くジョージに毒を盛った犯人を突きとめる必要がある。そうしないかぎり、普通の生活には戻れないのだ。

「グレトナグリーンに向かう途中で、きみの家の納骨堂に寄って、ジョージを埋葬してやったらどうだ?」ロバートは急ぎ足でドアに向かった。早く部屋から退散したいのだろう。

「ダニエルは、すべて解決するまでここに置いておくべきだという意見なんだ。念のためにね」リチャードもあとを追った。

「もう限界だと思うぞ」部屋の鍵を閉めていると、ロバートがいった。「納骨堂のほうが安心なんじゃないか？　少なくとも、だれかに見つかる心配をする必要がない」

「たしかにそうだな」納骨堂に運ぶのは名案だ。これ以上ここに死体を置いておけば、早晩腐りはじめるだろう。「計画を変更できないか、ダニエルに相談してみよう」

「計画？」

　ちょうどダニエルがこちらに歩いてきた。廊下のなかほどに立っているが、ついさっきまで廊下にはだれもいなかったはずだ。ぴんときて、シュゼットの部屋のドアに目をやった。ダニエルはそこから出てきたのだろう。

「どこから出てきたんだ？」ロバートが問いただした。おなじことを考えたにちがいない。あるいは髪は乱れ、上着はしわだらけ、そのうえタイもしていない姿が、三姉妹の兄同然のロバートにしたら許せなかったのかもしれない。どう言い訳をするつもりだろうと、リチャードは内心おもしろがっていた。

「ああ、それは、その……」ダニエルは後ろに向かって曖昧に手を振った。そのときシュゼットの部屋のドアがばたんと開き、本人が飛びだしてきて階段に走っていった。「ダニエル、ダニエル、タイを忘れてる」

　笑いを嚙みころすのに必死だったが、見るとダニエルはぐるりと目をまわしている。唯一、ロバートだけはしかめ面だ。「シュゼット！」

　シュゼットが慌てて振りかえった。廊下にいる三人を見ると、大きな瞳がますます大きくなった。

「あら」シュゼットは堂々と三人に顔を向けた。しかし手にしたタイを振っているのを思いだしたようで、慌ててそれを背中に隠した。「これから降りていくところなの」

吹きだしそうになるのを咳でごまかしていると、シュゼットに睨まれてしまった。シュゼットは大きなため息をつくとこちらに歩いてきて、黙ってタイをダニエルに押しつけた。ダニエルは去っていく彼女の後ろ姿を眺めながらタイを結んでいる。その目はシュゼットの尻にくぎづけだった。ダニエルはロバートの非難がましい視線も堂々と受けとめた。「結婚するつもりだ」

「もう決心したのか?」リチャードはおもしろがって尋ねた。

「それが正しい表現なのかは疑問だな」ダニエルはにやりとした。「いってみれば、運命に従っただけだ。女性はある意味、本能に忠実だからね」

「たしかにシュゼットはそういう面がある」ロバートもうなずいた。シュゼットの評判や未来を心配しなくていいとわかったとたん、冷静な声に戻っていた。「それで、グレトナグリーンにはいつ出発するんだ? ぼくも同行させてくれ」

「なるべく早くだ」ダニエルが苦々しげに即答した。「またシュゼットに部屋へ連れこまれたら、結婚するまで純潔を保っていられるか自信がない。すでに昨日より大胆になっているんだ」

リチャードは耐えきれずに吹きだした。

ロバートまで笑っていた。結婚すると宣言したので、男同士のあけすけな話を楽しんでいるようだ。だがこちらに向けた顔は厳しかった。「笑いごとじゃないぞ。さっきの話では、クリスティアナはすでに純潔を失ったそうじゃないか」

「そんな話までしたのか？」

「ぼくが婚姻を無効にしろと迫ったので、クリスティアナは説明せざるをえなかったんだ。もう無理だと思う、とね」ロバートは肩をすくめた。「昨夜の舞踏会で話を聞くうち、無効にできるとわかったんだが、あのあとで事情が変わったそうだな」

「まあ、そうだな、その……」そこにグレースがふたりのメイドを引きつれて歩いてきた。ベッドリネンや毛布、枕を山のように抱えている。思わず声をかけた。「どうした？」

「ミリーとサリーと一緒に、旦那さまのお部屋を整えにまいりました」グレースは穏やかに答え、主寝室の向かいのドアを開けた。

「ぼくの部屋？」驚いて聞きかえすと、グレースはふたりの若いメイドを室内に追いやった。

「そうでございます。ベッドの修理が終わるまでは、主寝室でお寝みになれませんから」

「それはそうだが、わざわざ用意する必要はないよ。ぼくは――」

「きちんとするまでは、こちらでお寝みになられますよね！」グレースは有無をいわさぬ口調で宣言し、リチャードに迫力ある笑顔を向けた。「奥さまのご指示でございます」

グレースがさっさとドアを閉めるのを、リチャードは呆気にとられて眺めていた。

「まあ、当然だろうな」ダニエルはおもしろがっているのを隠そうともしなかった。ロバートも同様で、これみよがしにくすくす笑っている。

リチャードはふたりを睨みつけた。「今日の午後グレトナグリーンに向かう。もう決めた！」

「おい、ちょっと……」ダニエルはロバートをちらりと見て、すこし離れた場所にリチャードを引っぱっていった。「ジョージを殺した犯人はどうするんだ？　突きとめるのを最優先にするんじゃなかったのか？」

「ダニエル、ロバートにはすべて説明したから、あいつの前で話しても大丈夫だ」

「説明した？」

「ああ、すべて聞いた」ロバートが近づいてきた。

「そうか」ダニエルは怪訝そうな顔でくり返した。「それはともかく、まず最初に殺人事件を解決するべきだと――」

「いや」リチャードはきっぱりと遮った。「もう犯人は失敗したことに気づいているだろうから、もう一度襲ってくるといったのはダニエルだろ。その万が一の場合に備えて、クリスティアナがきちんと結婚しておくことが、いまはなによりも大切だと思う」

「たしかに」ダニエルはつぶやいた。

すんなりと話がまとまってほっとした。「ロバートの案だが、途中でうちの納骨堂に寄って、そこに死体を置いておくのはどうだろう」

「ここに何日も置いておくよりはましだな」とダニエル。

リチャードはうなずいた。

「よし。おつぎは、すぐに出発すると女性陣を説得しないとな」とロバート。

「それは問題ないだろう」リチャードは軽く答えた。すぐにグレトナグリーンへ向かうことに、ふたりとも異議はないはずだ。

ロバートは鼻を鳴らして階段に向かった。「きみたちは女性についてもっと学ぶべきだよ」

あとを追いながらダニエルに目をやると、肩をすくめている。

「シュゼットはいますぐ結婚したがっているから大丈夫だろうが、クリスティアナはいやがるかもしれないな」

「それはないさ」リチャードは勢いよくかぶりを振った。昨夜のクリスティアナは、まるで激しく燃えさかる炎のようだった。一刻も早く結婚したいのはクリスティアナも同様のはずだ。少なくとも、そうだと思いたかった。きちんと結婚するまではベッドをともにしてもらえないなど、まさか本気で考えているとは思いたくない。だが本当だとしたら、速やかに結婚を済ませ、一日でも早くこの腕にクリスティアナを抱きたかった。きっとクリスティアナもおなじ気持ちでいてくれるはずだ。

「来ないのか？」ロバートは階段の手前で振りかえった。

リチャードとダニエルもあとに続いた。リチャードは歩きながら、黙って考えを整理した。万が一、自分になにかあったときのために、結婚を確実なものにしておく必要がある。クリスティアナが妊娠している可能性だってあるのだ。ことを急ぐもうひとつの理由は、早く結婚を済ませ、ジョージに毒を盛った犯人を見つけるためだ。とはいえ、毒を盛られたことをクリスティアナにうちあけるのは、時期尚早だと感じている。シュゼットとリサに至っては、ディッキーが実は弟のジョージで、いまは死んでしまったことも、アメリカから帰ってきたばかりの自分が、本物のリチャード・フェアグレイブ・ラドノー伯爵であることも知らないのだ。

「幸運を祈る」

ロバートに背中を叩いて励まされた。気づけば目の前に客間のドアがある。ロバートをちらりと見ると、どういうわけか気の毒そうな表情でこちらを見ていた。なかではクリスティアナ、シュゼット、リサが楽しそうにおしゃべりをしている。

三人に向かって歩きながら、ひとつ咳払いをした。「お嬢さんがた、ぼくは……」

「あら、リチャード。シュゼットとダニエルの結婚が決まったんですって。ふたりはグレトナグリーンに行くそうよ」クリスティアナは眩《まばゆ》いばかりの笑みを浮かべた。

「ああ」リチャードは笑顔で返事をした。「ぼくたちも一緒に行こう」シュゼットとリサに顔を向ける。「新しい門出の記念に、改めて誓いをしようと思ってね」

「まあ、なんてロマンティックなの」リサがため息をつき、クリスティアナの手をぎゅっと握った。「ねえ、とってもすてきだと思わない?」嬉しそうに抱きついている。「それで、いつ出発するの?」

「今日の午後にでも。できるだけ……」

「無理よ!」三人は口を揃えて反対した。昨夜の舞踏会で、リチャードの姿を目にしたときとおなじような恐怖におののいている。

「えっ?」思わずダニエルとロバートを振りかえったが、ふたりは我関せずとばかりにそっぽを向いている。

「そんなに早く荷造りできないもの」クリスティアナがあたりまえという顔で指摘した。

「明日の朝までだったら、なんとかなるかもしれない。でもいますぐ始めても、まにあうかどうか怪しいものだけど」

シュゼットとリサもうなずいて、立ちあがった。急いで準備にとりかかるつもりのようだ。

慌てて手を上げて、それを止めた。

「待ってくれ。そんな難しく考える必要はないだろう。着替えなんて一日分あれば充分だし――」

「一日分?」クリスティアナがぎょっとした。「リチャード、ここからヨークまで行くのに、馬車で少なくとも二日はかかるわ。そこからグレトナグリーンには、さらに一日か一日半。どう考えても一日分の着替えじゃ足りないわよ」

「途中で馬を替えてまっすぐ向かえば、二日でグレトナグリーンに着くよ」リチャードは辛抱強く説明した。「いずれにしても、グレトナグリーンの宿以外では泊まらないから、着替えの必要もない。それに一台の馬車で行きたいんだ。六人が乗ったら、服なんて置く場所はないよ」

「六人？」リサが目をむいた。「メイドはどうするの？」

「そうよ。絶対にメイドはいないと困るわ。結婚式では美しく装いたいし、お気に入りの髪型にできるのはメイドのジョージナだけなんだから。駄目駄目、そんな計画は論外だわ」シュゼットは遠慮なくまくしたてた。

「髪なんて、クリスティアナとリサにやってもらえばいいじゃないか」もうやけくそだった。

クリスティアナはもどかしそうに舌を鳴らした。「メイドを連れていくのをあきらめたとしても、丸々二日も馬車に乗ったままなんて無茶よ。しかも帰りもそうなんでしょう？　狭い馬車のなかに三人の大きな殿方とぎゅうぎゅう詰めで、どうやって眠ればいいの？　夜はきちんと休みたいわ」

リサとシュゼットもうなずいた。リサが続けた。「馬車は少なくとも二台必要だと思うの。メイドを連れていくのなら、できれば三台。それに数日分の着替えも絶対に必要だし。ええと、毎晩泊まるなら四日かかるから、三泊することになるわけね。それに帰りの分もあるから、少なくとも着替えは八日分必要だわ。そうそう、寝衣や靴もいるし。大変、今夜ちゃんと眠りたいなら、いますぐ準備を始めないと」

「そうね」クリスティアナは立ちあがり、ドアに向かった。「ふたりは持っていきたいものを選んでいて。メイドたちを見つけて、すぐに手伝わせるから」

あれこれ相談しながら出ていく三姉妹を、リチャードは呆気にとられて見つめた。クリスティアナもグレトナグリーンに急ぎ、法的にも確実に結婚したがっているものと思っていた。それに昨夜はクリスティアナも負けず劣らず楽しんでいた様子だし、今夜も情熱的な晩を過ごせると信じていた。それなのに、そんなそぶりはちらとも感じなかった。まさかとは思うが、本当に客用の寝室でひとり寂しく眠る羽目になるのだろうか。

「警告しただろう」男だけになると、ロバートが淡々とつぶやいた。「人の話はちゃんと聞けよ。あの三人のことなら、子どものころからずっと知っているんだ」

「なるほどね」ロバートに顔を向けた。「女性陣が荷造りに忙しいあいだに、これまで学んだすべてを教えてくれないか」

12

「こんなに揺れる馬車のなかで、よくそんなことができるね」

リチャードの言葉に、クリスティアナは刺繍から顔を上げて苦笑した。本当は布地より指に突きさしてばかりで、最初からやりなおすしかないくらいひどい出来だった。だが少なくとも時間をつぶせるし、こうしてリチャードとふたりきりで黙りこんでいる気まずさもごまかすことができた。

最終的に、殿方も馬車三台でグレトナグリーンに向かうことを承知してくれた。メイドたちは一番後ろのラングリー家の馬車に乗り、クリスティアナとリチャードは一番前のラドノー家の馬車、シュゼット、リサ、ロバート、ダニエルの四人は真ん中のウッドロー家の馬車に乗りこんだ。クリスティアナとしては不満が残る分かれ方だったが。できればだれかが一緒に乗って、この重い空気をやわらげてほしかったのだ。しかしダニエルが自分とシュゼットには付き添いが必要だといいだし、ロバートがそれを引きうけ、するとリサも一緒に乗るといいはったのだ。クリスティアナとリチャードだってまだ正式に結婚していないのだが、付き添いが必要だとはだれも思わなかったようだ。

もちろん妹たちは、このリチャードこそが本物で、ディッキーはジョージだったなんてまったく知らない。さらにいえば、法的にはどちらとも結婚していないなんて、夢にも思っていないだろう。当然、殿方たちは全員承知しているが、だれひとり世間体を心配してはくれないようだった。たしかにリチャードが正式に結婚した夫だという点は疑ってもいなかったとはいえ、すでにベッドをともにしたあととあっては、守るべき世間体などほとんどないも同然だ。それでも、そういうものだと信じて生きてきたので、きちんと結婚するまでは二度とおなじ過ちはくり返さないと心に決めていた。問題は、本音はまるで正反対なことだった。ふと気を抜くと誘惑に負けそうになる。

「こうしていると、時間をつぶせるし」ようやく答えた。

「なるほど」リチャードは窓の外を流れる景色を眺めている。「長い旅だからね」

「三台の馬車で、毎晩泊まるなんていいはったから、よけい長くなってしまったわね。ごめんなさい」小声で謝った。

「そんなことはいいんだ」リチャードは苦笑した。「こうしていると、きみたちが正しかったと実感してるよ。すでに、馬車を降りて脚を伸ばすのが楽しみで仕方ない。今夜どこで眠るにしても、こんなに揺れない場所だというだけでありがたいね」

もちろんクリスティアナに異論はなく、刺繡との悪戦苦闘を続けた。

「ラドノー家に行ったことはある？　その、弟はちゃんと連れていったのかな？」

刺繍を膝に置いて微笑んだ。「結婚式のあと、ロンドンに向かう途中で一泊したわ。でも日が落ちてから到着して、夜明けとともに出発したから、ほとんど覚えていないんだけど」

「結婚式はきみの屋敷で？」

クリスティアナはうなずいた。

リチャードは黙ってこちらをじっと見つめている。「てっきりお父上をお誘いしたいというだろうと思っていたから、意外だったんだ。お父上にも式に出席していただけないかな」

ため息をついて、布地に針を刺した。「もちろん、そうできたら嬉しいけど。でもまた賭博なんかを始めて、そのせいで急に結婚しなくてはならない羽目になったことで、シュゼットがかんかんだったから……」話題にするのもつらかった。「そのことには触れないほうがいいかと思って」

「きみの気持ちは？　やっぱり怒っている？　そもそも最初の賭博の借金がなかったら、きみだって結婚する必要はなかったんだよね」

「そうね。ディッキーの本性を見抜いてプロポーズを断わっていたら、お父さまもわたしの決断を支持してくれたと思うわ。でも結婚を決めたのはわたしなの。甘い言葉にぼーっとなって、口からでまかせを信じてしまったのよ」

「選択の余地はあったのか？」

「いまのシュゼットとおなじよ」クリスティアナは肩をすくめた。「お金に困っていて、取引に応じてくれる殿方を探すつもりだったの」

リチャードは眉をひそめた。「きみはどうもすべての責任を自分で背負いこむ傾向にあるな。本当はきみのせいじゃないことまで」クリスティアナは反論しようとしたが、リチャードはさらに続けた。「シュゼットが怒る理由は理解してやるくせに、自分の怒りは表に出さない。そもそもお父上が賭博をしなければ、結婚の決断をする必要もなかったのに」

「でも……」

「グレースに説明したときも、ベッドをともにした責任を自分でとろうとしていた。あれは全面的にぼくのせいなのに」

「わたしにだって責任はあるわ」顔が赤らむのがわかり、どきどきしながらうつむいた。あの熱に浮かされたような夜のことを話題にするのは初めてだった。「最初にあなたの服を脱がそうとしたのはわたしだもの」

「でも、それは夫だと思いこんでいたからだろう。一方、ぼくはそうではないと承知していた。あの晩のことはすべてぼくの責任だ。紳士としてあるまじきふるまいだった」

「でも……」ついため息が漏れた。どう答えればいいのかもわからない。

「この一年、あんな仕打ちをされるのは自分のせいだと、ずっと自分を責めていたんだろうね」

憂鬱な記憶がよみがえり、思わず窓の外を眺めた。たしかにそのとおりの一年だった。どうすればプロポーズしたときの優しいディッキーに戻ってくれるのか、延々と悩みつづけた。

「きみのせいではないんだ」優しい声だった。「弟は相手がどんなご婦人でもひどい態度だったはずだ。だれに対してもそういうやつだったから」

「そうなんでしょうね」手もとの刺繍に視線を落とした。

リチャードはもどかしそうにため息をついたが、そのまま話題を戻した。「きみたちがお父上に腹を立てるのも無理はないとはいえ、もしかしたら見当違いかもしれないんだ」

「どういう意味？」

「初めて賭博で借金をしたときの、詳しい事情は聞いてる？」

クリスティアナはかぶりを振った。「あまり詳しいことは知らないの。お父さまは地所のことでロンドンの弁護士を訪ねて、数日後、ひどく慌てて戻ってらしたの。どうなさったのか、やっとのことで聞きだしたら、賭博で信じられない額の借金をしたって。賭博場の主人から借りて、いくらかは返したけれど、どうしてもお金が足りなかったそうなの。それを聞いてみんなが途方に暮れているときに、ディッキーが現われて救ってくれたのよ」

「どうしてそんなことを知ってたんだろう？」

「えっ？」

「なぜ、お父上が借金をしたことや困っていることまで知っていたんだと思う？」

「それは……。ディッキーが現われたときは、たぶん家族全員がまったくの偶然だと思ったはず。いまとなってはわからないけど。お父さまが事情を説明したので、ディッキーが残りの借金を清算すると申しでて、結婚話を有利に進めたんだとばっかり思ってたわ」

「うーん」リチャードは口を真一文字に引きむすんだ。「実はね、あいつは最初からなんらかの形で関《かか》わっていて、お父上を言葉巧みに賭博場に誘いこんだのも、やつの仕業じゃないかと疑っているんだ」

「えっ？　どうして？」

「ジョージがある賭博場の主と懇意にしているという話を耳にしたんだ。そのうえその賭博場は、客に薬を盛って金を騙しとるともっぱらの噂らしい。お父上もその手で金を巻きあげられたのかもしれない。あいつが二度ともお父上をそこに連れていった可能性は高い。だから帰りにお父上に詳しい事情をうかがってみたいんだ。昨日、そのことを思いついていたらよかったんだが」

呆気にとられてリチャードを見つめた。「でも、なんのために？」

「最初は、おそらくきみの持参金目当てだろう」

「でも、持参金のことはだれも知らないのよ」

「ロバートは知っているだろ」

「だって家族同然だもの。ロバートはだれにも話したりしないわ」

「子どものころのロバートなら知っているが、大人になってからはあまり行き来がなかったんだ。だがきみがそういいきるなら、信頼して構わないだろう。ほかに持参金のことを知っている人間は？」

「だれもいないはずよ。ロバートが知っているのだって、屋根裏で遊んでいるときに弁護士がお父さまを訪ねてらして、たまたま声が聞こえてしまっただけだもの」

リチャードはしばらく黙っていた。「お父上の弁護士はだれだ？」

「変わった口ひげをたくわえていたおじさまよ。たしか名前は……バタースワースだったはず」

「なるほど」リチャードは合点がいったという顔で、座席の背に寄りかかった。「ジョン・バタースワース・ジュニアは、弟の学校時代の友人だった」

「そのかたのお父さまが、お祖父《じい》さまの遺言のことをディッキーに話したと思っているの？」

「その必要もないだろう。いまジョン・ジュニアは父親と一緒に仕事をしている。そのうち父親の顧客を引きつぐつもりだろう」

「つまりジョン・ジュニアがディッキーに持参金のことを漏らしたのかしら？　そしてディッキーが二回ともお父さまを賭博場に誘いこみ、薬を飲ませて無理やり賭博をさせたってこと？」

「お父上は賭博がお好きだったのか？」

「まさか。お父さまが賭博なんてなさったのは、一年前と今回の二回きりよ。家でのんびりなさるほうがお好きなの。昼間は地所の管理をして、夜はご近所のお友だちと食事をしたり、暖炉のそばで本を読んだりなさっているわ。いろいろなご用でロンドンに行かれても、やっぱりあまり外出がお好きじゃないみたい。せいぜい倶楽部に立ち寄って、昔からのお友だちとおしゃべりされるくらいよ。だからこそ、お父さまが賭博で莫大な借金を背負ったと聞いて、家族全員が驚いたんだもの」

「今回の借金はかなりの額なのか？」

「いいえ、前回の半分くらいなんですって。ただ最初の借金を返したばかりだから。ディッキーは足りない分をなんとか出してくれただけなの。もちろん地所からの収入はあるとはいえ、手もとに現金はほとんどないはずよ。だから金額こそすくないけれど、地所を処分するしかないみたいね」

「シュゼットが結婚しなければ、ということか」リチャードは考えこんでいる。

「そういうこと。ディッキーが最初に賭博場に連れていった理由はわかるわ。わたしの持参金目当てだったのよね。でも、今回はどうして？」父親を最初に賭博場に誘いこんだのもディッキーだったかもしれないと聞かされる前から、この疑問に悩まされていたのだ。前回の顛末《てんまつ》を承知していながら、どうしてわざわざお父さまをもう一度連れていったのだろう。

「わからない」リチャードはため息をついた。「いったい弟にどういう利益があるんだろう」

いらだたしさに舌を鳴らし、この布がディッキーだったらと思いながら針を突きさした。あのろくでなしにいまだけ生き返ってもらって、すべての疑問に答えてもらいたかった。そのあとはとっとと死んでくれて構わないから。そんなことを考えても時間の無駄だと自分にいいきかせる。男性陣が死体を衣装箱のなかに押しこむのを見た。その衣装箱はまさにこの馬車に積んであるが、たしかに死んでいるのだけはまちがいない。まあ、ちょうどいいタイミングで屋敷から運びだすことができた。そろそろ埋葬しなければならなかったから、いい厄介払いができたと思えばいいのだ。

これから本物のリチャード・フェアグレイブ・ラドノー伯爵と結婚するわけだが、たった二日間だけでも、弟とは似ても似つかない殿方なのがはっきりとわかった。妻を思いどおりに動かそうとしないし、ひとりで客用の寝室で眠る羽目になっても、文句ひとついわなかった。クリスティアナを批判したりせず、いいところを見つけて嬉しい言葉をかけてくれる。この一年でディッキーがほめてくれたよりも多いくらいだ。とはいえ、ほとんどはあの夜にささやいてくれたので、もしかしたら口先だけかもしれない。でも初めて会った舞踏会でもほめてくれたし、朝のあいさつのときにも、グレースが柔らかく整えてくれた髪型がよく似合っているといってくれた。そしてなにより大事なことは、わたしの意見にきちんと耳を傾けてくれることだ。ロバートは信頼できるというと、二度とも納得してくれた。それはクリステイアナにとってとても大切なことだった。自分できちんと判断できると自負してきたが、ディッキーのせいでさっぱり自信のない馬鹿な女になってしまった気分だった。リチャードと一緒なら、そんな思いはしなくて済みそうだ。

「刺繡が好きなんて意外だな」いきなりリチャードがいった。「ロバートから聞いたかぎりでは、てっきり乗馬とか身体を動かすほうが得意なのかと思ってた」

「ふふ」幼いころを思いだして微笑んだ。「子どものころ、ロバートはしょっちゅう遊びに来てたの。いつも一緒に走りまわったり、馬に乗ったり、そんなことばかりしてたわ。どういうわけか、わたしたち姉妹は女性らしいことに一切興味がなくて、自分でも心配になったくらい」手もとの布を見て、顔をしかめた。「たとえば、刺繡とか」

「好きになったということ？」

「ディッキー、つまりジョージから……」

「ディッキーのままで構わないよ。ぼくのことさえ、そう呼ばないでくれるなら。ディッキーと呼んでいたのは弟だけで、昔から好きになれなかったんだ」

「女性らしいことをするよう命令されたの。わたしは手に負えないじゃじゃ馬だから、しつけを一から学ぶべきで、それには刺繡が最適だって」

「偉そうに」苦々しく吐きすてたと思うと、いきなり身を乗りだして布をひったくった。

「リチャード！　返して」クリスティアナは驚いて声をあげ、とりかえそうと腰を浮かせた。

リチャードは布を背中に隠した。「楽しいからやっているのか、それとも弟にいわれたから仕方なくやっているのか、どっちなんだ？」

「それは……。ふさわしいレディになるためよ。お母さまがリサを産んですぐに亡くなって、お父さまが男手ひとつで育ててくださったから、たしかにすこしおてんばなのかもしれない。普通の女性がするようなことをなにひとつできないの」

「質問の答えになっていない。刺繍をしていて楽しいかと訊いているんだ」そのとき轍《わだち》にはまったのか馬車ががくんと揺れ、リチャードはとっさに腕をつかんで支えてくれた。

「実は、まったく楽しくないの」クリスティアナはため息をついた。

「そうじゃないかと思ったんだ」リチャードは窓を開けて、ぽいと布を投げすてた。

ひらひらと飛んでいく布を言葉もなく見送り、リチャードに顔を向けた。「信じられない」

「いいかい」リチャードは表情を引きしめた。「好きでもない刺繍なんかする必要はない。いまのままでいいんだ。なにも無理せず、そのままのきみでいてくれ」

しばらくまじまじとリチャードを見つめていたが、喉の奥からこみあげてきたものをなんとか呑みこみ、かぶりを振った。「あなたはなにも知らないから。わたしのことが嫌いになったらどうするの？　ディッキーはよくいってたの。わたしが――」

「弟はどうしようもない馬鹿だった」リチャードが遮った。「利己的で、自分のことしか頭になく、他人を思いやる心なんてかけらもなかった。きみを思いどおりに変えようとしたのだって、根底には嫉妬があるはずだ」

「嫉妬？」クリスティアナは驚いて、聞きかえした。

「あいつが望んだところで、一生手にできないものを持っているからね。きみは万事が楽天的で、のびのびと愉快な日々を送っているように見える。もちろんなにか問題が起これば不安になり、悩む日だってあるだろうけど、そこで心配だけにとらわれるのでなく、なんとか笑顔を浮かべてやりすごすことができるだろう。対して、弟は心底から楽しいと思った日は、人生で一日もなかったと思うよ。希望や幸せを感じたことだってないはずだ。たとえ幸せを見つけたところで、奪いとられることを心配しただろうしね。まあ、いずれにせよ、満足には縁がなかった。だからこそ、他人から幸せを奪うのが好きだったんじゃないかと思う。この一年、恵まれているきみからすべてを奪ってやりたかったんだろう」

「そのうえあなたを殺して、そのままなりすまそうとしたわけね。たしかに、ディッキーが幸せそうだったことは一度もないわ」

「ああ」リチャードの声はどこか上の空で、なにかをじっと見つめている。

クリスティアナの腕を握る指が痛いほどだったので、どうしたのかと視線の先を追った。さっき刺繍をとりかえそうと腰を浮かせたままだったが、気づくと彼の目の前に胸を突きだしていた。真っ赤になって、ここが馬車のなかなのも忘れて身体を起こすと、今度は天井に頭をぶつけてしまった。そのときまた馬車が揺れ、前につんのめりそうになった。

リチャードが慌てて手を伸ばしてくれ、なんとかその肩につかまったが、今度は彼の口と胸がくっつきそうだった。

「転ばないうちに座ったほうがいいわね」クリスティアナはなんとか声を絞りだした。

「そうだな」ところがリチャードは支えている手を離すどころか、彼女の背中をぐいと押した。なんと膝の上にまたがる形になってしまった。

「駄目よ」

リチャードの口が覆いかぶさってきて、抗議の声などどこかに飛んでしまった。抵抗するふりも忘れ、腕を首に巻きつけてかすかに吐息を漏らした。リチャードのキスが大好きだった。あの熱い夜以来、なにをしていても気もそぞろで、ふとした拍子にあの波がよみがえってきてしまう。

リチャードが舌を入れてきた。うめき声をあげて顔をすこし傾け、彼の髪をつかんでくしゃくしゃにするうち、奥深くで火がついてしまった。リチャードは彼女を膝にしっかりと座らせると、今度はお尻をつかんでいた手を動かしはじめた。手が脇腹を撫でまわしたかと思うと、ドレスの上から胸を包みこむ。肌も触られるのをずっと待っていたようで、たまらずにのけぞってくぐもった声をあげた。いますぐドレスを脱ぎすてて、肌と肌をぴったりと合わせたかった。農場暮らしで荒れた手であらゆるところに触れてほしい。

リチャードが愛撫をいったんやめ、肩からドレスを引っぱりおろそうとするころには、もうなにも考えられなくなっていた。袖をはずすのを手伝い、ドレスが滑りおちて胸があらわになると、身震いしながら吐息を漏らした。リチャードはキスをやめて、彼女が大胆にも腰から上をすっかり脱いでしまうのを待った。

恥ずかしさに身体を押しつけ、不意にわきあがってきた決まり悪さをごまかそうと、またキスを求めた。しかしリチャードは身体を離し、じっくりと眺めている。むきだしの肌を這うその視線が感じられるようだった。「美しい。まさに天がつくりたもうた美しさだ」

欲望でかすれた声に、自分の裡のなにかが呼びさまされた。むきだしの胸を包まれ、揉みしだかれ、安堵とも喜びともつかぬ吐息を漏らす。彼の手に手を重ね、強く握りしめて煽った。親指と人差し指で乳首をつままれると、のけぞって目を閉じた。裡の炎はあっという間に広がり、おそろしいほどに芯がうずいた。

もう我慢できなくなって、喘ぎながらリチャードの手をきつく握り、嚙みつかんばかりにキスをむさぼった。まだ足りない。唇を割って舌が入ってくると、身悶えしながら彼の膝にお尻を押しつけた。もっと、もっと、もっと。胸にあった彼の片手がどこかに消えた。思わず残された自分の手で胸をつかみ、強く握りしめていた。消えた手がスカートのなかの膝に触れ、徐々に内腿に上がってきた。ついにその手がしっとり濡れているところに触れると、びくんと腰を上げた。だがまだまだ甘い愛撫は続き、キスをする余裕もなく、うわ言のようにリチャードの名をささやいた。そのとき馬車が音をたてて急停車し、そのまま後ろに投げだされてしまった。

さいわい、向かいの座席にどさりと着地したが、スカートが顔までまくれあがって、なんともひどいありさまだった。

「大丈夫か？」リチャードがすぐにスカートを下ろし、顔が見えるようにしてくれた。

「ええ」クリスティアナはドレスを引っぱりあげて胸を隠し、なにごとかとあたりを見まわした。「どうしたのかしら？」

「わからない」リチャードが窓の外を見ているあいだに、慌てて身繕いした。髪もかなり乱れていそうな気がする。「どうやらスティーブニッジに着いたようだ。ここで昼食をとるといってあったから」

「そう」振り向いたリチャードが、驚いて眉を上げた。

「手早いな。朝一番と変わらないよ。さすがだね」リチャードは鼻の頭に軽くキスをして、馬車の扉を開けた。

外に出るリチャードの背中をまじまじと眺めた。ほめられたのは嬉しいけれど、鼻の頭にキスなんて……子どものころ、よくお父さまがしてくださったのを思いだす。リチャードがお父さまのような愛を抱いてくれているとは思わないが、たしかに愛には変わりないのかもしれない。

「降りておいで、クリスティアナ」

差しだされた手に驚いたが、その手を握った。リチャードの顔にはやはり愛情らしきものが浮かんでいる。それとも、そう見えるだけだろうか。こっそりとため息をついた。

「どうした？」リチャードにため息が聞こえてしまったようだ。

クリスティアナはすぐにかぶりを振った。「なんでもないの」あたりを見ると、残り二台の馬車も止まり、みんなも降りてきている。

「さあ、おいで。なにを食べさせてもらえるか、訊いてみよう」リチャードが腕をとって、一緒に宿へ向かった。

「ほかの人たちは？」クリスティアナは肩越しに振りかえった。

「あとからついてくるさ。それよりきみが心配なんだ。今朝、荷造りに忙しくて、朝食をとってないだろう。昨夜、夕食のテーブルにも来なかったから、きみの部屋に運ばせたけど、それもあまり食べなかったようだし」

「なにを持っていくか、グレースと選ぶのが大変で」

「わかってる。でも、なんだか顔色がよくないから、きちんと食べたほうがいい」

黙って歩きながら、頭のなかではめまぐるしくあれこれ考えていた。ディッキーはいつも食べろ食べろとうるさかった。ことあるごとに、無理やり嫌いなものを食べさせられたものだ。べつにわざと食事を抜いていたわけではない。この一年はあまりにみじめで、食事も含めてなにもかも気が進まなかったのだ。とはいえ、昨夜や今朝はまた事情がちがう。単に荷造りに忙しくて、食べる暇がなかっただけだった。

しかしリチャードは、ディッキーのようにこの機会を利用していやがらせをするつもりはないようだ。ただ身体のことを心配してくれている。なんだか……大事にしてもらっているという実感がわいた。

「さあ」リチャードは全員一緒に座れる大きなテーブルに案内すると、宿の主に顔を向けながら尋ねた。「なにか嫌いなものはある？」

思わず目を細めた。「どうして？」

「知らないで、きみの嫌いなものを注文したら大変だ」あたりまえだという顔で笑った。リチャードとディッキーはまったく正反対なんだと痛感する。

クリスティアナは微笑みながら答えた。「燻製の魚や内臓を使った料理が苦手なの」

リチャードはうなずくと、宿の主に注文しに行った。その背中を眺めているうち、これからの生活がだんだん楽しみになってきた。舞踏会のときの優しさを忘れないでくれるなら、すてきな生活が、それどころか、夢に見ていた理想的な人生が待っているのかもしれない。

それとも、すべてはただの幻？　そう考えるとため息が出た。あれだけの喜びを教えられ、そのうえ自分の意見を尊重してくれる、愛情深い殿方にめぐりあえたようなのに。本気で好きになってしまいそうだった。ディッキーにのぼせあがったような幼い恋ではなく、本物の愛。でも相手が愛してくれなかったら、これ以上の悲劇はない。

「ねえ！」

驚いてあたりを見まわすと、リサがいきなり隣に座った。宿の主と話しているリチャードに近づくロバートの背中を、ふくれ面で睨みつけている。

「気にしないで」シュゼットが向かいに腰を下ろした。ダニエルも男性陣に合流している。

「リサはロバートに腹を立ててるの」

「どうして？」クリスティアナはふたりを交互に見ながら尋ねた。

「だって、いつまでたってもお子さま扱いなんだもの。もう、うんざり」リサがまくしたてた。「お昼のあとは、ディッキーの馬車に乗せて」

「リチャードよ」すかさず訂正する。ふたりきりになれないのは残念だが、そのほうがいいのかもしれない。あのままだったら、いまごろは結婚前の娘にあるまじき行為におよんでいただろう。結婚したと思いこんでいたこの一年だって、あんなことをしたことはなかったのに。絶対に流されるわけにはいかない……。本音ではそうしたくてうずうずしているのが、また恥ずかしくてたまらなかった。あと何日かの辛抱だ。晴れて結婚さえ済ませてしまえば、なんの遠慮もいらないのだ。誓いの言葉を口にした瞬間、リチャードがディッキーのように別人に変身しなければだが。そう思うと不安になって、ちらりとリチャードに目をやった。

「殿方ふたりのなかに、ひとりにしないでよ、リサ」とシュゼット。「だれとおしゃべりすればいいの？」

「それはいいんだけど……」とリサは言った。


「殿方ふたり?」クリスティアナははっと我に返った。

シュゼットは鼻を鳴らした。「あのふたり、まったく話をしないの。ダニエルはふたりきりのときには、いろいろ話をしてくれるのに、ロバートがいるとだんまりなのよ」

「ダニエルとふたりきりって、いつの話?」クリスティアナは眉をひそめた。

「あ……と、それは」シュゼットは肩をすくめた。「昨日、ほんの一瞬だけね。心配しないで」

「ふうん」妹は明らかにうそをついているが、真実を知るのも怖い気がする。

「それなら、シュゼットもディッキーの馬車に乗ればいいじゃない」リサは譲らなかった。

「リチャードよ」また訂正した。夫と信じて一緒に暮らしていたとはいえ、夫ではない……ディッキーはとんでもない詐欺師の極悪人だった。リチャードは本物の紳士だけど、いまはまだ。慌てて荷造りして飛びだしてきたので、まだ妹たちにきちんと説明していなかった。

「お待ちどおさま」

顔を上げると、リチャードが林檎酒《シードル》のような香りのグラスを置いてくれたところだった。

そのまま向かいに座ったリチャードに微笑んだ。

「主の奥さんがビーフシチューを煮込んでいるらしい。美味しそうなにおいがしてたから、それを注文したよ。だが飲み物の好みを訊くのを忘れたから、ロバートに教えてもらって林檎酒《シードル》にしたんだ。それでよかったかな」

「ありがとう」クリスティアナは礼をいった。「ビーフシチューもシードルも大好きなの」

「結婚して一年にもなるのに、妻の好みをロバートに訊くわけ？」シュゼットがいやみをいった。

テーブルの下で足を蹴ってやると、シュゼットは驚いた顔をした。

「でも、ちゃんと訊いてくれたもの」とクリスティアナ。「ディッキーだったら、絶対にそんなことはしなかったけど」

シュゼットのきょとんとした顔を見て、はっと自分の失言に気づいた。説明しようとしたら、話を聞いていなかったらしいリサが口を挟んだ。「ディッキー、この先シュゼットとわたしもそちらの馬車に乗せてもらえないかしら」

「リチャード」クリスティアナとリチャードは口を揃《そろ》えて訂正し、顔を見合わせて苦笑した。

「女性陣がそっちの馬車に乗るなら、おまえはこっちに来たらどうだ」ダニエルはシュゼットの前にレモネードのグラスを置くと、リチャードの隣に座った。

「え……」リチャードはちらりとこちらを見たが、あきらめたようにため息をついた。「ああ、そうするかな」

内心を悟られまいとシードルをひと口飲んだ。どうやらリチャードはこの展開を喜んでいないようだ。さっきの続きをしたいにちがいないが、とかくこの世はままならない。

13

「よくこんなところで眠れるわね」

シュゼットのそっけない言葉に、クリスティアナはかすかに微笑んだ。リサはお昼のあとはずっとしゃべりつづけていたが、だんだん落ち着いてきたようで、ついにシュゼットの肩にもたれてこっくりしはじめた。「昔から、馬車に乗ると眠っていたじゃない」

「そうだったかしら」シュゼットはリサの顔をのぞきこもうとしたが、考えなおしたらしく、こちらに顔を向けた。「さっきの言葉の意味を説明してよ」

「さっきの言葉?」

シュゼットは目を細めて口を開きかけたが、そのときリサの鞄《かばん》が床に落ちてしまった。慌てて拾うと、なかには小さな手帳、羽根ペン、インク壺《つぼ》が入っていた。なにか興味深いことがあったらその場で書きとめておくため、リサはいつもこの一式を持ちあるいている。昔からわくわくどきどきのロマンス小説が大好きで、作家になるのが夢なのだ。

「まだなにか落ちているわよ」シュゼットの言葉に床を見ると、封筒が落ちている。それも拾いあげたが、封筒にはなにも書かれておらず、だれ宛《あて》なのかはわからなかった。黒い蠟の封印がしてあるが、印章は押されていない。どういうわけか、いやな予感がした。

「そうそう、すっかり忘れてた」リサが寝ぼけ眼でつぶやいた。

そちらに顔を向けると、目を覚ましてあくびをしている。「なにを忘れてたの？」

「ディッキーへの手紙」リサは座りなおした。

「リチャードへの手紙という意味よ」シュゼットが口を挟んだ。

クリスティアナはそれには構わずに尋ねた。「だれから？」

「知らない。だって、開けてないもの」リサが怒ったように答えた。

「それは見ればわかるけど、どうして鞄のなかにあったの？」

リサは肩をすくめ、鞄を受けとった。「今朝ダニエルとロバートが、ディッキーの衣装箱を運ぶのを手伝っていたの」

「リチャード」クリスティアナがしつこく訂正すると、リサは眉をひそめた。召使に任せずに、自分たちで衣装箱を積みこんだのだろう。なにしろなかには死体が入っているのだから、万が一にも落とすわけにはいかない。中身が飛びだしたりしたら大騒ぎだ。しかし、そのことはまだ自分しか知らないのだ。

「そのときにね」とリサ。「かわいい小さな男の子が駆けよってきて、伯爵さまはどの人かと訊くから、ディッキーを指さしたの」

「リチャード」また訂正した。

「とにかく、その子が近寄ろうとしたから」リサはそのまま続けた。「いま忙しいからと、かわりに預かってあげたの。衣装箱を運びおえたら、ディッキー、じゃなくて、リチャードに渡すつもりで。でもそのときグレースが階段でつまずいて転んだので、とりあえず手紙を鞄にしまって、助けに行ったというわけ」リサは肩をすくめた。「そのまますっかり忘れてたわ」

クリスティアナは手紙をじっと見つめた。宛名もない封筒と黒い蠟の封印に、どうにも胸騒ぎがする。リチャードではなく、ディッキー宛にちがいない。リチャードは一年以上アメリカにいて帰国したばかりだし、それを知っているのはダニエルだけだ。ふたりはずっと一緒に行動しているのだから、手紙が届くわけはない。

ひっくり返して黒い封印をじっくり調べ、封筒を勢いよく開けた。

「なにするの、クリスティアナ？　それはディッキー宛よ」リサはさっと手紙をとりあげた。

「ディッキーは死んだの」封筒をとりかえし、隅に移動して手紙を開いた。

「えっ？」リサはぽかんと口を開けている。

クリスティアナは相手にせずに、窓に顔を向けて手紙を読んだ。もう夕方近いとあって暗くて読みづらかったが、なんとか最後まで目を通した。

「見せて」シュゼットが手紙をひったくった。

　そのままシュゼットが読みおわるのを待った。どのみちふたりに説明しなくてはならないのだ。シュゼットにも読んでもらったほうが話が早いだろう。

「やっぱり！」シュゼットが大声をあげた。

「なにがやっぱりなの？」とリサ。

「なにか変だと思ってたのよ」手紙を読みながらなので、その声はどこか上の空だった。

「どういうこと？　なにが変なの？」リサは目を細めてこちらを見た。

「ディッキーは死んでたの」とシュゼット。「そうよね。だって舞踏会に出かけたとき、もう冷たくなってたんだから」

　リサはさっぱりわけがわからないという顔だった。「いったいなんの話？　ディッキーは元気じゃない。あっちの馬車に乗ってるでしょ？」

「あれはリチャード」シュゼットはまだ手紙を読んでいる。

「全然、わからない！」リサはこちらに顔を向けた。「ねえ、どういうことなのかちゃんと説明して、クリスティアナ」

「わたしが結婚したのは……」

「殺したですって！」シュゼットの悲鳴が響く。「ディッキーは殺されたんじゃないわよね」

「もちろん、ちがうわよ」リサがもどかしそうに答えた。「だって、ぴんぴんしてるもの」

　シュゼットはそれが聞こえなかったように、うんざりした顔で手紙を振りまわした。「こんなもの、わざわざリチャードに見せる必要ないわよ。うそばっかりじゃない。爵位や財産をとりもどすために、ジョージを殺したことをばらしてやるなんて、どうしてそんなことを思いついたのかしら」

「もちろん、リチャードは殺してなんかいないけど、それ以外はすべて本当のことなの。ジョージがやったことが明るみに出たら、大変な醜聞になるでしょ」クリスティアナは手紙の続きを読んでいるシュゼットにいいきかせた。「とにかく、いますぐにリチャードに相談しないと。シュゼット、壁を叩いて、御者に止まるよう伝えてちょうだい」

シュゼットは手紙から顔を上げた。「もうすぐラドノーなんだから、それまで待ったほうがいいんじゃない？　三人がかりで運んだ衣装箱の中身が、わたしがにらんでるとおりだったら、それはラドノーに置いていったほうがいいだろうし。またロンドンに持ってかえっても仕方ないでしょ」

「衣装箱になにが入っているの？」すかさずリサが尋ねた。

「ジョージよ」クリスティアナは静かに答えた。さすがシュゼット、大当たりだ。

「ジョージってだれ？」リサはあいかわらずきょとんとしている。

「だから、ディッキー」とシュゼット。

「えっ？」リサは悔しそうに座席で飛びはねた。「なによ、ふたりして！　なにが起こっているのか、きちんと説明してちょうだい！」

クリスティアナとシュゼットは顔を見合わせた。クリスティアナはため息をついて、ゆったりと座りなおした。たしかにシュゼットのいうとおりだ。リチャードは暗くなる前に着くといっていたから、もうすぐラドノーに到着するはずだ。死体はどこかに置かせてもらおう。ロンドンの屋敷に持ちかえるのだけはごめんだった。正式に結婚していなかったとはいえ、夫だと思っていた人の、死体の隣の部屋で眠るのなんてもうまっぴらだ。

「ねえ、説明してくれないの？」リサが催促した。「なにがあったのか、だいたい見当はついているけど、詳しいことまではわからないから」

「クリスティアナに訊いて」とシュゼット。

ふたりに見つめられて、思わずしかめ面になった。「昨日、説明しようとしたの。でもふたり一緒にと思ってるうち、あれよあれよとそれどころじゃ――」

「わかってる。お姉さまは説明してくれるつもりだったのよね」シュゼットがばっさりと遮った。「それで？」

大きく深呼吸して、クリスティアナは単刀直入に切りだした。「わたしが結婚したのは詐欺師だったの。つまり、リチャードの双子の弟、ジョージだったのよ」

「でも、亡くなったはずでしょ」とリサ。

「まあ、いまは死んでるけど」ついため息が漏れる。「きちんと説きあかすから、黙って聞いてくれる？」

うなずくふたりに、できるだけ簡潔に、かいつまんで説明した。すべて終わると、ぐったりと後ろに寄りかかった。

リサが大きなため息をついた。「なんだか小説みたい」シュゼットに顔を向ける。「あんなのはみんなおとぎばなしで、現実にはありえないなんていってたわよね」

クリスティアナは仰天して、念のために確認した。「ねえ、いっておくけど、小説じゃなくて現実なのよ」

「そんなことわかってるけど、本当にそっくりなの」とリサ。「ジョージは冷酷な悪党で、お姉さまは美しいヒロイン、そしてリチャードは愛するヒロインを救ってくれる勇敢なヒーロー」

「愛は関係ないでしょ」クリスティアナはきっぱりといった。

「もちろん、あるわよ。そうじゃなければ、どうして結婚するの?」

「紳士だから、わたしたちが弟の犠牲になるのが見ていられないだけよ」

「あら、あんなにすてきなのに。お姉さまだってあっという間に恋に落ちるわよ」

「いいかげんにして、リサ」シュゼットがいらいらと口を挟んだ。「リチャードだって、醜聞を避けたいのはおなじなのよ」

「殿方は醜聞なんかにびくともしないもの」とリサ。「困るのは女性だけ。だってモルティス卿がペネロピ・ピュアハートの純潔を奪ったと噂になったときも、卿は痛くもかゆくもなかったのよ。立派なかたのお屋敷に招待されて、倶楽部にも出入りは自由。なにもかも奪われたのはペネロピ——」

「リサ、それは小説の話でしょ」シュゼットが遮った。

「いまの話を聞かせたら、だれだって小説だと思うわよ。そうだ！」リサは目を輝かせた。

「そのまま書けばいいのよ！」

「やめて！」クリスティアナとシュゼットは口を揃えて叫んでいた。シュゼットはさらに続けた。「クリスティアナとリチャードのことだと、気づく人がいるかもしれないでしょ」

「名前を変えればいいじゃない」リサはあっさりとかわした。「もう、ふたりとも心配しすぎ。大丈夫よ」

抗議しようとしたところで、馬車が速度を落とした。窓の外を見ると、くねくねと曲がる道を大きな屋敷に向かっている。ラドノーの屋敷に到着したのだ。

「着いたのね」シュゼットは反対側の窓を見ていた。

「ようやくね」クリスティアナはリサに顔を向けた。「小説にすることはあきらめて。わかった？」

「わかった」リサは不承不承答えた。「だれが聞いても、あこがれるような物語になったのに」

「そんなんじゃないもの」

「そうなるってば」リサは譲らない。「信じて、クリスティアナ。リチャードこそがヒーローで、ふたりは恋に落ちるのよ」

クリスティアナはぐるりと目をまわし、馬車の扉を開けた。まだゆっくりと走っていたが、構わず外に飛びだす。リサがしつこくこだわる、恋に落ちるうんぬんを耳にしたくなかった。あんな思いは二度とごめんだった。さんざん苦しめられて、いやな思い出しかないのだ。リチャードと恋に落ちるなんて考えたくもない。それより頭から離れないのは、すでに恋に落ちているのではないかという恐怖だった。

「クリスティアナ！　まだ馬車が走っているのに飛びおりるなんて、危ないじゃないか」あちらの馬車もまだ止まっていないのに、リチャードが飛びおりてきた。「怪我《けが》をしたらどうするんだ」

「大丈夫よ」クリスティアナは手紙を差しだした。「早くこれを読んでほしかったの」

リチャードはまだ顔をしかめていたが、手紙が開封されているのに気づいた様子だった。

「今朝、伯爵宛だとどこかの男の子がリサに渡したんですって。リサったら、いままですっかり忘れてたみたい。てっきりディッキー宛だと思って、さっき馬車のなかで開けて読んだの。あなた宛だった」

リチャードは眉を上げて手紙を読んだ。

「どうしたんだ？」ダニエルがそばにやってきた。

「脅迫状よ」シュゼットも馬車から降りてきた。「ディッキーの悪事をすべて承知している人間がいるの。そのうえディッキーが死んだことまで知っている。リチャードが殺して、爵位や財産をとりもどしたと思いこんでいるわ。で、それをばらされたくなければ、金を払えですって」

「なるほど。クリスティアナから説明を――」のんびりというダニエルを、シュゼットがぴしゃりと遮った。

「ええ、全部聞いたわ。もうすぐ夫婦になるのに、なにも説明してくれないなんてひどいじゃない、ウッドロー。夫婦のあいだで、あんな秘密を抱えこむなんてどうなのかしらね！」

わざわざダニエルを姓で呼ぶシュゼットは、かなりご機嫌斜めのようだ。ダニエルもそれに気づいた様子だが、肩をすくめてつぶやいた。「勝手に話すわけにはいかないだろ」

シュゼットがぷいと顔をそむけると、リチャードはちょうど手紙をたたんでいた。

「ロンドンにとんぼ返りだな」

「でも……」クリスティアナは口を開きかけたが、そのままリチャードに肘をつかまれてラドノー家の馬車に引っぱっていかれた。

「明後日までに金を用意しないといけないんだ。引き渡しについてはまた連絡すると書いてあるが。とにかく、すぐに戻らないと」

「ちょっと待って」無理やり引きずっていくリチャードを止めた。

「まさか、そんな脅迫を真に受けて、金を払うつもりか？」ダニエルも追ってきた。

「もちろん、できれば払いたくはないさ。だからこそ、急いで戻りたいんだ。これを知っている可能性がある人間を絞りこむ必要がある。だが、もし犯人がわからない場合は、彼女たちが醜聞に苦しめられるくらいなら、金を払ったほうがましだ」

「でも……」クリスティアナは再度口を開いたが、そのままひょいと馬車に乗せられてしまった。しかし、馬車の床に足がつくなりくるりと振りかえり、続いて乗りこもうとするリチャードの前に立ちふさがった。「ちょっと！　話を聞いてったら！」

リチャードはぎょっとした顔で足を止めた。ダニエルもぽかんと口を開けている。シュゼットとリサは唇を噛んで笑いをこらえ、ロバートは黙ってにやにやしていた。

「それでこそクリスティアナだ」ロバートはまだ笑っている。「なにしろ昔から正義の味方で、曲がったことが大嫌いでね」表情を引きしめた。「結婚したとたん別人のようになってしまって、それがなによりも心配だったんだ」

「わたしも」とシュゼット。「ディッキーにいわれ放題なんて、信じられなかった。わたしやリサがあんなことをいおうものなら、その場で引っぱたかれたはずだもの」

クリスティアナはため息をつき、黙ってかぶりを振った。結婚したとたん変わったわけではなく、ディッキーに毎日のようにいじめられているうち、自分の判断に自信を持てなくなっただけだと説明している時間はなかった。急いでリチャードに顔を向けた。「ロンドンに戻る前に、死体をなんとかしないと。ここまで来たのに、なにもせずにとんぼ返りなんて馬鹿らしいでしょ。どのみち、もう限界だと思わない？　ロンドン中の氷をかき集めたところで、隠しておくのは無理よ」

リチャードは馬車の屋根に乗せた衣装箱に目をやり、ため息をついた。「たしかにそうだな。それなら……」そこでいいよどみ、御者を呼んだ。馬の様子を確認していた御者に、屋敷の裏にある礼拝堂へ馬車をまわすよう命じた。リチャードが馬車に乗りこもうとしたので、クリスティアナは黙って座席の奥に腰かけ、隣をリチャードのために空けた。ほかの者もつぎつぎと乗りこんだ。

一台の馬車に六人はきつかったが、だれも文句はいわなかった。ロバートが扉を閉めると、馬車は動きだした。すぐに裏の礼拝堂に到着し、ぞろぞろと全員降りた。

男性陣が衣装箱を降ろし、リチャードは馬車を厩舎へ移動して、とんぼ返りに備えて馬を替えるよう御者に指示した。馬車が行ってしまうと、ダニエルとリチャードが衣装箱を持って礼拝堂の裏へまわった。残る面々も黙ってついていく。ラドノー家の納骨堂は小さな石造りの建物だった。ロバートが扉を開けると、下に降りる階段がぼんやりと見えた。

「松明《たいまつ》を持ってくるべきだったな」ダニエルがのぞきこんだ。

「すぐだよ」リチャードは答え、ふたりは衣装箱を抱えて階段を降りた。「あとで、ちゃんとした柩《ひつぎ》に入れてやろう」

ロバートのあとからクリスティアナも降りていくと、すぐ後ろにシュゼットとリサが続いた。階下に着き、鼻をひくひくさせながらあたりを見まわした。夕方の弱々しい陽射しに一部の床だけ明るくなっているが、それ以外は真っ暗だった。立ちこめるにおいから判断すると、これでよかったのかもしれない。腐った柩やくずれた死体が頭に浮かび、そんなものを目にする勇気はなかった。

「ここにしよう」リチャードが明るくなった床の一番奥を示した。ふたりは衣装箱を置くと、そのままきびすを返して階段に向かったが、ふと足を止めてこちらを見た。

「このまま黙って帰るの？」クリスティアナはおずおずと口を開いた。

リチャードは衣装箱を振りかえった。

「捨てていくような仕打ちは、いくらなんでもひどいような気がして」だれも答えてくれないので、だんだん声が小さくなった。

「それなら」シュゼットが衣装箱に近づいた。

クリスティアナはその隣に立ち、みんながまわりをかこむのを待った。

シュゼットは両手を握りしめて目を閉じ、頭を垂れた。

唇を噛み、それにならった。気づくと一同おなじ姿勢だった。

シュゼットは咳払いをして、厳かに唱えはじめた。「ジョージ・兄殺し《カイン》・フェアグレイブ、ここに眠る。彼の死を神に感謝して。アーメン」

クリスティアナは驚いて目を開け、呆気にとられて妹を見つめた。

「おれは気に入ったね」ダニエルは笑っていた。「簡潔で、情け深くて、そのうえ正直だ」

思わずため息をついた。この場にふさわしいとは思えないが、ダニエルのいうことも一理ある。たしかに正直だ。この場の全員がジョージが死んだことを喜んでいるのだから。

階段に向かおうとして、そこにだれかが立っているのに気づいた。外の光を背に受けているので、陰になって顔はわからない。

「バートランド牧師さま」リチャードの驚く声が聞こえた。

「御者が馬車を引いてきて、納骨堂に行かれたと聞いたので来てみたのです。てっきり弟君のお参りにいらしたのだと。まさかここに置いていくためにいらしたとは、想像もしませんでした」牧師は静かにいった。

リチャードは小声で悪態をつき、目の前を通って階段に向かった。

「執務室に来ていただければ、すべてご説明いたします」リチャードは牧師と一緒に階段を登っていった。

一同もあとを追った。クリスティアナは死のにおいがするかびくさい場所から逃げだせて、内心ほっとした。牧師と一緒に先を歩くリチャードが振りかえった。「クリスティアナ、だれか見つけて、ロンドンまでの食糧を用意させてくれないか?」

「もちろん」

やいた。
「ぼくたちも同行して、話を裏づけるべきかな」ロバートがリチャードの背中を眺めてつぶ
「ありがとう」

ダニエルはしばし考えていたが、かぶりを振った。「必要なら呼びに来るだろう」

全員が見守るなか、リチャードと牧師は屋敷の正面にまわらずに、フランス窓からなかに入っていった。あそこが執務室なのだろう。

「おれたちもなかに入るか」ふたりの姿が消えるとダニエルがいった。

クリスティアナは先頭に立って正面にまわった。召使が廊下の両側に並んで出迎えたので、ラドノー伯爵はほかでご用があるが、すぐに戻ると説明した。さいわい、一度しか来ていないのに執事が覚えていて、ほかの召使に紹介してくれた。驚くほどの人数だったが、最初が肝心と家政婦から一番下っ端のメイドまで、全員と笑顔で握手していたら、思ったより時間がかかってしまった。ようやく料理番に食糧の用意を頼もうとしたところで、廊下のドアが開いてリチャードが顔をのぞかせた。

「クリスティアナ、ちょっと来てくれないか？」リチャードは室内の牧師となにか相談しているようで、また顔を出した。「できれば全員来てほしいんだ」

リチャードはドアを開けたまま室内に姿を消した。なかに入ると、フランス窓の手前に大きな黒っぽい木製の机があり、リチャードはその横に立ったまま牧師と話していた。その隣

に急ぐと、牧師の最後の言葉が聞こえた。「法的にもなんら問題はございません」

「なんのお話？」

リチャードは微笑んだ。「バートランド牧師さまが、結婚式を執りおこなってくださるそうだ」

目を丸くして牧師を見た。

「奥さま」牧師はクリスティアナの手をとって優しく微笑んだ。「この一年におふたりが苦しまれた試練をうかがい、心を痛めております。ジョージさまは昔からお心に悪魔を棲《す》まわせていらした面がありましたが、その悪魔がどれほど強大な力を持っていたかを改めて知らされ、非常に残念に思っております」慰めるように手を軽く叩いた。「しかし今日こそ、すべてを正しましょう。その理由を説明する必要などございません。ジョージさまは充分に罰を受けておいでです。天にましますわれらの父が、ふさわしい罰を与えてくださったのでしょう」

「ありがとうございます」クリスティアナは心から答えた。

「準備はよろしいですかな」牧師はリチャードに尋ねた。

うなずいてダニエルに顔を向けたとたん、リチャードがぎょっとして足を止めた。どうしたのかと室内を見まわすと、驚いたことにあとについてきたのは四人だけではなかった。全員という言葉を誤解したらしく、グレースや妹たちのメイドまで召使全員が室内にひしめきあっていた。

リチャードはひとつ咳払いして、申し訳なさそうに口を開いた。「実は――」

「これも一興でしょう」牧師は隣に立って一同に微笑んだ。「伯爵さまご夫妻が改めて結婚の誓いをなさりたいそうなので、みなさんに立会人になっていただきます」

騒ぎたてる召使にまぎれて、シュゼットが横に立った。「法的にも問題ないの？」

「ないみたい」

そこで牧師が振り向いた。「ございませんとも。結婚公告は公示されておりますし、リチャード・フェアグレイブさまとクリスティアナ・マディソンさまの結婚許可証は……ほら、ここにございます。ロンドンへの道中で立ち寄られたときに、ここに保管なさったようです。これからラドノー家の礼拝堂で立会人の前で式をおこない、立会人とともに教会の婚姻登録書に署名なされば、法的にもなんの問題もございません」

クリスティアナは牧師に向かってぎごちなく微笑んだが、リチャードに腕をとられるとびくりとした。「さあ、行こうか」

「ええ」部屋のなかにひしめく召使をかきわけて進む牧師についていきながら、内心では怯えていた。これから結婚する……。二度と結婚なんかしないと自分に誓ったばかりなのに、もう前言をひるがえそうとしている。結婚を急ぐ理由ならいくらでも思いついた。なにより、すでに子どもを宿しているかもしれないというのが大きい。しかし最初の結婚の二の舞になったらという不安が、どうしても頭から離れない。式が終わったとたん、ディッキーのように、リチャードもわたしに魅力を感じなくなるかもしれない。優しくて思いやりのある夫のはずが、急に冷酷でよそよそしい夫になってしまうかも。そう考えるだけで憂鬱になり、礼拝堂での結婚式に向かうというより、処刑台に引っぱられていくような気がした。

ちらりと様子をうかがうと、リチャードはいたって気楽な顔をしている。牧師のすぐ後ろを小走りしそうな勢いで追いかけて、式を挙げるのが嬉しくてたまらないようだ。式が近づくと憂鬱になるのは殿方のほうだと耳にしたことがあるが、リチャードは変わり者なのだろうか。

「さあ、こちらへ」バートランド牧師は小さな礼拝堂の祭壇にふたりを立たせ、参列者に聖書を配ると、すぐに戻ってきた。

なんだかぼんやりと印象に残らない式だった。これが済んだらどうなるのかという不安で頭はいっぱいで、なにもわからないまま反射的に答えていた。いつのまにか式が終わり、リチャードにキスをされてはっとした。すぐにリチャードは身体を起こし、牧師に続いて婚姻登録書に署名するようささやいた。

クリスティアナは震える手でなんとか署名し、続いてリチャードが署名すると、口々に祝いの言葉を述べる妹や召使にかこまれた。なんとか笑顔で応えたが、内心はそれどころではなかった。ダニエルとロバートも立会人として署名し、それから男性陣は牧師と額をつきあわせて相談している。いったい、なにをひそひそやっているのだろう。リチャードが大きくうなずき、こちらに歩いてきた。牧師は手を叩いてみんなの注意を引いた。

「さあ、屋敷に戻って、料理番が伯爵さまご夫妻のために腕を振るった、美味しい食事をいただくとしましょう」

召使が三々五々姿を消すと、リチャードはクリスティアナの腕をとった。「ご婦人がたは食事の前にさっぱりしたいだろう？」

「まっすぐロンドンに帰るんだと思ってたわ」

「計画をすこし変更したんだ」リチャードは礼拝堂の外に出た。「長旅だったから、着替えくらいはしたいだろうと思ってね。食事もとりたいし」

「たしかにそうね」クリスティアナは屋敷に向かいながら考えた。そうできるのであれば、それに越したことはない。「ねえ、ずっと考えてたんだけど、やっぱりお金を払うべきじゃないわよ」

「もちろん、ぼくだっておなじ意見だよ。まずは犯人をつかまえるのが先だ。しかし未遂に終わったとはいえ、弟がぼくを殺してなりすましていたなんて、もしもばれたら大変なことになる。きみたちだって社会的に抹殺されるも同然だ」

わたしたちのことを真っ先に心配してくれている。まだ、別人にはなっていない……いまはまだ。クリスティアナはひとつ咳払いをした。「その気持ちはとても嬉しいけど、一回払ってしまったら、犯人は何度もお金を要求してくると思うの。そもそもすべてはディッキーのせいなんだし、それをあなたが払うのは筋がちがうと思わない？　なにより、殺したわけじゃないんだし」

「だが、きみたちが醜聞に苦しむのも筋がちがうだろう」リチャードはまわりを見まわし、だれにも聞かれていないのを確認した。「ジョージはぼくの弟だ。だれかが責任をとらなくてはならないのなら、それはぼくしかいないだろう」

　クリスティアナは眉をひそめて考えこんだ。もちろん、醜聞なんてまっぴらだし、できれば妹たちも苦しめたくはない。しかし……一回払えばそれで終わりという話ではないことくらい、子どもでもわかる。犯人は今後も際限なくゆすってくるはずだ。死ぬまで怯えて暮らすなんて、もっとまっぴらごめんだ。「どこかに訴えるわけにはいかないの？　ディッキーは火事で死んだんじゃなく、実はこの一年アメリカに行っていたことにするのはどう？　置き手紙を残していったけど、火事で焼けちゃったことにすれば自然じゃない。最近、体調が思わしくないので帰国したけど、今朝ベッドで死んでいるのを発見したって。当然、死体を調べられるでしょうけど、自然死だとわかれば一件落着よ」自分でも感心しながら微笑んだ。

「そうすれば醜聞にもならないし、犯人だってゆすっても無駄だとわかるでしょ」

「うーん」リチャードはため息をついて、渋い顔になった。「実はね、ダニエルとぼくは、殺されたんじゃないかと疑っているんだ」

「ええっ？」思わず足が止まった。

「死体を移動しようとしたとき、口もとからかすかにアーモンドのにおいがしたんだ」リチャードはまた歩きだした。

クリスティアナはまじまじとその横顔を眺めた。「どういうこと？」

「毒を盛られたんだろう」リチャードは屋敷に到着すると、それとなく周囲の安全を確認しながらなかに入った。「心配する必要はないよ。犯人をつかまえる計画もちゃんと考えてある」

「どういう計画？」二階へ行こうとするリチャードに尋ねた。

「あとで説明する」彼は返事をはぐらかし、やけに急いでクリスティアナを二階の主寝室に行かせた。「食事までのあいだ、ここを使ってくれ。とにかく、なにも心配いらないから。グレースときみの衣装箱も急いで運ばせよう。湯も沸かすか？」

なにか様子がおかしい。「それは時間がかかりすぎるから。早くロンドンに向かいたいんじゃないの？　水のたらいがあれば充分よ」

「わかった。用意させよう」リチャードは寝室のドアを開けた。

そのまま部屋に入ろうとすると、リチャードがいきなりキスをした。礼拝堂での誓いのキスのような軽いものではなく、激しいむさぼるようなキスだった。クリスティアナは膝からくずおれそうになり、吐息を漏らしながら彼の首に腕を巻きつけた。

「結婚式が終わるまではがんばって我慢しただろ」リチャードはいったん口を離すと、ため息まじりに苦笑した。「これで、晴れてぼくの妻だ」

気がかりなことはまだあるが、クリスティアナはなんとか微笑んだ。「すぐにグレースを呼んでこよう。ゆっくりで構わないよ。食事を用意するのに、まだ当分かかるだろうから」

リチャードがドアを閉めてくれた。ひとり残されてため息が出たが、気をとりなおしてあたりを見まわした。この部屋に入るのは初めてだった。ロンドンに向かう途中で立ち寄ったときは、隣の続きの部屋を使っただけで、主寝室には足を踏みいれなかった。あのときはディッキーと一緒に過ごす時間もほとんどなく、夜もベッドに来ないので、その理由をあれこれ考えて泣きながら眠ったものだ。最初の半年は、毎晩のように枕を涙で濡らしていた。

いやな記憶を振りはらい、グレースを待ちながら興味津々であちこちのぞいてみた。ようやくグレースが、ふたりの召使に衣装箱を運ばせて現われた。ゆっくりで構わないとはいわれたが、急いで身体を清めて着替えを済ませた。階下へ向かおうとしたとき、ちょうどシュゼットも部屋から出てきた。

「生まれ変わった気分」とシュゼット。並んで階段に向かった。

「わたしも」

「ロンドンにとんぼ返りなんて考えたくもないけど」

「本当にごめんなさいね、シュゼット。一刻でも早く結婚したいのはわかってるんだけど。

ねえ、ふたりはまっすぐグレトナグリーンに向かえば？　こんな厄介事に巻きこまれるのはわたしたちだけで充分よ」

「やめてよ」シュゼットはそっけなく答え、かぶりを振りながら階段を降りた。「駄目、駄目。この事件のほうがよっぽど重要よ。まだ時間もあるし。万が一となれば、馬を替えるときだけ休んで、夜通し旅をすればいいんだから。グレトナグリーン往復なら、ほんの数日でしょ。一週間以上遅れなければ、二週間の返済期限には余裕でまにあうわよ」

「ありがとう」しかし、シュゼットはまだ結婚する必要があるのだろうか。リチャードは、弟の悪行は自分が肩代わりするといっていた。それにはお父さまの借金も含まれているのかもしれない。その件には触れなかったし、シュゼットの結婚についてもきちんと話はしていない。それをいうなら、あの舞踏会の夜からあれよあれよという間に事態が急変し、なにもかもゆっくり相談する時間などなかった。考えてみれば、リチャードだってそこまで心配する時間はなかっただろう。つぎに顔を合わせたら、まずはこの件を相談しよう。シュゼットが決めたこととはいえ、無理やり結婚しなくてもいいならば、それに越したことはない。

「待って！」リサが階段の上に現われた。「どこが食堂だかわからないの」

　ふたりは微笑みながら待ち、三人で食堂へ向かった。

　すでに男性陣がバートランド牧師をもてなしているかと思ったら、牧師はひとりで窓の外を眺めていた。

「お待たせして申し訳ありません」クリスティアナは廊下に夫の姿はないかと探した。

「とんでもない」牧師はすぐに振りかえり、にっこりと微笑んだ。「こんなにお美しいご婦人を三人もお待ちするとは、光栄の至りです」テーブルに向かって椅子を引いた。「お座りになりませんか？　食事の用意はできているそうですよ」

その言葉にクリスティアナは目を細めた。「殿方はどうなさったのか、なにかご存じですか？」

「ええ」牧師はあと二脚の椅子を引いた。「伝言をことづかっておりますとも。一台の馬車を飛ばすほうが早いので、ロンドンでご用事を片づけるあいだ、ご婦人がたはここでゆっくり過ごしていただきたいそうです」

「三人だけで出発したんですか？」シュゼットが目を丸くして聞きかえした。

「え、ええ」牧師は気まずそうに答えた。

クリスティアナはさっと立ちあがった。

「奥さま、伯爵さまのおっしゃるとおり、お待ちになったほうがよろしいですよ。みなさまを二階に案内してすぐに出発なさったので、追いつくのは無理でしょう」牧師は三姉妹を急いで追いかけた。

しかし三人とも聞く耳など持たなかった。

14

「すごく怒ってるだろうな」

ロバートの言葉に、リチャードは顔をしかめた。目に浮かぶようだが、これが最善の策だった。いまごろ三姉妹は屋敷でくつろいでいるだろうし、なにより危険がおよぶ心配のないのが大きかった。犯人を突きとめるのはこの三人で充分だ。それにメイドや衣装箱まで積んで、また三台の馬車でえっちらおっちらロンドン往復するのも馬鹿馬鹿しい。馬車一台で飛ばすほうがずっと簡単だった。

一番速いダニエルの馬車を使ったので、予定より早く着きそうだった。途中三カ所の宿で馬を替え、ロンドンまで残すところ四分の一弱となった。おそらく真夜中前には到着できるだろう。

「まあ、なんとか怒りを静めてくれると信じるしかないな」ダニエルがのんきにつぶやいた。シュゼットの怒りなど、まったく心配していないようだ。

ロバートはかぶりを振った。「あの三姉妹のことは生まれたときから知っているが、そんな甘いものじゃないよ」しばらく考えていたが、リチャードに顔を向けた。「それにしても、クリスティアナが元気になったのがなにより嬉しい。ようやく本領発揮ってとこだな」

「そうなのか？」リチャードは思わず尋ねていた。さっき無理やり馬車に乗せたとき、反撃されて驚いたことを思いだしたのだ。

「きみと一緒だと、どうやら自然にふるまえるようだ。ディッキー……つまりジョージと一緒のときは、それはびくびくしていてね。たまたまふたり一緒の姿を見かけたことがあるんだが、まるで怯える猫そっくりだった。暴力をふるわれているのかと心配したが、それはないというから安心したんだが」

「信じたのか？」ジョージなら殴りかねないと眉をひそめた。

「ああ、クリスティアナはとにかくうそが下手だからね。だからそれは本当だったと思う。でも、夫を恐れていたのも事実だ。ご機嫌をそこねたら、なにが起こるか予想もつかないという感じだったな」

そんな毎日を送っていたなんて、かわいそうでならなかった。自分の屋敷でくらい、のんびりくつろぎたいだろうに。

「だが、いまとなってはすべて過去のことだ」しばらくしてからロバートが微笑んだ。「すっかり本来のクリスティアナに戻ったようで安心した。きみたちふたりはお似合いだと思うよ」

「ありがとう」リチャードはさらりと答えたが、内心では小躍りしたい思いだった。クリスティアナは頭の回転が速く、充分に相談相手も務まるうえ、夜になると情熱的な恋人に変身する。気づくと心から離れなくなっていた。いや、すでにそれでは済まない気がしている。

「クリスティアナは……」リチャードが口を開いたとたん、大きな音が聞こえた。続いて叫び声と馬がいななく声がいり乱れ、三人は宙に投げだされた。馬車が横転し、そのまま何回か転がったようだが、つぎの瞬間、気が遠くなってしまったようだ。

しばらくはなにが起きたのか、どこにいるのか、リチャードははっきりしなかった。しかし自分の下からうめき声が聞こえ、ダニエルかロバートの上にいることに気づいた。しかも上にもなにか重いものがあって息ができない。なんとか手を伸ばして触ってみると、やはりうめき声が聞こえた。暗くてよくわからないが、踵か肘が自分の股間に押しつけられている。上にいるだれかが抜けだそうともがきはじめた。

「旦那さま、ご無事ですか?」

頭上に見える馬車の扉が開き、暗闇のなかに光が差しこんだ。御者が角灯《ランタン》を掲げてのぞきこんでいる。馬車は横倒しになっていた。上にいるだれかが起きあがろうとした拍子に、脇腹を突かれてうめき声をあげた。開いた扉に手を伸ばして、身体を引っぱりあげようとしている。あとすこしというところで、御者のランタンに照らされてロバートだとわかった。

「おい、リチャード、どいてくれ。息ができない」下からダニエルの声が聞こえた。

できるだけダニエルを蹴飛ばさないように身体を動かそうとしたが、とうてい無理な話で、何度も謝りながら移動した。ひっくり返った馬車のなかでなんとか膝をつき、後ろを振り向いた。「大丈夫か？」

「あちこちぶつけて痛いが、大きな怪我はなさそうだ」ダニエルも横で身体を起こした。

「おまえは？」

「おなじく」ため息をつき、リチャードは開いた扉を見上げた。御者の顔が見え、ロバートも振りかえってふたりを見下ろしている。

「なにがあったんだ？」ダニエルは苦労して馬車から出ながら御者に尋ねた。

「まったくわかりません、旦那さま」御者は申し訳なさそうに答えた。「順調に走っておりましたところ、突然バリバリという音がしたかと思うと、馬車がひっくり返ってしまったのでございます。さいわい、すぐにはずれたので馬は無事でした。引きずられていたら駄目だったでしょうが」

「おまえは大丈夫なのか？」そう尋ねるダニエルの声を聞きながら、リチャードは馬車から這いでた。

「投げだされた先が茂みでしたので」御者はいまいましそうに続けた。「しかし馬車はもう使い物になりません。修理もできないでしょう」

「だれにも怪我がないならいいさ」ダニエルはロバートに向かって眉を上げた。

「大丈夫だよ」ロバートはぶらぶらと馬車に近づき、ひょいとしゃがみこんだ。「だれかの肘がぶつかったから、目のまわりが痣になっているくらいだな」

ダニエルもぶつぶついいながら馬車に近寄って車輪を調べ、リチャードも一緒にのぞきこんだ。上になっているふたつの車輪はなんの問題もなさそうだったので、ロバートが見ている下の割れた車輪に顔を近づけた。

「やけにきれいに折れているな」車輪の輻《や》を調べながら、ダニエルが顔をしかめた。

「細工されたか?」リチャードは残っている部分を丁寧に改めた。

「この三本が怪しい」とダニエル。「それ以外は自然だけどな。最初にこの三本が折れたら、残りの部分で支えるのは無理だろう」

その意味を考えながら、リチャードは身体を起こしてあたりを見まわした。「ぼくもおなじ意見だ。問題はいったいだれが、なんのために、いつ細工したのか?」

「そんなもの簡単さ」ダニエルが淡々と答えた。「ジョージを殺した犯人は、毒では失敗したと思いこんでいるわけだ」ちらりと割れた車輪に目をやった。「そのうえ、ロンドンで細工された可能性はまずない。今朝、出発したときは四人乗っていたんだ。細工された車輪では、ロンドンを出ることもできなかっただろう。そもそもおまえは乗っていなかったしな」

「つまりラドノーの屋敷か、馬を替えた三カ所の宿か」そこまで考えたところで、リチャードはまたあたりを見まわした。標的が自分なのは疑問の余地もないが、だれかがロンドンからずっと追ってきて、いまも近くに潜んでいるかもしれないと思うとさすがに落ち着かない。

「馬車の音が聞こえないか？」

「ああ、かなり飛ばしてるな。道を空けたほうがいい」ダニエルは馬を避難させるよう御者に命じた。御者は馬を安全な場所まで移動してから、道に戻ってランタンを前後に動かし、近づいてくる馬車に合図した。

「六人乗りの大型馬車だ」月明かりに馬車が見えてくると、ロバートがつぶやいた。

馬車は御者の合図に気づいたはずなのに、よけただけでそのまま通りすぎた。

「いまのは……？」ロバートが口を開いた。

「そうだ」リチャードはしかめ面で答えた。それはラドノー家の馬車で、クリスティアナ、シュゼット、リサの驚いた顔がこちらを見ていた。

「あの三姉妹はそう甘くないといっただろう」ロバートはおもしろがっていた。

「だが、追いかけてくるとはいわなかった」とダニエル。

「そんなことを教えたりしたら、せっかくのお楽しみがパーじゃないか」ロバートが笑った。

ぐるりと目をまわして、リチャードは馬車が戻ってくるのを眺めた。ところが事故を心配して飛びだしてくるものと思っていたら、扉は閉まったままピクリとも動かない。御者が居心地悪そうにこちらをちらちら見ていた。

「さあ、現実と向きあう時間だぞ」ロバートは宣言して、馬車に歩いていった。

ダニエルは不満そうな顔で、御者に馬をあちらの馬車の後ろにつなぎ、御者の隣に乗るよう指示した。つぎの宿に馬と御者を残し、そこで馬車の回収や修理ができるかどうかの手配をさせるつもりだった。

「やあ、ご機嫌いかがかな」ロバートは馬車の扉を開け、明るく声をかけながら乗りこんだ。

あいさつだけは返ってきたが、あとはシーンとしている。リチャードが開いた扉に近づいてのぞきこむと、ロバートはクリスティアナの隣に座り、その向かいにシュゼットとリサが並んでいた。こちらに不機嫌な顔を向ける三姉妹にため息をついた。「失礼」と声をかけて乗りこんだが、今度はなんのあいさつも返ってこない。ロバートとクリスティアナのあいだに無理やり腰かけると、沈黙が重苦しいほどだ。ダニエルが乗りこんできてもおなじ反応だった。どうやら置いてきぼりの主犯はリチャードとダニエルで、一緒にいたはずのロバートはお咎《とが》めなしらしい。

少なくとも、クリスティアナとシュゼットはそう思っているらしい。だが座りなおしたときに、どういうわけかリサだけはロバートを睨みつけているのに気づいた。

馬車はロンドンに向けて出発した。ところが揺れがひどくて、クリスティアナにぶつかってばかりだった。リチャードは間隔を空けようとしたが、そうするとロバートに身体を押しつけることになり、それもあまりぞっとしない。車内が狭いのは仕方ないと覚悟を決め、クリスティアナをひょいと膝に載せて奥に詰めた。

「下ろして」クリスティアナはすぐに冷ややかな声で応じた。

「このほうが座り心地がいいだろう」

「それはあなただけでしょ」

「きみだってそのはずだ」リチャードは堂々と答え、ゆったりとクリスティアナの腰に腕を巻きつけた。「すごく腹を立てているから、それを認めたくないだけだろ」

クリスティアナは身体をひねると、振り向いてこちらを睨みつけた。「どうして腹を立てるのかしら？　あなたたち三人がきちんと事情を説明もせず、お気の毒な牧師さまだけを残して、こっそりロンドンに向かったから？」

「ゆっくり過ごさせてあげようと思っただけだよ。メイドたちと一緒にラドノーで待っているほうが快適だろうから」

「メイドはロバートの馬車でついてきてるわ。よかれと思ってのことなら、どうしてちゃんと説明しなかったのかしらね」

「きみたちがどう受けとるかは、またべつの問題だからね」リチャードは穏やかに答えた。

「ぼくたちはそのほうがいいと信じてるが」

クリスティアナは不満そうに鼻を鳴らすと、腕を組んでそっぽを向いた。「あら、そう。なにが起こっているかも知らずに、馬鹿みたいにやきもきしながら待ってるの？　それはそれは快適でしょうね。もう、追いかけてこなければよかった」

「でも、追ってきてくれて助かったよ。ありがとう。あそこでひと晩中立ち往生するところだった」リチャードはまじめに答えた。

それを聞いて、クリスティアナはいくらか表情をやわらげた。外のランタンの光しかない薄暗い車内で、怪訝そうにこちらをのぞきこんだ。すこしご機嫌が直ったようだ。「なにがあったの？」

「馬車の左前輪の輻が三本切られてたようだ。当然、重みを支えきれずに車輪全体が割れた」秘密にしておいても意味はないと思い、簡単に説明した。危険があることは承知しておくほうが安全だろう。

クリスティアナの顔色が変わった。「切られてた？　たしかなの？」

どう答えようか悩んだ。「絶対にまちがいないとはいえないが、隣りあう三本の輻だけがきれいに折れていて、ほかの輻はぎざぎざに割れていたんだ」

「ジョージを殺した犯人かしら？」クリスティアナは不安そうにつぶやいた。

「だと思う」

「どういうこと？　ジョージは殺されたの？」すかさずシュゼットが口を挟んだ。そちらに顔を向けると、やはりダニエルの膝に載せられて、姉とおなじように険しい顔で腕を組んでいる。

「毒を盛られたのかもしれないって」クリスティアナが説明した。「ダニエルとリチャードは、口もとからアーモンド臭がするのに気づいたの」

「アーモンドはべつに毒じゃないでしょ」とシュゼット。

「食べるのとはちがう苦扁桃《くへんとう》という種類があって、それは青酸カリの材料なの」リサの説明に、一同はぎょっとしてそちらに顔を向けた。「本で読んだだけよ」

「それで？」シュゼットはクリスティアナを見た。「ほかになにか隠してることはないの？」

「もう、なにもないわよ。わたしだって、毒のことはさっき結婚式のあとで聞いたんだから。ふたりに話す機会がなかっただけ」

シュゼットはうなずいたが、つぎはダニエルを睨みつけた。「ほかには？」

「それだけだよ」

「どうしてもっと早く教えてくれなかったわけ？」

「おれの秘密じゃないからね」

「言い訳ばっかり」シュゼットは前を向いたが、ご機嫌うるわしいにはほど遠い顔だった。

「つまりゆすり屋と人殺しがいるわけね」リサが考えこんだ。「それともおなじ人かしら？」

リチャードは思わずダニエルと顔を見合わせた。

「そんなの、まだだれにもわからないわよ」ふたりが黙っているので、シュゼットが答えた。

「それにしても」リサは眉をひそめた。「屋敷のなかで、だれにも見つからずに毒を盛るのは難しいんじゃない？」

だれにも見つからずに死体を運びだしたと口にしようとして、よく考えてみるとやはり不可能だと思いなおした。ダニエルはシュゼットの部屋でつかまったし、死体をダニエルに押しつけてシュゼットとリサを階下へ連れていかなかったら、やはり危ないところだった。そもそもまったくの部外者だったら、ふたりともシュゼットの部屋でつかまっていたはずだ。たしかに部外者がだれにも見られずに毒を盛るのは難しいだろう。

「それじゃあ、内部の者の仕業?」とクリスティアナ。

「召使のだれかってこと?」シュゼットが尋ねた。

車内に沈黙が流れた。おそらくはその可能性がもっとも高いが、だれひとりそんなことを口にしたくなかったのだ。召使の揺るぎない忠誠心には、だれもが絶大なる信頼を置いている。そうでなければ世に出る醜聞はこんな数では済まないだろう。もちろん召使が期待を裏切ることもないわけではないが、そんな可能性はできれば考えたくなかった。

「ロンドンに戻ったら、召使たちに訊いてみる必要があるな」リチャードはため息をついた。残念ながら、召使が裏切った可能性は高い。

「残るはゆすり屋ね。あるいは召使にお金をつかませて、毒を盛らせたのかもしれないけど」とリサ。

「少なくとも、この一年ジョージがリチャードになりすましていたことは知ってるわけでしょ」クリスティアナは考えこんだ。「でも、そんなに数はいないはずよね。多くの人と共有するような秘密じゃないし」

「たしかにそうだな」リチャードはうなずいた。「あいつにそこまで信頼していた友人はいるか？」

クリスティアナは口をとがらせた。「そんなことわかるわけないじゃない。まだあなたのほうが知ってるわよ。だれが友人かすら知らないんだから。だれも訪ねてこなかったし、どこに出かけるとか、だれに会うとか、ひと言も教えてくれなかったもの」

「きみはどうだ、ダニエル？」

ダニエルもかぶりを振った。「去年は伯父のヘンリーが亡くなったんで、ずっとウッドローで地所のあれこれを片づけるのに追われてた。外に出たのは、アメリカにいるおまえから手紙をもらったときだけだ。おまえになりすましたジョージが結婚したことすら知らなかったんだ。奴がこの一年なにをたくらみ、だれとつきあっていたかは、まったくわからん」

「そんな難しい問題じゃないだろう」ロバートが口を挟んだ。「みんな噂話が大好きだからね。あちこちでそれとなく訊いてまわれば、ジョージがだれを信頼していたかはわかるはずだ」

「召使にも訊いてみよう。それと同時に、この一年のジョージの行動や交友関係についても情報を集め……そうそう、金の用意もしなくてはならない」そこで言葉を切り、リチャードは薄暗がりに浮かぶみんなの顔を見まわした。「ほかにすべきことはあるか？」

一同、顔を見合わせるばかりで、やがてダニエルが答えた。「とりあえず行動を起こそう。そのうち追うべき手がかりも見つかるだろう」

結論が出たところで、クリスティアナが膝から降りようとしたので、慌てて腰をしっかりと抱えなおした。するとそういうわけでもないようで、前屈《まえかが》みになって座席の下からなにかを引っぱりだしている。はからずも目の前にお尻を突きだされ、いい眺めについ見とれているど、すぐに大きな籠《かご》を抱えて座りなおしたので内心がっくりした。

「それは?」クリスティアナが籠を探っていると、ロバートが興味津々でのぞきこんだ。

「馬車の準備を待っているあいだ、料理番に食べ物を用意してもらったの」

「食べ物?」そう耳にしたとたん、腹の虫がぐうと鳴った。そういえばスティーブニッジで昼食をとって以来、なにも口にしていなかった。

「そうよ」クリスティアナはこちらを見下ろしている。「どうせ、泥棒のようにこそこそいなくなる前に、食べ物を用意したりはしてないだろうと思って」

まだ根に持っているようだ。リチャードはため息をつきながら、かぶりを振った。となると、なにも分けてもらえないのだろう。

しかし、それは勘違いだった。シュゼットも向かいの座席の下からもうひとつ籠を引っぱりだし、クリスティアナが笑顔で告げた。「だから全員の分を用意してもらったの」

額へのキスとリチャードのささやき声で目が覚めた。「起きて、眠れる美女さん。もうすぐ屋敷だよ」クリスティアナは目をしばたたかせながら、暗い車内を見まわした。ダニエルもおなじようにシュゼットを起こし、ロバートは身を乗りだしてリサの膝を揺すっている。

背筋を伸ばして窓の外を見た。空はほんのりと明るくなっているが、夜明けはまだ先のようだ。予定より早く着いたのだ。道沿いの暗い建物を眺めていると、すでに屋敷のある通りを走っている。そう気づくと同時に到着した。

ロバートが最初に馬車から降りて、リサが降りるのに手を貸した。

長旅だったので脚がこわばってしまって、ロバートが差しだしてくれた手がありがたかった。それでもよたよたしていると、降りてきたリチャードにさっと抱きあげられてしまった。

「自分で歩けるわ」そのまま正面玄関に向かうので、クリスティアナは驚いてささやいた。

「こうしたいんだよ」リチャードはおもしろがっているような声だった。

暗がりのなかで目を凝らすと、顔が笑っていた。その肩の後ろに、眠そうな顔で馬車から降りたシュゼットもよろめいているのが見えた。長旅でよたよたしているのは自分だけではないとわかって、気が楽になった。

「ドアを開けてくれるか?」とリチャード。

目の前のドアを開けた。リチャードはそのまま階段を登りはじめた。

「みんなを待ってなくていいの?」クリスティアナは開けたままのドアを振り向いた。

「心配ご無用。きみたちが眠っているあいだに相談したんだ。この時間に召使を起こして用意させるのも気の毒だからね。ダニエルとロバートには、ぼくのためにグレースが用意してくれた客用寝室を使ってもらう。あと数時間仮眠をとったら調査開始だ」

「そう」リチャードの言葉の後半はほとんど耳に入らなかった。ダニエルとロバートが客用の寝室を使う。ということは、リチャードはわたしと一緒……もちろんきちんと結婚したわけだから、まったく問題はないのだが、それでもその先を考えると急に不安になってきた。目の前でドレスを脱がなくてはならないだろうし、リチャードだって脱ぐだろう。ベッドのどちら側が好きなのだろう。先に脱いでもらって、寝る側も選んでもらおうか。でもそれでは横になったリチャードに脱いでいる姿を見られてしまう。それに、よく考えたらどうして最初に寝る側を選ばせてあげないといけないのか。わたしのベッドなのに。

そんなこんなを真剣に悩んでいると、また声が聞こえた。「ドアを開けてくれる?」寝室のドアを開けると、リチャードはそのままベッドに下ろしてくれて、すぐにドアを閉めに戻った。ひとりでドレスを脱ごうとしたが、後ろの留め具に手が届かない。リチャードに頼もうかと顔を向けた瞬間、すべて頭から吹き飛んでしまった。なんとリチャードは服を脱ぎながら戻ってきたのだ。まず黒い上着、ベスト、タイ。ズボンと長靴だけになってベットに座り、クリスティアナがぽかんとしているあいだに残りもさっさととりさった。そして一糸まとわぬ姿になって前に立った。

見事な脱ぎっぷりに見とれていたら、いきなり肩をつかまれ、そのままくるりと後ろを向かされた。どうやらドレスの留め具をはずしてくれているようだ。もごもごと礼をいうと、ドレスの背中が開いてひんやりした空気が肌を撫でた。リチャードの手が脇を滑って前へまわったかと思うと、胸を包みこまれてはっと息をのんだ。そのまま背中に胸板を押しつけられ、首筋を優しく嚙まれると思わず吐息が漏れた。

すべてがあっという間の出来事だった。たちまち身体中を炎が駆けめぐったが、どうしていいかもわからず、その場に立ったままだった。ドレスのなかに手を入れられ、後ろを向くことも、触れることもできない。リチャードの唇が首筋を這っているが、顔を横にしてキスもできなかった。

「ぼくたちは結婚した」リチャードが耳もとでささやき、そっと耳を嚙んだ。

「ええ……」耳たぶを口に含まれると、もう息もできなかった。

「それなのに、まだベッドをともにしていない」耳のなかに舌を入れられて、驚いて身を震わせた。

「でも、それは……ああ」片手が胸を離れ、肌の上を滑るように脚のあいだに入っていく。その拍子に片方の肩からドレスがはずれ、動くようになった片手ですぐに自分からドレスを脱いだ。もう一方の袖から手を抜いて、上半身をすっかりあらわにする。日焼けした手が片方の胸を包みこみ、もう片方の手はドレスの下に消えている光景はなんとも艶《なま》めかしかった。

指が敏感なあたりを縦横無尽にうごめき、さらにお尻にぴたりとかたいものが押しつけられている。

「あ……ああ」思わず声が漏れ、気づくと腰を動かしていた。自分の手で片方の胸を包み、片方の手を後ろに伸ばした。なんとか髪に触れることができると、今度は必死に顔を後ろに向けてキスを求める。リチャードは手を動かしながらも、すぐにそれに応えて唇を重ねてくれた。

まだなにかが足りなかった。自分でも触れてみたい。今度はごそごそと手を下に伸ばして、押しつけられているかたいものを手探りした。すこし触れただけで、リチャードはまるで火傷《やけど》でもしたように身体をこわばらせ、胸をつかむ指が痛いほどだった。するとくるりと回転させられ、顔を合わせたと思うとドレスが床に落ち、そのままベッドに押し倒された。

それでも起きあがって、本能のおもむくままに目の前で揺れている大きいものをつかもうとした。ベッドに載ったリチャードがぴくりと動かなくなった。見ると歯を食いしばって、ほとんど目を閉じている。喉をごくりと動かして、自分の手でかたいものに触らせた。そのまま目を閉じて後ろにのけぞり、大きく息を吸っている。それを見るとがぜん張りきってしまい、クリスティアナは身を乗りだして自分がされたように舌を這わせた。するとリチャードは苦しげに名を呼びながら、彼女の頭をつかんだ。驚いて動きを止めたが、つかんだ頭を払いのけなかったので、また舌を滑らせ、口のなかに含み、さらに根元まで呑みこんだ。ついにリチャードに顔を上げさせられ、もう一度押し倒された。

「いけなかった?」不安になって尋ねた。

「まさか」喉の奥から絞りだしたような声だった。「それどころか、ぼくのほうがおたおたしてるよ。情けないな」

「でも、あなたがしてくれたから、真似してみた……」言葉が途切れた。膝の下をつかまれ、ベッドの端まで引っぱられたのだ。驚いて起きあがろうとしたが、大きく脚を開かれてぐいとなかに入ってきた。声をあげて後ろへ倒れこんだものの、そのまま動かないのでつい目を開けたが、すぐにまた閉じた。目なんて開けなければよかった。リチャードがこちらを見下ろしていた。生まれたままの姿をすっかりさらしているのだ。手で隠そうとしたが、持ちあげた片脚をリチャードの胸に押しつけられた。片手で胸を愛撫し、もう片方の手はまた脚のあいだに滑りこんでいる。そして腰を動かしはじめた。その激しい動きに、すぐになにもかもを忘れてしまった。ふたりはじりじりと崖《がけ》に近づき、そして同時に飛びおりた。

15

くぐもった声が聞こえ、クリスティアナは目を覚まして寝返りをうった。まぶたを開けると、部屋は燦々《さんさん》と朝の陽射しに照らされ、きちんと身支度を済ませたリチャードが戸口で廊下のだれかと話していた。ドアを閉めるとこちらを振りかえって、にっこりと微笑んだ。

「おはよう」リチャードは椅子の背にかかっていた上着を手にベッドに歩いてきた。「湯の用意ができている。みんなは階下に集まっているよ。朝食もそろそろできるだろう。いよいよ調査開始だ。ダニエルとぼくが金の工面をするあいだ、召使たちに質問する役目をお願いできるかな？」

「もちろん」リチャードから上着を受けとって、ベッドカバーで肌を隠しながら袖を通した。

昨夜、馬車で眠ってしまう前に、今日の仕事の分担をあらかじめ決めておいたのだ。ダニエルとリチャードは要求された金の手配をする。リサとロバートは人が集まりそうな場所をまわって噂話に耳を傾け、この一年のジョージの交友関係を突きとめる。ゆすり屋まで特定できればさらに望ましい。シュゼットとクリスティアナは召使たちから話を聞き、ジョージの飲み物に毒を盛った可能性のある人物を探りだす。

そのときもリチャードが責任重大な仕事を任せてくれたことに驚いた。ジョージだったら考えられないことだった。

「よかった」リチャードは微笑み、クリスティアナが上着をはおって毛布を払いのけたのに気づいて手を差しだした。

片手で上着の前を押さえ、もう一方の手で彼の手をとってベッドから出た。細心の注意を払ったのに脚がすこし見えているのに気づき、顔が赤くなった。そんなことすら満足にできない自分にうんざりしながら手早く帯を結んでいると、リチャードがぐいと彼女の顔を上向かせたので驚いた。

「おはよう」ささやき声とともに唇が下りてきた。

優しくキスされてもどうしたらいいのかわからず、クリスティアナはその場に突っ立っているだけだった。本心を告白すれば、首に腕を巻きつけ、身体を押しつけ、口を開いて応えたかった。でも、もう朝になってしまったのだ。こんな陽射しの下でそんなことをしたら、どう思われるかわからない。だからそのまま成り行きに任せることにした。リチャードは小さくため息をついてキスをやめてしまったので、クリスティアナは内心がっかりした。

「身支度を始めないとな。みんなと一緒に待ってるよ」

リチャードも落胆したような表情を浮かべているが、どうしてなのかは見当もつかない。

「湯が冷めてしまわないうちに浴びるといい」

気づくと、グレースが湯気のたつバスタブの隣に立っていた。いままでグレースがいる気配すらまったく感じなかった。微笑みながら近づいた。「無事に戻ってこられてよかった」

「奥さまの馬車とほとんどおなじころに到着いたしました」ガウンを脱いで湯につかると、グレースは布と石鹸《せっけん》を用意し、背中を流してくれた。「旦那さまはお優しいかたのようでございますね」

「そうね」

「気配りも申し分なく、奥さまができるだけゆっくりお寝みになれるよう、お湯の用意もご自分で手配なさいました」

背中を洗いおえたグレースから布を受けとって、あとは自分で洗った。

「それに奥さまのことを信頼なさって、召使に質問するお役目を任せてくださったようでございますね」グレースはドレスを用意した。「ジョージさまは靴のバックルを留めることですら、奥さまのことを信用なさいませんでした」

「そうだったわね」少なくともこの一年、役立たずだと落ちこまない日は一日もなかった。

「双子でいらっしゃるのに、おふたりはまったく正反対でございます」

黙ってグレースの言葉を考えていた。たしかにそのとおりだ。これまでのところ、リチャードにはなんの文句もなかった。クリスティアナのすることなすことあげつらったりしないし、これで二度もベッドをともにしたわけだが、正式に結婚する前から紳士だったのも変わらない。しかしジョージも結婚前はすてきだったのに、結婚したとたんにまったく別人になってしまったのだ。

「旦那さまなら幸せにしてくださいます」グレースは断言した。「お任せしましょう」

驚いてグレースに顔を向けた。「どういう意味?」

グレースはバスタブに戻ってきた。「ジョージさまにひどい仕打ちを受けてらしたのは存じております。奥さまは愛していると思ってらしたのに、まあ、結婚したとたんに最低の殿方に成りさがって。でもリチャードさまはジョージさまではありません」

「わかってる」小さくつぶやき、顔をそむけて身体を洗いつづけた。「ジョージのことを本当に愛してたわけじゃないことも、いまとなってはわかってるの。ロマンティックなヒーローにあこがれてただけなのよね。そんな殿方、現実には存在しないのに……」肩をすくめ、ため息をつきながら布を湯にひたした。

「リチャードさまはジョージさまではありません」グレースはくり返した。

「でも、いまは優しいように見えるけど、実はちがうかもしれないでしょ。やっぱりジョージみたいに変わってしまうかもしれない」言葉にしたら涙がこぼれそうになって、クリスティアナは大きくかぶりを振った。どうして泣きたくなるのかがわからない。「怖いの」

「ジョージさまは誓いの言葉を口にしたとたん、変わってしまわれました」グレースは容赦なく指摘した。「それも夫の義務すらきちんと果たさずに。リチャードさまの態度にまだ変化はございませんし、批判めいたことも口になさらないようでございます。それに奥さまのことを信頼なさっておいでです。ジョージさまとはまったくちがいます。そのうえ、夫の義務については、正式に結婚する前から果たしてくださいました」

グレースはため息をついた。「決断のときでございます。いまの旦那さまをお信じになって、すべてお任せするか、ひどい仕打ちをされないようにと、このままあのかたと距離を置くか」

クリスティアナはつい眉をひそめた。「距離なんて置いてないわ」

「さようでございますか？　まだ置いてらっしゃると思いますよ。奥さまのことはお小さいころから存じあげていますから、すこしばかりおてんばなことも承知しております。相手をからかったりはなさるかもしれませんが、跳ねる馬車でわざわざ刺繍をなさる、とりすましたかたではありませんよね」

思わずグレースを睨みつけた。「どうしてそんなことを知って……」

「刺繍を馬車にお持ちになるのをたまたま拝見しまして」グレースはそっけなく答え、バスタブのそばにひざまずいた。「それにお昼の休憩の前に、それが窓からひらひら飛んでいくのもこの目に焼きついております」

「リチャードが投げすてたの。刺繍が好きなのかと訊かれたから正直に答えたら、そのまま捨てちゃったの。好きでもないことをわざわざやる必要はないって」

「旦那さまのおっしゃるとおりでございます」グレースはクリスティアナをのけぞらせ、濡らした髪に石鹸をつけた。「ジョージさまと結婚なさってから、奥さまは別人のようにおなりでした。あれだけしつこくいやがらせをされては、無理もないことと思いますが。ジョージさまがお亡くなりになってからは、本当に見ちがえるほどいきいきなさって……」

「まだ亡くなったばかりなのよ」一応、指摘した。

「存じておりますとも。でもそのおかげで、奥さまはようやく自由を手になさいました。だからこそ、もっとお好きになさるべきなのです。それなのにすましたレディのふりをなさって。目を輝かせておしゃべりもなさらなければ、昔のように裸足《はだし》で駆けまわることもなさらない」グレースは髪を持ったまま、自分のほうに顔を向けさせた。「それに旦那さまがさきほどキスをなさっても、でくの坊のように突っ立っているだけで。どうしてもっと自由になさらないのです？　本当はもっと激しいキスがしたかったのではありませんか？　それなのに拳を握りしめて、ただ立っているだけなど論外でございます。ご自分にとまどっておいでなのは存じておりますが。さあ、正直にお答えください。本当はキスに応えたかったのではありませんか？」

　顔が真っ赤になったのがわかる。「そうだけど、あんな明るいなかで。たしなみのあるレディならそんなこと……」

「殿方は寝室にたしなみのあるレディなど必要となさいません。ついでに申しあげるならば、屋敷のなかでもおなじでございます。たしかに外ではたしなみが必要ですが、屋敷のなかでは必要ありません。お母上がいつも堅苦しくなさっていたと思われますか？　そんなことございません。奥さまが裸足で走りまわるのがお好きなのは、いったいどなたに似たのだとお思いですか」

言葉もなかった。母親が亡くなったのは五歳のときだったので、あまり記憶に残っていないのだ。まさか屋敷を裸足で駆けまわっていたとは思いもしなかった。

「殿方に心から愛してほしいとお思いなら、ご自分に正直にならなくてはなりません。たしなみのあるレディなど、殿方はこれっぽっちも求めておりません。それは、旦那……ジョージさまが無理やりそう思いこませただけのことでございます。リチャードさまにはそんな小細工は必要ないのですよ。奥さまらしくなされば、それが一番いいのです」

「でも、本当のわたしを好きになってくれなかったら？」おそるおそる尋ねた。

「その場合は、ジョージさまのようにぽっくり亡くなられるよう祈りましょう。そしてつぎのかたを探すのです」

「グレース！」驚いて声をあげた。

「あらあら、からかっただけですよ」グレースは髪を洗いながせるよう、クリスティアナをまたのけぞらせた。

「本当のご自分を見せたら嫌われるなんて、心配する必要はございません。このグレースのいうことを信じてくださいまし。ありのままのお姿で愛してくださいますとも」

目を開けてグレースの瞳を見つめた。バスタブに横たわって髪を洗ってもらっているのでなければ、いますぐに抱きつきたかった。そのかわりに手を伸ばして、愛情をこめて腕を強く握りしめた。そして湯がかからないようまぶたを閉じた。「グレースも愛してるわ」

グレースは照れくさそうに咳払いして、髪を洗いながらしてくれた。

この一年の自分を振りかえってみたが、なによりも大事なのはここ数日だろう。驚くことに、リチャードには一度もみじめな思いをさせられていない。とはいえ、まだ自分を抑えているのも事実だが。ラドノーの屋敷で無理やり馬車に乗せられたとき、つい我慢できずにいいかえしてしまったが、あのときのことを思いだすと冷や汗がにじんでくる。「ラドノーで口答えしちゃったの」

「存じておりますよ。この目で拝見いたしましたから」グレースはおもしろがっているような声だった。「旦那さまは驚いてらしたようですが、怒ったりはなさいませんでした」

「そうなの。ディッキー……じゃなくてジョージだったら、激怒したでしょうね」

「さようでございます」グレースは髪をすすぎ終えて、手を離した。「そのふたつのお名前を二度と聞かなくていいかと思うと、それだけでも幸せに存じます」

大きくうなずいて、クリスティアナは身体を起こした。

「そろそろお出になられたほうがよろしいのでは。ドレスをお召しになって、階下にまいりませんと。朝食をご一緒しようとみなさまがお待ちのことでしょう」

髪を絞りながら立ちあがり、手早く身体を拭いてドレスを着た。グレースが髪を梳《と》かし、いつものようにきっちり結いあげてくれると思ったらそのまま下ろした。

「お出かけのご予定はございませんでしたね。このままにして、旦那さまがなんとおっしゃるか、試してみるのはいかがでしょう」優しい声だった。クリスティアナが不安そうな顔をしたせいか、さらに続けた。「それに、今日はお靴も必要ございません。一度くらいは旦那さまの反応を確かめてみてもよろしいかと存じます」

唇を嚙んで考えた。できるものならそうしたかった。靴を履くのは窮屈だし、髪も下ろしたままでいいならそのほうが嬉しいに決まっている。

「一度くらいいなら、罰もあたらないでしょう。やきもきしているより、はっきりわかったほうがよろしいのではありませんか」

あきらめたようにため息をついて、クリスティアナはドアに向かった。たしかに早く知ったほうがいいし、なにより驚くほど快適だ。足もとのひんやりした木の感触に微笑んだ。廊下を進むうち、昔の自分に戻ったような気がしてきた。

「あら、よかった」

階段の手前で振り向くと、リサが部屋から出てきた。

「一番びりじゃないかと心配してたの」リサは急いでやってきた。

「そうかもね！」先に階段を降りていくと、リサが金切り声をあげて追いかけてきたので、スカートをたくしあげて駆けだした。なにも気にせずに最後の二段は飛びおり、食堂に走っていった。磨きあげられた床のせいで足が滑るが、ドアが見えるまでは速度を落とさなかった。最後の最後ですこし心配になって、なんとか息を整えてからドアを開けた。

ダニエル、シュゼット、ロバート、リチャードの四人はテーブルをかこんで、お茶を飲みながらおしゃべりしていた。みんなの目が一斉にこちらに注がれ、そのあとに勢いよく駆けこんできたリサが背中にぶつかるところまで、すべてを見られてしまった。

「やだ」リサはクリスティアナの腕にすがって呼吸を整えている。「お姉さまの勝ちね」

唇を嚙んでリサを支えたが、目はおずおずとリチャードの反応を探っていた。立ちあがってこちらにやってくる。屋敷のなかを騒々しく走りまわったことを怒られるのだろう。リチャードは目の前で足を止め、頰にキスするとささやいた。「今朝のその髪はすてきだね」そして背筋を伸ばして、大きく宣言した。「さあ、朝食にしよう」

クリスティアナは目を丸くしてうなずくと、一緒に料理をとりに行った。

ジョージはありとあらゆる料理を用意させていたが、リチャードは一般的なものを注文したようだ。食べなれたプラムケーキやココット入り卵、ソーセージ、温かいロールパンなどが並んでいた。卵以外はすべてひとつずつ皿にとった。

「卵は食べないのか？」爪先立ちして遠くのプラムケーキをとろうとしていると、リチャードが尋ねた。

つい習慣でクリスティアナは身構えてしまった。「ココット入り卵は好きじゃないの。ゆで卵なら食べられるんだけど」

「すまない、知らなかったよ。自分の好みを優先してしまった。これからは両方作ってもらうようにしよう」

肩の力を抜いて微笑むと、またプラムケーキをとろうと背伸びをした。

「あの……クリスティアナ、なにか忘れていないか？」

夫の視線の先を追って、自分の足もとを見た。裸足が丸見えなのに気づき、ケーキをあきらめておずおずと踵をつけた。

「忘れているどころじゃないよ」自分の皿にソーセージをとっていたロバートが大笑いした。「マディソン館ではずっと裸足で駆けまわっていたんだ」

リチャードが驚いた顔になったので、グレースの言葉を思いだし、背筋を伸ばしてはっきりと宣言した。「靴は暑苦しくて嫌いなの。裸足のほうが気持ちがいいし。外出や来客がないのであれば、履く必要もないと思って」

リチャードはうなずいた。「わかった。それなら構わないんだ。急いでいて、うっかり忘れたのかと思っただけで。履かないほうが好きなら、そうすればいい」

「本当に？」つい聞きかえした。「気にならないの？」

「どうしてそんなことを気にするんだ？」

「だって、ジョージは――」

リチャードはクリスティアナの顎をとらえ、目を合わせた。「ぼくはジョージではない」

夫の瞳を見つめながらうなずいた。「ええ、あなたはジョージじゃないのね」

微笑みながら料理をとりに行く夫の後ろ姿をまじまじと眺め、大きく息を吐いてテーブルに向かった。たしかにすべてグレースのいうとおりなのかもしれない。この人となら一緒に暮らしても楽しそうだ。

「クリスティアナ？」

振り向くと、リチャードがプラムケーキをとってきてくれた。「とるのを忘れただろう。ぼくが邪魔する前に、二度も手を伸ばしていたのに」

なんだか恥ずかしくなって微笑んだ。「ありがとう」

一同、言葉すくなに食事をとった。だれひとり、ゆすりのゆの字も口にしない。召使のだれかが関わっている可能性が高いと頭にあるからだろう。早くそれぞれの務めに着手したいようで、食事が終わると早々にテーブルを離れた。

「出かけるか」ダニエルの声を合図に、一同は食堂をあとにした。

リチャードがしわだらけの黒い上着に渋い顔をしていた。「まずはこいつを着替えないと。

早く新しい服をあつらえないといけないのはわかっていたんだが。とりあえず、こんな格好で外出するわけにもいかないしな。すぐに戻る」

「客間で待ってるよ」ダニエルは客間に向かい、リチャードは二階に上がった。

軽やかに階段を上がっていく後ろ姿に見とれていると、シュゼットが腕に触れた。

「いつから始める?」客間に入っていくダニエルの後ろ姿を目で追っている。

「みんなが出かけてからにしましょう。それまでダニエルのお相手をしてくれない? どういうふうに進めるか、リチャードに相談してくる」

シュゼットは嬉しそうににっこりし、客間に入っていそいそとドアを閉めた。クリスティアナはドアを開けて、結婚前に殿方とふたりの部屋でドアを閉めるべきではないと叱ろうかとも考えたが、そのまま二階に向かった。どのみちあのふたりはすぐに結婚するのだ。

リチャードは衣装室にいた。浮かない顔でジョージの服を物色している。ジョージは派手な装いが好きだったが、リチャードは地味な色合いが好みのようだ。

「ああ、クリスティアナ」リチャードは苦笑した。「なにかあったのか?」

「そういうわけじゃないの」意味もなくピンクの膝丈ズボンに指を滑らせた。「召使の話を聞くのを、どういうふうに進めたらいいかと思って。なにを探っているか、悟られないほうがいいわよね」

「ああ。犯人がだれであれ、なにも知られたくない」

「わかったわ」

「きみとシュゼットに、一番責任重大な仕事を押しつけてしまったな。すまない」

微笑みながら肩をすくめた。「そんなことは構わないけど、うまくやれるかどうかは自信ないわ。無関係な召使くらいはわかるかもしれないけど、お酒に毒を入れた人物までは難しいかもしれない。ジョージが最後にあのお酒を飲んだのがいつか、わたしもわからないし。つまり、いつでも毒を入れられたということでしょう？　あれは特別上等なお酒だからと、だれにも触らせなかったくらいだから」

「なるほど。ジョージを急いで殺す必要はなかったということか」リチャードはしばらく考えこんでいたが、理解できない様子でかぶりを振った。そして淡い緑のフロックコートを手にとった。「これが一番ましかな」

「そうね」黒い上着を脱いで、それに着替えるのを見ていた。

「ズボンも替えたほうがいいかな？」リチャードはタイをして上着のボタンをはめた。

なめし革のような淡い黄褐色のズボンと長靴を眺め、クリスティアナはかぶりを振った。ぴったり合っているし、人気のある色だった。

「よし」リチャードはため息をつくと、前を通りすぎようとした。「では、行ってくるよ」

「その前に」リチャードの腕をつかんだ。

怪訝な顔で妻を見下ろしている。

すこしためらってから、勇気を振りしぼって口にした。「わたしを信頼して、重大な仕事を任せてくれてありがとう」

リチャードは眉を上げ、肩をつかんでじっと目をのぞきこんだ。「ぼくはジョージとはちがう。きみが頭の切れる優秀なご婦人なのは承知しているんだ。妻であると同時にパートナーだと思っているから、そういう関係ではなにより信頼が大切だろう。これからはお互いに信頼することを学ぼう」

「ええ」クリスティアナもまさに同感だが、なかなか難しいことでもあった。ジョージと暮らしたせいで、だれかを愛することができるのかあまり自信はなかった。

心の奥底では、リチャードが変わってしまうかどうかではなく、自分には愛される資格がないのではと心配しているのに気づいて、我ながら驚いた。愛する家族や友人にかこまれていたころは、そんな心配はしたこともなかった。しかしいまとなっては頼りにするものを失い、ひとりで不安の海に漂っているような気分だった。ジョージの愛を感じることなど一度もなく、すべては自分のせいだと信じてきたのだ。もっと自分が賢く、美しく、そして魅力的だったら、愛してくれたのだと思いこんでいた。事実、この一年は愛してもらおうと必死で、自分を見失っていた。

「もう行かないと」リチャードが心配そうに顔をのぞきこんだ。微笑んでうなずくと、唇に軽くキスをしてくれた。軽いあいさつのキスだろうと思っていたが、それでは終わらなかった。勇気を出して、朝にはできなかったことをしたのだ。唇が触れた瞬間、クリスティアナは爪先で立って首に抱きつき、身体を押しつけ、大きく口を開けた。

リチャードは驚いたようだが、すぐに背中に腕をまわしてさらに引きよせ、激しいキスをしてくれた。思わず吐息が漏れた。やりたいことをしても、怒られも、いやがられもしなかった。小さな一歩だが、それでも一歩にはちがいない。安心してキスを思う存分味わった。

手で顔を傾けられ、さらに激しいキスが続いた。

リチャードがお尻をつかんで抱きあげ、かたく大きくなったものに押しつけた。ついうめき声をあげながら、彼の髪に指を絡めた。身体の芯にじわりと熱いものがたまり、どんどん広がっていく。ところが急に床に下ろされ、キスは終わってしまった。

「誘惑がうまいな」お互いの額をくっつけて、リチャードがつぶやいた。

「そう?」なんだか嬉しくなってきた。

「わかっているくせに」リチャードが笑い声をあげる。

「こういうことは嫌い?」息を殺して答えを待った。

「帽子箱やズボンが並ぶ衣装室で、妻に誘惑されるのが嫌いかって?」リチャードはおもしろがっているような声だった。「いいや、まったく。でも誘惑に負けたりしたら、ダニエルになにをいわれるか……」

「シュゼットと一緒にいるの」片手を肩から下に滑らせていき、誘惑に成功したことが一目瞭然《りようぜん》の場所に押しつけた。「すこしくらい待たせても気にしないんじゃないかしら」

リチャードはズボン越しの手の感触にうめき声をあげた。「でも……行かないと」業を煮やしてクリスティアナはズボンのなかに手を滑りこませ、大きくなったものをつかんでみた。これにはさすがのリチャードも黙った。

「魔女め」彼は息を切らしてつぶやいたが、どういうわけかほめ言葉に聞こえた。またキスを始め、クリスティアナの身体中を撫でまわし、胸を包みこんで愛撫した。お尻を強くつかみ、スカートをまくりあげて脚やヒップをまさぐる。もっと身近に感じたくて、ズボンを下ろしてしまった。最後のボタンをはずしてかたいものをつかむと同時に、彼の手が脚のあいだに滑りこんで芯をとらえた。ふたりは一緒になってうめき声を漏らし、その音がさらに興奮を煽る。

鏡台が腿の後ろにあたった。支えてくれているのはわかっているが、華奢な鏡台に座らされて驚いた。手が脚のあいだに戻ってきてさらに踊り、脚を開かされて思わず肩につかまった。かたくなったものをじらすようにこすりつけられ、声をあげて腰をくねらせ、背中に脚を巻きつけた。

「魔女だ」リチャードはくり返し、キスをやめるとお尻を抱いて引きよせ、ようやくなかに入ってきた。

叫び声をあげて肩にしがみつき、踵に力を入れてさらに深く迎えいれた。顔を上げて唇を探し、むさぼるようにキスをする。リチャードはいったん身を引くと、うめき声をあげてなかに戻ってきて、同時に舌で口を攻めたてた。腰を動かすたびに鏡台が壁にぶつかり、大きな音をたてているような気がしたが、だんだん間隔が早くなるその音に合わせてただひたすら身を任せた。

始まったときとおなじように唐突に終わりが来た。ふたり同時に叫び声をあげ、しっかりと抱きあったまま大きな衝撃に揺さぶられた。そのままぐったりと壁に寄りかかる。クリスティアナの肩に顔を伏せていたリチャードが、おもむろに笑いだした。

「どうしたの？」きちんと力が入らない手を上げ、彼の顔にかかる髪をどけて表情を見ようとした。

リチャードは顔を上げ、恥ずかしそうに笑った。「いやね。ジョージの欠点を数えあげたらきりがないが、妻を選ぶことにかけては最高だったと思ってね」すまなそうにいうと、両手でクリスティアナの顔を包みこみ、優しく唇にキスをしてささやいた。「きみでよかった」

16

「うまくいったな」

リチャードは馬車に戻るとうなずいた。ゆすり屋に払う金の手配を終えたばかりだった。払わなくて済むならそれに越したことはないが、用意だけはしておいたほうが安心だ。実は帰国して以来、いつ偽者だと指さされるかとリチャードはずっと冷や冷やしていた。自分こそ本物のリチャード・フェアグレイブ・ラドノー伯爵なのだが、一年以上もジョージがなりすましていたのだから、周囲はそちらに慣れている。すぐにだれかが気づくだろうと思っていたが、だれひとりそんな様子を見せないことに驚くと同時に、内心傷ついてもいた。弟よりも礼儀正しい好青年だと自負していたが、実は大差ないのだろうか。そういうわけで、胸のつかえがとれない気分が続いていた。「だれもちがいに気づかないようだな」

ダニエルは苦笑して、肩をすくめた。「まあ、あまり注意して観察してないんだろうな。おまえがお茶を出してくれた事務員に礼をいっているあいだ、おれはシェアウッド卿に伝えておいたよ。双子の弟を亡くして以来、いくらか様子がおかしかったが、ようやくもとに戻りつつあるとね。舞踏会に出席したと卿も耳にしているようだった。だからあまり心配しないことだ。少々様子がおかしくても、つらい試練を乗りこえているところだと解釈してくれるだろう」

「それならいいんだが」淡い緑のフロックコートの袖を引っぱり、顔をしかめた。一番ましだったとはいえ、この色は好きになれない。「服も全部あつらえないといけないな」

「ジョージの趣味は最悪だったからな」ダニエルは服を眺めた。「仕立屋に寄るか？」

リチャードはためらった。まっすぐ帰って調査を進めるべきという気もするが、信頼して任せたものを途中で邪魔するのもよろしくないだろう。それに自分についての噂話を聞くのもぞっとしない。ということで、御者に行き先の変更を告げた。

「ところで、結婚生活はどんな具合だ？」座りなおすなり、ダニエルが尋ねた。

「まだ丸一日、一緒に過ごすこともできていないんだぞ」笑って指摘した。

ダニエルは肩をすくめた。「クリスティアナはかなり慎重なタイプだな。おまえがジョージのように変わるのをおそれてるみたいだ」

リチャードはうなずいた。クリスティアナがいつも瞳を曇らせているのに、ダニエルが気づかないはずはない。あの翳《かげ》りがなくなる日は来るのだろうか。それが消えるのは、いまのところはベッドをともにしているときだけだった。しかしなんとか忘れようと努力しているのは感じる。そこに希望を託すしかないだろう。「時間が必要なんだろうな。このままぼくが変わらず、クリスティアナになにも無理強いしないとわかってくれれば、いつかは心から笑ってくれるだろう」

ダニエルはうなずいて、苦笑した。「今朝、裸足でリサと競争していたのはなかなかいい兆候だよ」

それを思いだしてリチャードも笑った。あれには驚いた。今朝目を覚ましたとき、クリスティアナはいくらか堅苦しかった。つい数時間前の情熱的な恋人とはまるで別人のようだった。事実、朝一番でキスしたときは、ほとんど反応がなくてがっかりしたのだ。ふたりの未来を暗示しているような気がして心配になったくらいだった。夜のベッドでは情熱的な小悪魔に変身するが、昼間はとりすました淑女なのだろうか。もちろん、それも悪くはない。たいていの男は情熱的な恋人すら見つけられないでいるのだから。しかし、内心ではそれ以上を求めていた。心から安心して身を任せ、ベッド以外でも鎧《よろい》を脱ぎすててほしかった。妹たちやロバートに注ぐ惜しみない愛情を自分にも向けてほしかった。恋人でもあり、友人でもある関係になりたいのだ。

出かける直前の衣装室が大きな一歩になった気がする。淑女の仮面をはぎとり、明るいなかで愛しあった。なにがきっかけになったのかはわからないが、心から嬉しかった。ふたりはうまくやっていけるはずだ。もしかしたら、リチャードの両親がそうだったように、最高の結婚生活を送れるかもしれない。両親は恋愛結婚だった。これまではあまり考えたこともなかったが、自分もできればあんな幸せな生活が送りたい。

「着いたぞ」

ダニエルの声に窓の外を見ると、馬車は仕立屋のある通りに到着していた。交通量の多い通りなので、店の近くまで行くと馬車をとめられないだろう。「店まで歩いていくか」

「そうだな。昨夜はずっと馬車に揺られどおしだったから、歩くのも気分が変わっていいだろう」

リチャードは馬車の壁を叩いて合図した。ふたりは馬車を降り、人混みのなかを仕立屋まで歩いた。

「全部あつらえるしかないだろうな」とダニエル。ふたりは反対側から歩いてきたご婦人のグループを避けて道路側に寄った。

「ああ、弟の服の趣味だけはどうしても我慢ならなかった」

「そもそも共通点はなにかあるのか？」ダニエルはおもしろがって尋ねた。

「女性の好みかな」リチャードは即答した。

「へえ」ダニエルはにやにやした。「つまり、クリスティアナを妻にすることにまったく異存はないということか」

「シュゼットが半分でもクリスティアナに似てるなら、ぼくらふたりとも世にも幸運な男だと思っていいぞ」

「なるほど。シュゼットが、クリスティアナはおまえを追って二階に行ったといっていたが、ずいぶんとたってから客間に降りてきたとき、妙に足取りが軽かったよな。その理由をぜひとも教えてもらいたいものだ」

「ご想像にお任せする」それだけ答え、仕立屋に入っていった。

予想どおり、仕立屋でそれほど時間はかからなかった。店主は長年の経験で手際よくリチャードの寸法を測り、注文を受けた。週末にはいくつか仕上がると聞いてほっとした。ついでにセミオーダーのモーニングコートを二着、ズボンと短い半ズボンも一本ずつ注文した。片方の上着はぴったりでそのまま着られそうだったが、ほかのものはすこし寸法を直す必要があった。店主はすぐにとりかかり、今日中に屋敷に届けると約束した。

「思ったより早くいいものができそうじゃないか」店を出て馬車に向かいながら、ダニエルの声は明るかった。「今日はついているようだから、屋敷に戻ったらゆすり屋と殺人犯も判明していて、あとはつかまえるだけかもしれないぞ」

「そんなにうまくいくといいけどな」

「さっき、ふたりとも世にも幸運な男だといったのはおまえだろう」

言葉を返そうとしたとき、すさまじいスピードでこちらに向かってくる一台の馬車が目に入った。どこかで叫び声があがり、とっさにダニエルの腕をつかんで脇に飛びのいた。逃げまどう人々の悲鳴や怒声がいり乱れ、ふたりは地面に叩きつけられた。つぎの瞬間、馬の蹄《ひづめ》と馬車の車輪の音だけが耳にとどろいた。すぐ横を馬車が走り去っていった。

「大丈夫ですか、旦那さま？」

心配そうな声に顔を上げると、御者がすぐそばにひざまずいて、手を差しだしていた。仰向けになってその手をとって起きあがり、まだ動かないダニエルに顔を向けた。

「ダニエル？」心配で声をかけた。

ダニエルはうめき声をあげると、手をついて起きあがった。「大丈夫だ。おまえのおかげで命拾いしたな」

「非常識な者がいるものでございます」御者は顔をしかめ、馬車が走り去った方向を睨みつけた。「おそらく借りた馬車でしょう。よけようともいたしませんでしたよ。まるでおふたり目がけて突っこんできたような」

リチャードは舌打ちした。おそらく御者の懸念はあたっているだろう。ジョージが殺されたことも承知しているし、また命を狙われる可能性も予測していたのに、油断していた。これからはもっと気をつけなくては。

ふたりは立ちあがって服の汚れを払った。すると額の脇にぬるりと流れる感触があった。

「血が出ているぞ」ダニエルが冷静な声で指摘した。「転んだときに頭を打ったようだな」

額に手をあててみると、すりむけていた。リチャードはため息をついて血を拭き、馬車に戻った。ダニエルと御者もそのあとに続いた。

「今度はどちらへ、旦那さま？」御者が馬車の扉を開けながら尋ねた。

「屋敷だ」席に座り、短く答えた。

御者はうなずいて、扉を閉めた。

「さて、どうしたものか」ダニエルは向かいに座った。

「ラドノー伯爵を殺したがっている者を見つけだす。それも大至急。クリスティアナがまた未亡人になる前に」


「こんなの時間の無駄だわ」昨夜ロバートとダニエルが使った客用の寝室から出たとたん、シュゼットがいらいらとつぶやいた。部屋を掃除したメイドの話を聞いたのだが、たわいないおしゃべりで終わってしまったのだ。とはいえ、金をもらってジョージの酒に毒を盛ったのかと、ずばり尋ねるわけにもいかない。リチャードを殺したものと信じ、この一年ジョージがリチャードになりすましていたが、結局は殺されたなどと知られるわけにはいかないのだ。なのでラドノー家に奉公している期間、以前の仕事場、家族の状況など、あたりさわりのない話しか聞けなかった。

「まったく無駄というわけでもないわよ」クリスティアナはなだめた。「話を聞いた召使は、容疑者リストから消すことができるもの」

シュゼットはつきあいきれないという顔でため息をついた。「まあ、いまのクリスティア考えこんでいたのだ。

「そういうあなたはやけにご機嫌斜めね」召使の話を聞いているあいだ、ずっと難しい顔で

「二階でリチャードに相談してから、ものすごくご機嫌じゃない」

「どういう意味？」

ナがなんでもいいほうに考えるのも不思議はないけど」

「まあね。いいところでリチャードが客間にやってくるから、お姉さまみたいに満足できなかったのよ」

呆然とシュゼットを見つめた。「ま、満足って、どういう意味？」

シュゼットはぐるりと目をまわし、階段に向かった。「もちろん、そういう意味よ。ふたりが二階でなにをしてたか、知らないとでも思ってるの？　あんなに壁をばんばん叩く音が響いたあとで、リチャードはにたにたしてるし、お姉さまのスカートはしわだらけだし、わからないほうがどうかしてるわ」

クリスティアナは恥ずかしさに顔が熱くなり、いままで気づかなかったスカートのしわを慌てて直してから、階段を降りた。

「そうそう、どうしてあんなうるさい音がしたの？　ベッドだったら、壁から離してもらったほうがいいわよ。そうしてくれないと、今夜だれも眠れないし」

からかわれて身の置きどころがなかった。だが質問に答えるかわりに、目を細めてシュゼ

ットを見た。「リチャードのせいで満足できなかったって、どういう意味？」

「思ってるとおりよ」あたりまえという顔で答えたが、その表情とは裏腹に頬は赤く染まっていた。

クリスティアナは言葉が出てこなかった。「でも、あなたは……」

「清純で汚れなき嫁入り前の娘で、男女が閉めきったドアの向こうでなにをしてるかなんて、まったく知らないはず？」シュゼットはずけずけといった。「ねえ、いまは十九世紀なのよ。そういうことをなにも知らないで結婚する女性なんていないわよ」

「わたしは知らなかったけど」たしなめるべきなのかも、よくわからなくなってしまった。

「リサがいつも夢中になってるような本を読まないからよ」

「じゃあ、あなたは読んだの？」階下の廊下を歩きながら、それほど読書家ではない妹を驚いて眺めた。

シュゼットは肩をすくめた。「お姉さまが結婚しちゃってから、田舎ではすることもなくて暇だったのよ。リサは本ばっかり読んでるし、ロバートはロンドンに行ったきり、お姉さまの結婚がどうなってるのか探るのに忙しかったし。なにか読むものでもなければ、頭がおかしくなりそうだったんだから」

「でも、リサが好きだったのは……」

「もちろん、ほとんどはただのロマンス小説よ。でも……」シュゼットはきょろきょろとあたりを見まわし、すぐそばのリチャードの執務室に入りこんだ。ドアを閉めると、暖炉脇の椅子に陣取って続けた。「最近、リサが変わった本を手に入れたの。ファニーという主人公がロンドンに家出して、売春婦になって、それで……まあ、いろいろ学ぶ話ね」

「ふたりはそれを読んだわけ？」クリスティアナがつい大声をあげると、シュゼットは赤くなってうなずいた。「お父さまはご存じなの？」

シュゼットは鼻を鳴らした。「まさか。最初の賭博事件からこっち、お父さまなんてなにもご存じないもの。お姉さまの結婚式のあとは、さすがに面目ないとお思いなのか、ほとんど書斎からお出にならないし」勢いよくまくしたてたが、口調が一転した。「お願いだから、お父さまにはいわないで。リサにも。発禁本だから、だれにもいわないって約束したの」

「そんな本を、リサはどうやって手に入れたの？」クリスティアナはつい渋い顔になった。

「知らない。だって、話してくれないから。たぶんモーガン夫人からもらったんじゃないかしら」

知らない名前だった。「モーガン夫人？」

「ロンドンに向かう途中で、うちの屋敷の近くで馬車が壊れちゃったの。御者が馬車を直すあいだ、お父さまがお茶にご招待して、わたしたちがお相手したってわけ」

「そのモーガン夫人が、リサにその本をあげたの？」

シュゼットはかぶりを振った。「御者には手に負えないとわかって、馬車は村に運んで修理することになったの。で、モーガン夫人は一週間近く宿に滞在してたんだけど、リサは毎日のように訪ねてたのよ。それで親しくなって、ロンドンに発《た》つ前にプレゼントされたんじゃないかな」

「信じられない。嫁入り前の娘にそんな本をあげるなんて、いったいどういうかたなの？」

「とても進歩的な考えのかただったみたい」シュゼットは肩をすくめた。「女性は父親や夫に支配されるんじゃなく、もっと自分の権利や自由を手にするべきだっていってたし。それに、リサだってもうすぐ二十歳よ。子どもじゃないの。とっくに社交界にデビューしてるはずで、結婚して子どもがいたっておかしくないんだから」

クリスティアナにも耳が痛い話だった。父親はとにかく娘たちに甘く、社交界デビューも無理強いすることはなかった。それもあって、三人とも自分らしく気ままに過ごす生活になんの不満があるはずもなく、育った屋敷を出て、知らない殿方を夫として愛することにそれほど積極的になれないでいた。しかしジョージと結婚する前の年、将来のことを考えるうちに子どもが欲しいと思うようになっていた。つまりロンドンの社交界にデビューして、夫を探さなくてはいけないということになる。すぐに父親にそのことを頼もうと思っているうち、例の賭博事件が起きたのだ。だが残るは破滅するしか道がないとわかっていても、父親はジョージとの結婚を強要することはなかった。

そこで、リチャードがその賭博場の胡散《うさん》臭い噂について、なにかいっていたのを思いだした。「わたしがジョージと結婚する羽目になったことで、お父さまはずっとご自分を責めてらっしゃるのかしら?」

「そうね。まあ、当然よ」シュゼットは顔をしかめた。「前はお気の毒だと思ってたけど、まさかおなじ過ちをなさるなんて!」

「そうじゃないかもしれないの。賭博なんか、一度もなさらなかったのかも」

「どういうこと?」

「リチャードの話では、ジョージには懇意にしてる賭博場の主人がいたみたい。その賭博場では、客に薬を盛ってお金を巻きあげるというもっぱらの噂らしいわ。お父さまもその犠牲になったんじゃないかって」

シュゼットが口笛を吹いたので、思わず眉をひそめたが、たしなめる暇もなかった。「ロンドンの別宅でお父さまを見つけたとき、申し訳ないといいつづけていらしたの。記憶が曖昧《あいまい》で、どうして賭博場に行くことになったのかすら、はっきりおわかりにならないご様子で。二度ともはっと目覚めると、賭博で多額の借金をこしらえたと知らされたんだって」

クリスティアナはため息をついた。「たぶんお父さまはなにもなさってないのよ」

「そんな!」シュゼットは声をあげ、どさりと椅子にもたれかかった。「ロンドンに着いた朝、お父さまにかなりひどいことをいっちゃった」

「あのときは仕方ないわ」静かに答えた。「だって、ジョージが薬を盛ったかもしれないいなんて、だれも思わないもの」

「最低！」シュゼットは怒りに燃え、背筋を伸ばした。「まだ生きてたら、この手で殺してやるのに！」

「うーん」クリスティアナは唇を噛んで考えこんだ。「でも、ジョージがそんなことをしなかったら、いまごろリチャードと結婚できなかっただろうし、あなただってダニエルに出逢えてなかったかもよ」

「たしかにそうね」いくらか怒りが収まったようだ。「ということは、リチャードに満足してるのね」

「楽しく暮らせるかもしれないと思ってる」クリスティアナが言葉を選んで答えると、驚いたことにシュゼットは不満そうに鼻を鳴らした。

「もう、いいかげんにして」シュゼットは歯に衣着せずにまくしたてた。「楽しく暮らせる？　あんなにさんざんいろんな声を聞かせておいて？　ジョージが死んだ夜もそうだったし、昨夜だって。ああ、リチャード……あ、あ、そうよ、ああああ！」おもしろがって真似をしている。「いまにも死んじゃいそうな叫び声をあげてたくせに」

顔が熱かった。「聞こえてたの？」

「屋敷中に聞こえてたわよ。リチャードはライオンみたいに吼《ほ》えるし、お姉さまは串刺《くし》しにされた豚みたいに叫ぶし」言葉を切って、大まじめに続けた。「いまのは例のファニーの本で読んだ表現なの。デリケートなところに、初めて春の柱《メイポール》が入ってくると、そんなに痛いの？」

「メイポール？」クリスティアナは耳を疑った。

「ファニーはアレのことをそう呼んでるの。まあ、ある場面ではね。で、痛かった？」

答えようもなくて顔を覆った。恥ずかしくて消えてしまいたい。

「ねえ」シュゼットがせがんだ。

「たぶん、すこしはね」なんとか答え、顔から手を離して背筋を伸ばした。

「ふーん、ファニーは痛みで気を失ったの。それに大量に出血したたし。それは痛いはずよね」

顔をしかめて、なんとか話題を変えることにした。「とにかく寝室でなにがあろうと、それは結婚の一部なの。でも寝室の外でも、うまくやっていけそうな気がしてきたところ」

シュゼットは身を乗りだした。「ジョージとちがって、リチャードは大切にしてくれるみたいだしね。それにわたしたち三人が醜聞に巻きこまれないよう、この結婚を続けていこうとしたんでしょ。最初は自分が醜聞を避けたいのかと思ったけど、リサのいうとおり、殿方はそれほど被害がないものね。お姉さまのために結婚を続ける決心をしたなんて、とても騎士道精神に富んでいてすてきじゃない。お金のためにわたしと結婚するダニエルなんかとは、比べものにもならないわ」

最後の辛辣な言葉が気になった。そういう結婚がいいと決めたのはほかならぬシュゼットだ。夫の横暴に苦しむ姉の姿を見て、そんなみじめなことにならないよう、お金を必要とする殿方と結婚すると決めたのだろう。とはいえ、いまとなっては結婚する必要があるのかどうかもわからない。リチャードはすべての責任をとると約束してくれたが、クリスティアナはこの件について相談しようと思いつつ、まだその機会がないのだ。帰宅したら、今度こそ忘れずに話をしなくては。それまではうかつなことを口にするわけにもいかない。

深いため息が聞こえ、シュゼットに顔を向けた。

妹は不満そうな顔をしている。「ダニエルとの結婚を考えなおしたいの？」クリスティアナは思いあまって切りだした。「お父さまの借金は、たぶんリチャードがなんとかしてくれると思うの。まあ、返済する必要があるならだけど。薬を盛られただけで、賭博なんてしてないと証明できれば……」

「それはいいの」シュゼットは即答した。「証明するのは難しいだろうし、いますぐやるべきことが山積みなんだから。とにかく、そろそろ本来の仕事に戻らない？　まだ話を聞いてないのはだれ？」

迷ったが、いまは話題を変えたほうがいいような気がした。大事な任務もまだ残っているし。「メイドと給仕は終わったから、残るは執事のハーヴァーシャムと料理番とリチャードの従僕――」

「ジョージが死んだことになってる火事で、従僕も一緒に死んだんじゃなかった?」シュゼットが口を挟んだ。

「そうよ。わたしがいってるのは、ジョージの従僕のこと。いまはリチャードづきになっているはずなの。たしか病気だったけど、もう快復してるでしょうし」

「なるほどね」

「どうしたの?」

「わたしづきのメイド、ジョージナはわたしのことならなんでも知ってるの。わたしにそっくりなだれかがなりすましたとしても、ジョージナならすぐに気づくはず。たとえ、それが双子でもね」

「たしかにグレースだってすぐに気がつくと思うわ。たとえ、それが双子でも。少なくとも、だれよりも早く悟るはず。だからジョージはリチャードの従僕も殺させたのね。自分がリチャードじゃないとばれるから」

「当たり」シュゼットは声を落とした。「ジョージの従僕なら、なにかおかしいと感づいた可能性はあるわね」

「二十年よ」シュゼットの怪訝な顔を見て、クリスティアナは慌てて説明した。「ジョージから、従僕のフレディとは二十年のつきあいだと聞いたことがあるの。一緒に育ったようなものだって」

「ふーん」シュゼットは顔をしかめた。「それなら、そのフレディを騙すなんて絶対に無理ね」

「それにジョージだって、自分が本物のリチャードだと騙すのは無理だわ」

シュゼットはすぐに察して目を見開いた。「フレディは、ジョージがやったことを知っていたはずよね」

「ええ、フレディがゆすり屋かもしれない」わくわくしてきたが、すぐにかぶりを振った。「でも、あなたたちが到着した日からずっと病気だったの。ジョージのそばにいなかったんだから、いまはリチャードだってことも知らないはずよ」

「たしかなの？」とシュゼット。

「フレディが病気かどうか？　じゅうたんでくるんだ死体を運んでたとき、ハーヴァーシャムがそういってたじゃない。うそはつかないと思うけど」

「ハーヴァーシャムがうそをついたとはいってないわよ。そのフレディが病気だったとしても、ずっとベッドに寝ていたとはかぎらないでしょ。なにかを見たか聞いたかして、リチャードとジョージが入れ替わったことに気づいたとか」

クリスティアナは眉をひそめ、椅子に深く座りなおした。たしかに一理ある。具合がどうであれ、フレディだって食事などはしなくてはならないのだ。料理番は忙しいから、瀕死でもないかぎり看病などしてくれないだろう。ハーヴァーシャムも特に深刻な病気とはいっていなかった。フレディは奥で寝こんでいたが、たまたまどこかでリチャードに会ったのだ。あるいは具合が悪いことを説明しようと、自分から会いに行ったのかもしれない。しかしリチャードはフレディと会ったとはひと言もいっていなかった。もしかすると知らないうちに姿を見られただけかもしれない。優秀な召使ほど目立たず控え目に職務を果たすものだ。それは裏を返せば、彼らはその場にいても気づかれないということでもある。

納得して立ちあがった。「あなたのいうとおりだわ。少なくとも、調べてみる価値はあるわね。ハーヴァーシャムに、フレディを寄こすよう伝えてくる。つぎの相手はフレディよ」

シュゼットはうなずいた。「大当たりだって気がしてきた」

フレディはなにかに絡んでいるという気はするが、いつもジョージの腰巾着《こしぎんちゃく》だったから、毒を盛った犯人ではないだろう。しかし考えれば考えるほど、ゆすり屋はフレディにちがいないと思えてきた。

廊下に出るとだれもいなかった。厨房に向かいながら、ハーヴァーシャムの姿を探してすべての部屋をのぞいてみた。いつもなら廊下に出たとたんに現われるので、ドアに貼《は》りついて聞き耳を立てているのではないかと疑っているほどだが、どういうわけか今日は姿が見えない。表の部屋にはどこにもいなかった。厨房ものぞいてみたが、そこにもいない。

執事を探すのはあきらめて、厨房の召使にフレディの部屋はどこか尋ねた。自分で呼びに行くつもりだった。ただドアをノックし、執務室に来てくれと声をかけるつもりが、ドアはすこし開いていた。ためらってから、ドアを押して声をかけた。「フレディ?」

返事がないのでドアを大きく開けてみると、部屋にはだれもいなかった。しかし病人がずっと寝ていたベッドには見えない。踵《きびす》を返して立ち去ろうとしたが、背後にフレディが立っていたので飛びあがった。

「ああ、フレディ! 驚いたわ。執務室に来てもらえないかしら」喉に手をあてて、なんとか声を絞りだした。

「はい、かしこまりました」フレディはこわばった表情で一歩前に出た。

ぶつからないようにと一歩下がり、自分がさらに部屋の奥へ入ってしまったことに気づいた。なんだか落ち着かないので、フレディをよけて急いで廊下に出ようとした。そのときフレディが戸口をふさぎ、後ろ手にドアを閉めたかと思うと、かちゃりと鍵をかける音が聞こえた。

17

「あの紳士を知っているか？」リチャードは尋ねた。屋敷の前に馬車をとめ、扉を開けて降りようとしたとき、正面玄関の前を行ったり来たりしている紳士が目にとまったのだ。ドアに近づいたかと思うと、かぶりを振って離れ、門に向かうかと思いきや、またドアに戻る。真っ白の髪で身なりもよく、きちんと帽子と杖《つえ》も身につけているが、その姿と、ぶつぶつとなにかつぶやきながらおかしな行動をくり返している様子が、なんともそぐわなかった。

「見覚えがあるような気がするが」ダニエルは窓から身を乗りだして眺めた。「困っているような様子だな」

「ああ」ため息をつき、扉を開けて降りた。「問題は、どうしてうちの屋敷の前なのか」

「最近、おまえは幸運どころか不幸を招きよせているようだからな」ダニエルは淡々といい、続いて馬車を降りた。

「たしかに」その紳士に向かって歩きだした。また屋敷に近づいたかと思うと足を止め、まるで最高峰に挑むかのようにじっと目を凝らしている。肩を叩こうとすると、かぶりを振ってなにかつぶやきながら、くるりと振り向いた。しかしそこにリチャードが立っていたので、まるで逃げるように後ろに飛びのいている。リチャードは眉を上げたが、礼儀正しく声をかけた。「なにかお困りですか？」

「なんですと？」紳士は信じられないという声をあげた。

「リチャード・フェアグレイブ・ラドノー伯爵と申します」握手しようと片手を出した。

「なにかお役に立てることがありましたら」

紳士は蛇でも見るような目で差しだされた手を睨みつけた。「ご冗談もいいかげんになされよ。あのようないかがわしい場所に連れていって、私をひどい目に遭わせておきながら、まるで面識のないようなあいさつとはおそれいる」

差しだした手を下ろして、目を細めた。どうやら弟の知り合いというより、なんらかの形で被害を受けたような口ぶりだ。もしかすると、弟の死を望んでいた可能性もある。ようやく容疑者候補が見つかったのかもしれない。

「なかに入って、その件についてお話ししませんか？」屋敷のドアを開けた。

「私の娘を連れてきていただきたい。伯爵のお友だちとここで待たせていただこう」

もう一度誘おうと振り向くと、紳士はダニエルの脇腹に大きな黒と象牙《ぞうげ》細工の拳銃《けんじゅう》を突きつけていた。ダニエルは多少驚いた様子だが、それほど警戒してはいないようだ。それより紳士の手がかすかに震えているので、そのほうがよほど心配だった。

「ご自分で思っているほどは、頭が切れるわけではないようですな」紳士は苦々しく吐きすてた。「いますぐわたくしの娘を渡していただきたい。もちろん三人ともですぞ。これ以上娘をひどい目に遭わせるのは、許しがたい暴挙と呼ばせていただこう」

「娘？」ダニエルが紳士に顔を向けて尋ねた。いきなり動いたので撃たれるかと肝を冷やしたが、とりあえずは無事だったことに胸を撫でおろしつつ、リチャードも驚いて声をあげた。

「あなたはマディソン卿ですか？」その声の響きに感じとるものがあったのか、紳士はこちらに顔を向けたが、銃はダニエルに向けられたままだった。

「まだお芝居を続けなさるか」紳士は顔を歪めた。「私を何度も騙すだけでは飽きたらず、クリスティアナにまでひどい仕打ちをくり返しているそうで。ランドン公の舞踏会のあと、ロバートからすべて聞きましたぞ。そのおかげで、ようやくこの老いぼれにも理解できた次第ですわ。娘を愛するふりをなさっていたが、すべては持参金目当ての演技に過ぎなかったわけですな。そして今度はこともあろうに、シュゼットまでもおなじ状況に追いこもうとなさっている。しかし、なにがあろうとそれだけは許しませんぞ。結婚していようが、もうそれも関係なかろう。クリスティアナも連れ帰らせていただく。必要とあらば、婚姻無効の手続きでも、王に直訴でも、なんでもいたす覚悟ですからな。さあ、一刻も早くかわいい娘たちを連れてきていただきたい」

「お父さま？」

三人は声がした方向に顔を向けた。リサがロバートを連れてこちらに走ってきた。

「お父さま、どうしてシュゼットの婚約者に銃なんか向けてらっしゃるの？　だれかが怪我をしないうちに、早く下ろしてくださらない？」

「いや、駄目だ」マディソン卿は容赦なく答え、空いたほうの手でリサの腕をとって脇に押しやった。銃はダニエルの脇腹にいっそう深く食いこんでいる。「伯爵のお友だちとの結婚など、とうてい許すわけにはいきませんな。シュゼットまで不幸になるのが、この目に見える気がいたしますとも。さあ、いい子だから、いますぐ姉さんたちを連れておいで。みなでマディソンに帰ろう。借金の返済ならロンドンの屋敷を売ったから、もうシュゼットが無理に結婚する必要はないのだよ」

「屋敷をお売りになったのですか？」ダニエルが驚いて尋ねた。

「そうですとも」マディソン卿は歪んだ笑みを浮かべ、ダニエルとリチャードを交互に見た。「おふたりは、まさかそこまですとは予想なさらなかったのかな？　しかし娘が不幸になるくらいならば、屋敷など惜しくもない」背筋を伸ばして続けた。「というわけですので、クリスティアナも連れ帰らせていただきますぞ」

「まあ、お父さま」リサがため息をついた。「そんなことをなさる必要はまったくなかったのに。ダニエルとシュゼットはきちんと相談して、持参金の半分を借金の返済にあてて、残りはお姉さまが自由に使えると決めたんだもの。ダニエルは親切なかたなのよ」

「それにここにいるリチャードは、マディソン卿が想像なさっているような悪党ではありません」ロバートがマディソン卿の横に立ち、ぼそぼそと耳もとでささやいた。本来なら何日もかかる話だが、ロバートならばうまくかいつまんで説明してくれるだろう。そのうちマディソン卿は口を大きく開け、銃を持った手を下ろした。

「なんですと？」マディソン卿は驚きの声をあげた。

ロバートはうなずいた。「クリスティアナは、ここにいるラドノー伯爵と幸せな結婚生活を送っていますよ。それにダニエルも尊敬すべき立派な紳士です。シュゼットにはお似合いですね」

「借金の返済のためにロンドンの屋敷を売ったと聞いたら、話は全然変わってきそうですが」ダニエルは不満顔でつぶやいた。「シュゼットがそれを知ったら、たぶんおれと結婚してくれないでしょう」

「マディソン卿なら、しばらく黙っていてくださるさ」とリチャード。

「それはお答えできかねる。なによりもシュゼットの意志を尊重してやりたいもので」

「普通ならばマディソン卿のご意見に賛成しますが」リチャードは真剣な顔で主張した。「今朝、客間でふたりの邪魔をしてからは、ふたりを結婚させるしかないという結論に達しました。シュゼットの義理の兄として、それがぼくの義務だと考えております」

「どういうことですかな」マディソン卿はにやにやしているダニエルに顔を向けた。

「申し訳ありませんが、屋敷の売却のことは忘れていただけませんか。どのみちシュゼットは、おれと結婚するしか道はないんです」ダニエルはにこやかに宣言した。

マディソン卿は目を細め、今度はロバートに顔を向けた。「この紳士は本当に誠実で、シュゼットとお似合いだと誓ってくれるかね？」

「誓います」ロバートは笑いをこらえていた。「これでもダニエルは、誠実であろうと精一杯努めているんです。それになによりシュゼットが、ダニエルと一緒だといきいきしていますから。たぶん、だれよりも結婚したがっているのはシュゼット本人ですよ。とはいえ、あの子はつむじ曲がりだから、いまは結婚する必要があると思わせておいたほうがいいでしょうね」

「ふむ」マディソン卿は顔をしかめた。「たしかに、三人のなかではシュゼットが一番頑固で、扱いが難しかったものでしたな」ダニエルをちらりと見た。「きみは本気で結婚しようと思ってくれているのかね？　あの娘《こ》は一筋縄ではいかんぞ」

「ともかぎらないでしょう」ダニエルは明るく答えた。「少なくとも、退屈する心配だけはなさそうですから」

マディソン卿は我が意を得たりとうなずいた。「あの娘は母親そっくりでな。わたくしも結婚したその日から夢中になって、一瞬たりとも結婚を後悔したことはなかったですぞ」

「それでしたら、結婚の必要はないと知らせないでいただけませんか」

マディソン卿はまじめな顔でうなずいているリサに目をやり、残る三人を見まわして、大きなため息をついた。「まずはシュゼットの話を聞いてみたいですな。あの娘がきみとの結婚をいやがっていないようなら、とりあえず屋敷を売ったことは黙っていましょう」

ダニエルはほっとしてうなずいた。「ありがとうございます」

マディソン卿はリチャードに顔を向け、まじまじと眺めてかぶりを振った。「それにしてもそっくりですな」

「双子でしたから」

「ああ、そうでした。しかし目がちがいますぞ。弟君はいつも虚《うつ》ろで、計算高い目をしておったが、きみは……」そのちがいを表現する言葉が出てこないようだった。

「そろそろなかに移りませんか」馬車が行き来する道路をちらりと見て、リチャードが提案した。

「おお、お茶を所望してもよろしいかな。どうやら、ここに来るので疲れきってしまったようで」マディソン卿が答えた。

「もちろんですとも」リチャードはドアを開けて一同を迎えいれた。

「なにをしているの？　鍵を開けなさい」クリスティアナはフレディの手から鍵をとりあげようとした。しかしフレディは彼女の手をつかみ、鍵をポケットに入れた。

「考えるあいだ、黙って座ってろ」怒鳴りつけられ、ベッドのほうに押しやられてしまった。

よろよろとベッドの端に倒れこんだが、すぐに立ちあがった。「ドアを開けなさい！」しかしフレディに平手打ちされ、またベッドに押しもどされた。

「黙って座ってろっていってんのが、聞こえねえのかよ」フレディは命令し、クリスティアナが立ちあがらないよう上から見下ろした。「考えねえといけねえんだ」

とっさに殴られた頰に手をやった。フレディを睨みつけ、ゆっくりその手を下ろす。「ゆすり屋はあなただったのね」

「そりゃ、金ならいくらでも欲しいもんな。死ぬまでおめえらのズボンや長靴を脱がせる人生なんぞ、まっぴらごめんだぜ」

「ジョージが自分の兄にどんな仕打ちをしたのかも、最初から知ってたの？」すでに答えはわかっていたが、一応確認した。

「あたりめえだろ」得意げに笑っている。「最初から全部聞いてたさ。で、たっぷりチップをはずんでもらってたってわけだ。まあ、おめえと妹には、権利だか、自由だか、なんかそんなもんがあんだろ」

その言葉にぎょっとした。「どうして知ってるの？　盗み聞きしてたのね」

「執務室でものを探してたら、おめえたちの声が聞こえてさ。フランス窓からずらかったが、ちょっくら開けといたんだよ。あとでまた探そうと思ってな。で、勝手に聞こえてきたってわけだ」顔をしかめて続けた。「おめえが探しに来るってんで、急いで戻ったんだけどよ。まにあわなかったもんはしょうがねえ」

フレディはぷいと背中を向け、部屋を歩きまわった。なにか武器になるものはないかとあたりを見まわしたが、まるで修道士の部屋のようになにもなかった。ふと思いだし、フレディに尋ねた。「執務室でなにを探してたの?」

迷っていたが、話したところで支障はないと判断したようだ。「おめえの父親の借金の証文だよ。ゆすりで手に入れた金と合わせりゃ、たいしたもんだからな。フランスかスペインに高飛びして、毎日贅沢三昧《ぜいたくざんまい》してやらあ」

「どうしてジョージが証文を持っているの?」

こちらを睨みつけて、腰に手をあてた。「ぎゃあぎゃあうるせえな。しばらくでいいから、その口を閉じてらんねえのかよ」

「できないの」ぴしゃりと答える。

フレディは唇を歪めた。「おもしれえ。教えてやろうじゃねえか。最初から、全部聞いてたさ。兄貴を殺して後釜に座るってのも、ジョン・バタースワースとかいう野郎から、おめえたちの持参金がたんまりあるって聞いたのも、全部な。おれは――」

「すべて持参金のためなのね」クリスティアナはうんざりして遮った。そうではないかと疑ってはいたが、改めて知らされると予想以上に怒りがこみあげてきた。

「ああ、そうさ。あたりめえだろ。ようやくわかったのかよ。おめえの親父《おやじ》に薬を盛って、賭博で目ん玉飛びでるような借金こしらえさせて、まんまとおめえと結婚したってわけだ。で、また一からくり返して、今度はおめえの妹とだれか友だちを結婚させるってえ寸法さ。証文は、だんまり決めこむだけでいただけるって約束でな」

「シュゼットはだれと結婚するはずだったの？」

「知らねえよ。もうウッドローとかいうやつと結婚するんだろ」フレディはかぶりを振った。「ジョージが生きてたら、事故に見せかけて殺すとか、なんかやっただろうにな。つまんねえの。あの馬鹿、兄貴を殺したはずが、自分が毒を盛られやがった」

「リチャードは毒殺なんかしてないわ」

「だれかにやらせたんだろ」

「リチャードはまったく無関係よ」はっと気づいた。「どうして毒殺されたと知ってるの？」

「この目で見ちまったんだよ。おめえの妹たちが来た朝、ジョージに執務室へ引っぱりこまれて、計画が成功した自慢話を聞いてたんだよ。細工は上々、仕上げをごろうじろってなもんだ。てえしたもんだとすっかり感心してたら、用を頼まれて、戻ったらウイスキーを飲んで喉をかきむしってたんだよ。そりゃあ、苦しそうでな」

フレディは顔をしかめた。「で、まずいことになったと思って、すぐにずらかって、具合が悪いから寝るって料理番に伝えた。あとは部屋にこもって、旦那さまが亡くなったってえ大騒ぎが始まるのを待ってたんだ。ところが、いつまで待ってもなにも起こらねえじゃねえか。思いきって抜けだしてみたら、旦那さまは具合が悪くてお寝みだっていうからよ。自分の部屋に戻って、どういうことだと頭をひねってたのよ。たしかにこの目で見ちまったのはまちがいねえからな。だからみんな寝ちまって、おめえたちが舞踏会に行っちまうのを待って、確かめることにしたのさ。そしたらおめえの部屋のドアが開いたから、慌てて向かいの部屋に隠れてのぞいたらよ、野郎がジョージを肩にかついで、あとからウッドローとかいうやつがついてきたのよ。かついでる野郎は顔が見えねえと思ってたら、リチャードと呼ばれてるじゃねえか。どっこい生きてたとは驚いたぜ。

どうしたもんかと悩んださ。こちとら、考えんのはあまり得意じゃねえんだ。で、ジョージを殺したとゆすって、証文をかたに金も手に入れて、あとは大陸に高飛びって決めたんだよ」唇を歪めて言葉を切った。「うまくいくはずだったんだぜ。明日のいまごろは、ゆすった金もいただき、借金の分もなんとかして、おさらばしようと思ってたのによ」

「シュゼットとわたしが邪魔したわけね」

「まったくだ」フレディは忌々しげに睨みつけた。

「シュゼットはあなたを呼びに行ったのを知ってるの。いつまでも戻らなければ、あっという間に大騒ぎになるわよ」クリスティアナは冷静に指摘した。「このまま帰してちょうだい。そうすれば、だれにも追わせないと約束するわ」

「そんなんがいい取引だとでも思ってんのか。金がなけりゃ、どうしようもねえんだよ」

「リチャードが黙ってお金を払うわけないでしょう。犯人がわかっているのに」

「まだ知らねえだろ。それになにがなんでも払ってもらうぜ。ちょうどいい、おめえが手に入ったんだ。値をつりあげてやる」

「わたし?」

「そうさ。ここ最近の、おめえたちのうるささといったらねえからな。愛《いと》しのおめえを無事にとりもどすためなら、気前よくいくらでも払うだろ」

クリスティアナは真っ赤になって顔をそむけた。これからは口のなかに布かなにかを詰めこんでおこう。そんな声を聞かれていたかと思うと屈辱的だった。

妙な音に振り向くと、フレディが古いシャツを引き裂いていた。なんのつもりかと身構えた。「なにをしてるの?」

「おめえを縛って、さるぐつわを嚙ませんだよ。こんなとこでぐずぐずしてらんねえからな。とっとと証文を見つけねえと。おめえに騒がれちゃあ元も子もねえんだ」

フレディを見つめながら、必死で考えた。絶体絶命だ。縛られてさるぐつわなどとんでもない。なんとか助けを呼ばなくては。大きく息を吸って叫ぼうとしたところで、いきなり頭を殴られて、そのまま意識が遠くなった。

「なにか声が聞こえなかったか?」

リチャードが執務室のドアに顔を向けると、ちょうどシュゼットが廊下に出てきた。一同に気づき、マディソン卿の姿に驚いて駆けよってきた。

「お父さま、どうしてここに?」

「わたしたちを助けに来てくださったの」リサが口を開いた。「お父さまはリチャードとダニエルに銃を向けてらしたのよ。ロバートとわたしで、慌ててご説明したからよかったけど」

「お父さま、ありがとう!」シュゼットは父親を抱きしめた。マディソン卿は驚いた表情を浮かべた。まさか温かく歓迎されるとは思っていなかったのだろう。「このあいだ、お父さまにひどいことばかり申しあげてごめんなさい。お父さまは身に覚えがないなんて、わたしは知らなかったから、あんなに責めてしまって」シュゼットは身を引いた。「クリスティアナに聞いたんだけど、お父さまはジョージに薬を盛られて、借金を負ったと思わされただけじゃないかって。全部、持参金目当ての計画だそうよ」

マディソン卿に怪訝な顔を向けられ、リチャードはうなずいた。「たぶん、そうではないかと疑っております。ジョージがその手の詐欺で有名な、賭博場の主と懇意にしていたという噂を耳にしまして」

マディソン卿は安堵のため息をつき、大きくうなずいた。「そんなことではないかと疑っておったのです。なにしろ賭博をした記憶が一切ありませんでな。ぼんやりと覚えておるのは、まわりのかたがたの話し声や笑い声、なにかの合図がどうしたといった程度で」顔をしかめて、かぶりを振った。「賭博などまったく興味もありませんし、あのような場所でどう遊べばいいのかすら存じませんからな。しかし、わたくしが署名した証文があるのは事実でして」

シュゼットが父親の背中を優しく叩き、また抱きしめた。

「さて、誤解がすべて解けたところで、どこかにゆっくりと腰を下ろして、それぞれの情報を教えあいませんか?」ダニエルが提案した。そのまま彼がシュゼットの隣に立ったので、シュゼットは父親とダニエルに挟まれる形になった。

リチャードは笑いを嚙みころすのに必死だった。ダニエルとしては、マディソン卿が借金返済のために屋敷を売ってしまった事実を、だれかがうっかりシュゼットに教えてしまうのではないかと、気が気ではないのだろう。そんな事態になる前に一刻でも早くグレトナグリーンに向かいたくて、うずうずしているにちがいない。ダニエルはとっくに覚悟を決めたが、状況が変化したと知らされたとき、シュゼットがどう行動するかはあまり自信がない様子だった。しかしそれほど心配する必要はないような気もする。観察していると、シュゼットはつねにダニエルを目で追って、そばにくっついている。今朝、身支度を整えるクリスティアナを残して客間に降りていったときも、彼女はいますぐ結婚の誓いをしそうな勢いだった。シュゼットのダニエルに対する気持ちは、まわりが想像している以上に深いのではないだろうか。

「では、客間に移動しましょうか」リチャードはみんなに提案したあと、シュゼットに尋ねた。「クリスティアナは？」

「そう、そう」シュゼットは眉をひそめてあたりを見まわした。「わたしも探しに行こうとしていたの。フレディを寄こすよう、ハーヴァーシャムに頼みに行ったまま、戻ってこないのよ。いくらなんでも、時間がかかりすぎると思って」

「ジョージの従僕のフレディか？」いやな予感がした。リチャードの従僕だったロビー同様、フレディとジョージも二十年来のつきあいだった。あいつがジョージとリチャードの入れ替わりに気づかないはずがない。おそらくフレディはすべての事情を承知していたのだろう。

「そう、ジョージの従僕。フレディなら、たぶん入れ替わりに気づいてたから、どこかで見かけて、またリチャードに戻ったと察したかもしれないでしょ。だから、彼がゆすり屋なんじゃないかと睨んだわけ」

「なるほど」感心していると、厨房から出てきたハーヴァーシャムが、急ぎ足でこちらに歩いてくるのが見えた。なにか緊急事態らしい。ハーヴァーシャムは大英帝国が世界に誇る執事の純血種といえる存在で、まさに骨の髄まで執事そのものだった。当然つねに音をたてずに移動するので、急ぎ足で歩く姿など目にするのは初めてだ。しかし、いまは執事の慌てぶりよりも、クリスティアナのほうが気になった。「ハーヴァーシャム、クリスティアナを見なかったたか？　きみを探しに行ったまま、戻ってこないらしいんだ」

「旦那さま、わたくしがここにまいったのも、その件でございます。わたくしがおりませんでしたので、奥さまはご自分でフレディを呼びに行かれたご様子で。そのため、少々事態が紛糾しているようでございまして」

「紛糾？」リチャードは顔をしかめた。

「たまたまフレディの部屋の前を通りましたら、奥さまと引き換えに旦那さまに金銭を要求するといった趣旨のことを彼は申しておりました。奥さまを執務室にお連れして、なにかを探すつもりのようでございます。そこでわたくしどもが待ち伏せし、現われたところを一斉に襲いかかれば、奥さまを無事にとりもどすことができるかと存じますが」

「それは名案だな」ダニエルは驚いたような顔で、改めて執事を尊敬のまなざしで見つめた。

「急いだほうがいい。あの部屋には隠れる場所がほとんどないし」

リチャードはすでに執務室へ向かっていたが、その背中にロバートが声をかけた。「ぼくも行く」

「わたくしもご一緒したい」とマディソン卿。

「わたしも」シュゼットも続いた。

リチャードは足を止めて振りかえり、ついてくる一同に厳しい顔を向けた。「全員が隠れる場所はありません。ロバートとダニエルだけ一緒に来てくれないか。あとのかたは客間に隠れていただきたい。くれぐれもあたりをうろうろして、フレディを警戒させないよう願います」マディソン卿は抗議しようとしたが、リチャードは耳を貸さなかった。「客間でシュゼットとリサを守っていただきたいのです」

　マディソン卿はため息をついて、うなずいた。

　リチャードは駆けだそうとして、また振り向いた。「拳銃を貸していただけますか」

「もちろんだとも」マディソン卿は拳銃を差しだした。「あの娘《こ》を頼みますぞ」

「お任せください」リチャードはそう答え、マディソン卿がふたりの娘を連れて客間に入るまで見守った。当然ふたりはあれこれうるさかったが、マディソン卿はひと言で黙らせた。

「わたくしが一緒に来なさいといっておるのだ」

　執事は迷っているようだったが、黙礼して父娘のあとに続いた。残る三人は急いで執務室に向かい、なんとか隠れる場所を確保した。


　意識が戻り、クリスティアナはうめいたものの、さるぐつわのせいで声にはならなかった。まぶたを開けたものの、後悔してすぐにまた閉じた。なぜか目の前で地面がゆらゆら揺れている。そのうえお腹に肩がぶつかって痛かった。

　どうやらフレディに縛られ、さるぐつわを噛まされて、小麦の袋のように肩にかつがれているようだ。頭も痛かった。殴られたせいなのか、逆さになって血が下がっているせいなのか、その両方なのかも判然としない。わかっているのは、動くたびに頭やお腹が痛いということだけだった。そのうえ、きつく嚙まされたさるぐつわが口の端にあたって痛いし、口中の水分を吸ってしまうので喉がからからだ。

とにかくなにもかもが苦しいので、フレディに腹が立って仕方なかった。いますぐクビにしてやりたい。さるぐつわがはずされた瞬間にそういってやると決心した。彼はさっさと大陸に逃げる様子なので、おそらく本人はどうでもいいのだろうが、それでも大声でいってやればすっきりするにちがいない。

不愉快な状況から気をそらそうと、また目を開けてみた。やはり地面は揺れていたが、それが草地に変わっていた。ここは外らしい。すこし頭を上げて見まわすと、執務室のフランス窓に向かっているようだった。庭からまわるほうが安全だと考えたのだろう。シュゼットがいないことを祈って頭を垂らした。自分がつかまって身代金を要求されるだけでも腹立たしいのに、シュゼットまで一緒につかまったら最悪だ。

動きがゆっくりになった。おそらくフランス窓が近いのだろう。室内にだれかいないかを確認しているようだ。

室内は無人だった様子で、窓を開けてそのまま滑りこんだ。しかし彼は途中で足を止め、風のなかに肉食獣のにおいを嗅ぎつけたウサギのように身体をこわばらせた。どうしてフレディが緊張したのか、なんとか様子をうかがいたいところだが、背中が邪魔でよく見えない。

クリスティアナがぶらさがったまま庭のほうをちらりと見ると、背後に忍びよってくる者がいた。ハーヴァーシャムだ。まるで泥棒のように忍び足で近づいてくる。その手には鋭い肉切り包丁が握られていた。

執事の後ろでなにかが動いた。もうひとりいる。なんと父親だった。どうしてこんなところに。とにかく父親であることはまちがいない。厳しい顔をして、小さな包丁を手に執事に続いている。

気づくと、ふたりの後ろにはシュゼットとリサがいた。それぞれ武器まで持っている。シュゼットは麺棒《めんぼう》、リサは大きい二叉《ふたまた》の調理用フォークだ。クリスティアナ救出のため、家族全員で厨房を襲撃したらしい。リチャードや男性陣はどこにいるのだろう。まだ金策から戻ってないのかもしれないが、リサとロバートは一緒に行動していたのだから、少なくともロバートは帰宅しているはずだ。しかしロバートの姿は見あたらない。そのとき懸念が解決したのかフレディがさらに進んだので、頼もしいかどうかはともかく、救出者たちの姿は見えなくなってしまった。

18

フランス窓が開き、フレディがクリスティアナを肩にかついで入ってきた、その姿を目にした瞬間、リチャードは両手の拳を握りしめた。クリスティアナは縛られ、さるぐつわを嚙まされ、ぴくりとも動かない。どうして動かないのかが気になって、自分でも驚くほどの強烈な怒りがこみあげてきた。一刻も早く妻を奪いかえし、無事を確かめてやりたかった。そして大事な身体に触れただけでは飽きたらず、手荒に扱ったフレディを八つ裂きにしてやりたい。

フレディが戸口で足を止めてかつぎ直したとき、その手にナイフの刃が光っているのが目に入り、怒りは恐怖へと変わった。こんな激しい感情に襲われたのは生まれて初めてだった。自分を殺そうとしたのは弟だと知らされたときでさえ、これほどの恐怖や怒りを感じることはなかった。しかしいま、帰国してからの思い出が走馬燈《そうまとう》のように頭に映しだされ、そのすべての場面に笑い、微笑み、考えこみ、こちらの心を騒がすクリスティアナの姿があった。

今朝、彼女を衣装室に残して出かけたときは、まさかこんな状況でふたたび会う羽目になるとは想像もしなかった。クリスティアナの命が危険にさらされ、無事に救出できるかどうかもわからないと思うと気が気ではないが、なんとしても助けだしてみせると自分に誓った。一緒に過ごした日々は数えるほどだが、いまとなっては彼女のいない人生など考えられなかった。いつのまにか心の奥深くに入りこんでいて、なにがあろうと手放したくない宝物になっていた。

フレディは危険を嗅ぎつけたのか、しばらくその場を動かなかった。フランス窓もすこし開けたままにしてある。すぐに逃げられるようにだろう。リチャードは窓から一番離れた甲《かっ》冑像《ちゅうぞう》の後ろに隠れていた。ロバートはカーテンの後ろに隠れようと提案したのだが、もしフレディが外から入ってきたら見つかってしまうので、三人で苦労して隠れ場所を考えたのだ。リチャードは甲冑の後ろ、ダニエルは隅の長椅子の後ろを選んだ。ロバートは机の下を選ぶしかなく、膝を抱えて無理やり入りこみ、椅子を引いてなんとか見えないように隠れた。

さぞかし窮屈な思いをしているだろうが、なんとか我慢してもらうしかない。リチャードはマディソン卿の拳銃を握る手に力をこめ、フレディがクリスティアナを下ろして探し物を始めるのを待った。まずはクリスティアナの無事が最優先だ。ところがなかなか放そうとしないばかりか、そのまま机の一番上の引き出しをかきまわしている。すぐそこにロバートがいるのに、手も足も出せなかった。

リチャードは歯ぎしりしたが、クリスティアナを盾代わりにしているフレディに銃は向けられない。こんな場合に備えてひとりが庭に隠れておけば、背後から忍びよることもできたが、いまとなってはあとの祭りだ。

そのときフランス窓がゆっくりと開いた。息を凝らして見ていると、執事が滑りこんできた。手には大きな肉切り包丁を持っている。

この機会を逃すまいと、リチャードは拳銃を強く握ったまま甲冑の後ろから飛びだした。フレディははっと顔を上げ、その場に立ちすくんだ。銃の狙いを定め、一歩前に出た。「いますぐ妻を下ろしたまえ」

フレディは一瞬ぎょっとしたようだが、すぐに狡猾《こうかつ》な表情を浮かべ、ゆっくりと身体を起こした。「撃てねえくせに。女房にあたるかもしれねえもんな」

「なにがあろうと、ここからは逃がさないから覚悟しろ」凄《すご》みながらまた一歩前に出る。執事の後ろから、マディソン卿が部屋に入ってくるのが見えた。シュゼットとリサもその後ろでうろうろしているが、室内の様子を見てためらっているようだ。

フレディはじりじりと後ろ、つまり執事のほうに下がっていた。しかし長椅子の後ろから飛びだしたダニエルに驚き、今度は前に逃げようとした。いくらか気弱な表情になっているが、いきなりナイフをクリスティアナの尻に押しつけた。「下がってろ。さもないとこいつを刺すぞ」

「痛い！」クリスティアナは悲鳴をあげた。

クリスティアナが生きているのがわかって、リチャードは心底からほっとした。「妻を下ろせ」

「くそっ、地獄へ落ちやがれ！」フレディは向きを変えて部屋から逃げだそうとしたが、当然、執事と鉢合わせした。その一瞬、だれも動けなかった。フレディはクリスティアナを抱えたまま後ずさりした。執事とマディソン卿がクリスティアナを奪おうと近づき、リチャードも飛びだしたが、そこでフレディがばったりと倒れた。だれもがクリスティアナが落下しないよう必死で手を伸ばした。リチャードはお尻を、執事は脚を、マディソン卿はスカートの一部をつかんだ。おかげでなんとか落下はまぬがれたが、クリスティアナは頭を下にしたままスカートがまくれあがってしまった。

男たちは慌てて目をそらし、マディソン卿と執事が手を離して、リチャードがそっと抱きおろした。クリスティアナは前屈みのままでつぶやいた。「まあ！」

リチャードが下を向くと、クリスティアナはフレディを凝視していた。その胸に大きな包丁が刺さっている。

「自分から包丁に突っこんできたのでございます、旦那さま」執事が冷静に報告した。

リチャードはうなずいたが、執事の位置がもうすこしちがっていたら、クリスティアナに刺さっていたかもしれないと思うとぞっとした。

クリスティアナはようやく身体を起こし、執事の腕を軽く叩いた。「気を落とさないで、ハーヴァーシャム。悪い人間だったんだから、自業自得よ」

「恐縮でございます、奥さま」執事は咳払いをして、リチャードに顔を向けた。「警察を呼んでまいりましょうか、旦那さま」

「ああ」リチャードはフレディを睨みつけた。ゆすられていたことを警察に報告しなくてはならないと思うと腹が立って仕方ない。内容も説明しなくてはならないだろうし、ジョージの悪行を秘密にしておこうとする努力がすべて水の泡になってしまった。

「奥さまを人質にとって、身代金を要求したと説明すればよろしいかと存じます」執事が冷静に指摘した。「それで警察も納得するでしょうし、死体も片づけてくれるでしょう」

リチャードは肩の力を抜いてうなずいた。それならゆすりについても伏せておけるし、不都合なことはすべて隠しておける。

「では、そのようにいたします、旦那さま」執事はそう返事をして姿を消した。クリスティアナを探すと、戸口で父親や妹たちと話していた。すぐに駆けつけ、この手に抱きしめ、無事なことを確認したかった。本当なら裸にして隅々まで調べ、どこにも傷がないことも確かめたい。そしてそのまま愛しあいたい。しかし、そのお楽しみはまだまだ先だと承知していた。

「おい、だれかこの椅子をどけてくれないか」

声のするほうを見ると、フレディが椅子の後ろに倒れたせいで、ロバートが狭い机の下から出られなくなっていた。

「おや、どうした?」ダニエルは笑いながら、机をまわってリチャードの横に立った。

「いますぐ椅子をどけてくれ、ダニエル」ロバートが怒鳴った。「ここは死ぬほど暑いし、脚がつりそうなんだ」

リチャードがくすくす笑いながらダニエルと一緒に死体を動かすと、ロバートがもぞもぞと這いでてきた。

「隠れるには最悪の場所だな」ロバートが文句をいいながら身体を伸ばした。「フレディの奴、椅子に寄りかかって引き出しをあさってたんだ。こんなに近くにいながら、ぼくはなにもできなかった」

「貧乏くじを引いたと思って、あきらめてくれ」とリチャード。

ロバートは身体をはたきながら、死体をちらりと見た。「しかし、これでひとつ問題が片づいたな」

「だが殺人犯の問題が残っている。またリチャードを狙うおそれだってあるんだ」ダニエルが指摘した。

ロバートは眉をひそめて、かぶりを振った。「今日、リサとほうぼうで耳を澄ませてみたが、有益な情報はなにも手に入らなかった。義理の妹にあたるリサがいては、喜んで教えてくれるとはいかないな。たぶんクリスティアナとシュゼットのほうが、役に立つ情報をつかんだんじゃないか」

「早速訊いてみよう」ところがクリスティアナとマディソン卿の姿が消えていた。「どこに行った？」

「お父さまがふたりきりで話がしたいと、庭に連れていかれたわ」とシュゼット。

フランス窓越しに、ふたりが庭の隅で話しこんでいるのが見えた。待つべきかどうか迷っているうちに、執事がふたりの男を案内してきた。ひと目でわかる赤いベストを着た、中央《ボウ》警察裁判所《ストリート》の巡査だった。


「どうなさったの、お父さま？」クリスティアナは尋ねた。話があると庭に誘われたのに、マディソン卿は黙って足もとを見つめている。「借金のお話なら、お父さまにはなんの責任もないのよ。ジョージが薬を飲ませて――」

「ああ、シュゼットが教えてくれた」マディソン卿は遮った。「今日ここに来たのは、おまえを連れ帰るためだったのだよ」

「連れ帰る？」

卿はうなずいた。「先だってロバートが手紙をくれての。おまえが不幸な結婚生活を送っていて、どれほどひどい仕打ちを受けているかを、知らせてくれたのだよ。そもそもロンドンに来たのもそれが理由なのだ。シュゼットたちには弁護士に用があると説明したが、本当はおまえに会いに来たのだ」

「ありがとう」低く答え、クリスティアナは父親をきつく抱きしめた。

卿も腕に力をこめた。「どうしたものか、まだ迷っておる」

驚いて、身体を離してまじまじと父親を見つめた。「以前は偽者のジョージと暮らしていたけど、いまは本物のリチャードと結婚していることを、だれも説明してくれなかったの？無事に結婚も――」

「聞いたとも」卿は重々しく遮った。「ロバートがすべて説明してくれた。リチャードは尊敬できる紳士だともいっておった。ふたりはお似合いだし、幸せに暮らしていけるだろうと。しかし、そもそもは騙されて結婚したことに変わりはなかろう。醜聞を避けるために意に染まぬ結婚を続けるなど、そんな思いだけは断じてさせたくないのだよ」目が真剣だった。

「このままマディソンに連れ帰り、この結婚から抜けだせる道を見つけてやるとも」

クリスティアナは信じがたい思いで、目を大きく見開いた。「でも、醜聞が……」

「それは忘れなさい。そんなものはなんとでもなるのだ。大切なのはおまえの幸せなのだよ。醜聞という言葉しか出てこないのであれば、本心では結婚を続けたくないのであろう。さあ、ふたりも連れて一緒に帰ろう。やはりマディソンが一番いいのだ」卿はぐいと手をつかみ、屋敷に向かって引っぱった。

「ちがうの、待って！」リチャードと会えなくなると思った瞬間、驚くほど動転して父親の手を振りはらった。「お願い、お父さま。帰りたくないの。本当に。リチャードを愛してるの」

卿は足を止め、娘の顔をのぞきこんだ。「本心から愛しておるのかね」

まじまじと父親を見つめた。どう答えるべきか途方に暮れた。そもそもどうしてそんなことを口走ったのかもわからない。口にするつもりはなかったが、リチャードに二度と会えなくなると思ったら名状しがたいほどの恐怖に襲われたのだ。

深呼吸をして頭を整理しようとした。ふたりで共有したあの喜びも忘れがたいが、愛はそれ以上に大切なものだ。知りあってまだ日は浅いが……そこで、もうひとりの自分が大声で反論した。リチャードのことならよくわかっていると。ジョージと一緒に暮らしていたころは、彼がいつ癇癪《かんしゃく》を爆発させるかわからず、つねに神経をぴりぴりさせて、気が休まる暇もなかった。しかしリチャードには、そんな心配は一度もしたことはない。一番下っ端の召使でも、とにかくすべての相手に思いやりや敬意を示す、すばらしい人格者なのだ。またジョージは名誉などそもそも理解できなかっただろうが、リチャードは名誉を重んじ、わたしたちを醜聞から救うために結婚してくれた。まさに騎士道精神の最たるものだろう。リサのいうとおり、リチャードはわたしのヒーローなのだ。だから、気づいたら愛するようになっていた。いや、理由などいくらでも思いつく。

背筋を伸ばして答えた。「ええ、リチャードを愛しているの。彼と別れたくない」

卿は大きくうなずいた。「それなら、なによりだ」

「でも、心配してくれてありがとう、お父さま」父親を抱きしめた。

卿は娘の背中を叩き、腕をとった。「そろそろ屋敷に戻ろうかね」

ふたりは屋敷に向かったが、リチャードが開いたフランス窓の前に立っているのを見て、思わず足が止まった。いつからあそこにいたのだろう。さっきの言葉を聞かれたのだろうか。

しかしリチャードが口にしたのはまったく無関係なことだった。「警察はもう帰ったよ。フレディがきみを誘拐して身代金をとろうとしたので、全員で阻止したと説明した。警察はそれに納得して、死体も回収してくれたよ」

「わたしはなにも話してないのに、いいのかしら?」

「動揺しているからと伝えておいた。証言ならたくさんあるので、本人と話す必要はないそうだ」

「ああ、よかった」思わず苦笑した。とにかくうそが苦手なので、話をごまかそうとしても、気づくとうっかりすべてを説明してしまうかもしれない。

父親に手をとられてまた歩きだし、夫の前に立った。リチャードがクリスティアナの腰に腕をまわして引きよせると、マディソン卿はすぐに手を離して、ひとりで室内に入った。残されたクリスティアナはぎごちなく微笑みかけた。

「大丈夫か?」リチャードは尋ねた。「どこか怪我をしてないか?」

「すこし頭が痛いくらい。殴られたところに立派なこぶができたけど、あとは大丈夫よ」室内を見まわした。父親とダニエル、ロバートはその場にいたが、シュゼット、リサ、執事は見あたらなかった。「みんなはどこにいるの？」

「巡査の質問を受けているあいだ、シュゼットがリサを客間に連れていった」リチャードは説明した。「フレディの死体がここにあったから、リサにはつらかったようだ」

「そうね。リサは昔から血が苦手だから。その場で気を失わなかったのが不思議なくらい」リチャードの額にすり傷があるのに気づいて、眉をひそめた。「その傷、どうしたの？」

「なんでもないよ。金の工面が済んだので、帰りに仕立屋に寄ったんだ。そうしたら馬車が突っこんできて、慌ててよけたときについただけさ」

「おれまで一緒に助けてくれたんだ」とダニエル。「轢《ひ》かれそうになるまで、なにが起こっているのか理解できなかった」

「その件にフレディは無関係ね」大きくため息をついた。まだ事件は終わっていない。ゆすり屋は見つけたが、人殺しはまだ野放しなのだ。

「どうだろう」ダニエルが明るい声で尋ねた。「たまたまフレディが、殺人については告白しなかっただけかも」

　思わず苦笑いした。「残念ながらちがうわ。リチャードが毒殺したと信じてたもの」

「それなら、だれがジョージを殺したんだ？」ロバートが眉をひそめた。

「誠に遺憾ながら、それはわたくしでございます、ラングリー卿」

驚いて振り向くと、いつのまにか開いたドアの前にハーヴァーシャムが立っていた。ぴしりと背筋を伸ばし、まるで仮面のように無表情な、執事のなかの執事。

「どういうことなのか説明してくれないか？」しばらく沈黙が続いたあとで、リチャードが静かに尋ねた。

「もちろんでございます。あの火事の直後から、ラドノー伯爵はリチャードさまではなく、弟君のジョージさまではないかと疑いはじめました。それまでの主人たる者の行動が、まったく見受けられなくなったからでございます。領地には無関心で、召使にもつらくあたり、奥さまには両方の仕打ちをなさいました」

「その疑いをだれかに話したか？」リチャードが訊いた。隣にいるクリスティアナには、彼が内心緊張しているのがわかった。だれかに話していたら、死ぬまで不安にさいなまれることになる。しかし執事はかぶりを振った。

「いいえ。わたくしの胸の内にしまってございます。証明はできませんし、だれが貴族さまよりも使用人のいうことなど信じましょう」

「そうか」とリチャード。

「そのまま傍観する以外、選択の余地はございませんでした。ウッドロー卿が疑いを持たれ、調査に着手なさることを期待しておりましたが。もちろん、その暁にはご協力申しあげるつもりでございました。しかしそのような兆しもなく、あの火事以降はお越しになることもございませんでした」

「ああ、そうだった。ウッドローの問題でてんやわんやでね」厳しい視線を向けられて、ダニエルはすまなそうに説明した。

「さようでございますか」執事は淡々と答えた。「ですので、なにかが起こるのを待つ以外にございませんでした。ジョージさまの目を覆うようなご行状も、奥さまへの見るに堪えない仕打ちも、ただ傍観するばかりでございました」

「どうして待つのをやめて、行動を起こしたの？」クリスティアナは我慢できずに口を挟んだ。少なくともひとりは味方がいたのに、自分は気づきもしなかったのだ。

「奥さまの妹さまが訪ねていらした朝のことでございます。その前の二週間、ジョージさまのご様子がおかしく、やけに興奮なさっておいででした。よからぬことを計画なさっているにちがいないと思いましたが、その詳細まではわかりかねます。しかし、奥さまのお父上がまた賭博に手を染めたという知らせを持ってこられて、すべて合点がいったのでございます。その後、耳にいたしました会話から、妹さまか、あるいはお父上が弁明のために奥さまを訪ねてこられると考えていらしたようでございました」

「しかし」執事は続けた。「客間のみなさまにごあいさつをなさったあと、ジョージさまはとても上機嫌で、執務室にご自分専用の上等のウイスキーを持ってくるようにとおっしゃいました。そこに厨房へ向かっていたフレディが通りかかり、ジョージさまはそのまま彼を執務室に連れていかれました。そこで、また計画が動きだしたと嬉々《きき》として説明なさるジョージさまのお声を聞いてしまったのでございます。妹さまがお父上の件でいらしていると確信なさっていて、ご友人とシュゼットさまを結婚させる計画のようでございました」

「だれと結婚させるつもりだったんだ？」ダニエルが語気荒く尋ねた。クリスティアナはちらりとそちらを見た。その答えをどうしても知りたいという顔だが、どうしてそこまで気にするのだろう。ダニエルとシュゼットはもうすぐ結婚するのだ。その友人がだれであれ、もう無関係なのに。

「そのご友人のお名前はおっしゃいませんでしたが、ぐうたら《トウウィドリー》とお呼びでございました」

「ぐうたらだって？」マディソン卿が信じられないという顔で聞きかえした。

執事はうなずいた。「おそらくジョージさまは紹介料として、このぐうたらという男が賭博場に支払う金のうち、かなりの額を受けとることになっていたのでしょう。そしてマディソン卿がまたロンドンに来られるのを待っていらしたようでございます。三度目も薬を盛って賭博場へ引きずりこみ、リサさまもおなじように結婚させる計画でございました。同時に持参金の大半もジョージさまの懐に入る段取りでございます。賭博場は、実際には金が一銭も動いていない事実を口外しないことで、上前をはねていたようでございます」

「その賭博場を閉鎖してやる」ロバートが激怒した。

「そうすれば、助かるかたが大勢いらっしゃることと存じます。ご姉妹全員を結婚させ、持参金を手に入れたら、馬車の事故に見せかけて三人とも殺してしまう計画でございました」

執事は一同がその事実を受けとめるのを待った。「そのあとの標的として、ジョージさまはすでにある若い相続人に目をつけておいででした。まだ若いので社交界にデビューしていらっしゃいませんが、デビューなさったら、ジョージさまも独り者に戻るご予定だったのでございます。ジョージさまはご自分の悪知恵にまさに酔ってらっしゃいました。

奥さまにご忠告申しあげようかと考えました。しかし、それになんらかの意味があるかどうかも判然といたしません。確たる証拠などないお話でございます。奥さまからお父上にご忠告していただければ、おなじことをくり返されるご懸念はなくなりますが、予定よりも早く馬車の事故を起こされることにもなりかねません。しかもその場合、真相をお知りになり、事故にも疑いを抱かれる可能性の高いマディソン卿のお命も危ないかと。わたくしには、自分の手でジョージさまをお止めするしか選択肢はございませんでした。そこで執務室にお持ちする前に、ウイスキーに青酸カリを入れたのです」

執事はため息をついた。「それをお持ちしましたとき、フレディもその場にいることはわかっておりましたが、それについては決めかねておりました。さいわい、フレディは姿を消しておりましたので、わたくしはただ酒を置き、事の成り行きを見守ったのでございます。ほどなく、体調がかんばしくないので、ジョージさまに休みをいただいたとフレディから報告がございました。かわりにあのウイスキーを飲んでしまったのかと心配いたしましたが、自分で確認しましたところ、ジョージさまは完全に息絶えておいでした。すぐにグラスをきれいにして、すべての証拠を消し、ふたたび半分ほど酒を注いで置いておき、厨房に下がって死体発見の報を待っておりました。ところが奥さまが執務室に入られ、妹さまも続きましたが、なにも起こらないのでございます。しばらくすると、奥さまたちはじゅうたんでくるんだ死体を引きずって出てこられました」

「知ってたの?」クリスティアナは驚いて訊いた。

「奥さまは本当にうそが苦手でいらっしゃいますね」執事は優しい声で答えた。

そのときに口走った言葉を思いだして、顔を赤らめた。〝じゅうたんを暖めるために、デイッキーを上に連れていくだけだから〟うまくうそをつく以前の問題だ。

「それに指が見えておりました」執事はつけ加えた。

「指?」

執事はうなずいた。「万歳させた状態で、じゅうたんにおくるみになりましたね」

「そのほうがじゅうたんがふくらまないと思って」

「さようでございますが、奥さまが言い訳をなさるあいだ、突きでた指が見えておりました。誠に遺憾ながら、気づかぬふりはなかなかの試練でございました」

「……」まさに返事のしようもなかった。

執事は優しく微笑んだ。「シュゼットさまのお相手を見つけるために、しばらく主寝室に近づかないよういいつけられたのだと、すぐにわかりました。もちろん、あの夜遅く、旦那さま、本物のリチャードさまが執務室から出てこられ、廊下で鉢合わせしたときは卒倒するかと存じました。てっきりジョージさまがまだ生きておられたとばかり。しかし旦那さまのお言葉を聞いて、本物のリチャードさまだと確信いたしました」

「言葉?」とリチャード。

「すまないとおっしゃいました」

「それだけでリチャードだとわかるのか?」ダニエルが驚いて尋ねた。

執事は重々しくうなずいた。「下っ端の召使から貴族さままで、すべての相手に敬意をお払いになるおかたでございますから。弟君のジョージさまには欠けていた資質でございました。つけ加えるならば、ジョージさまは自分から謝ることはけっしてなさいませんでした。たとえお相手が王さまであっても」

「なるほど」ダニエルは納得した。

「その後の出来事で、さらに混乱いたしました」執事は続けた。「執務室の前を通りすぎましたとき、風が入ってくるのを感じたのでのぞいてまいりますと、フランス窓が大きく開いておりました。そのうえ、芝生の上になにやら横たわっておりました。毛布にくるまれたジョージさまだと気づき、上を見上げますと、ウッドロー卿とシュゼットさまが窓際で抱きあっておられました」

みんなが一斉に顔を向けると、ダニエルはばつが悪そうにぶつぶつとつぶやいた。執事の話は続いた。「死体はそのままにして二階に向かいますと、リサさまと旦那さまが話しておられて、リサさまは……ほかのかたもそうでございましたが、旦那さまがジョージさまだと信じていらっしゃいました。どうやら旦那さまは死体をどこかに運び、そのままなにごともなかったようにご自分の生活に戻られるおつもりだと、わたくしは気づきました。わたくしはこれで安心しておいとまさせ……」

「おいとま？」クリスティアナは驚いた。

「わたくしは人殺しでございます。このままおいとまさせていただきたく存じます。しかし、おふたりの入れ替わりが支障ないかだけは確認しようと決心いたしました。もうひとつ、レディのことも気がかりでございました。まちがいなく入れ替わりに気づくはずでございますから、その出方を見極めて去ろうと思ったのでございます。そのままでいるなら問題はございませんが、なにか揉め事を起こすようなら、なんらかのお手伝いをしてさしあげるため、この場に留《とど》まる所存でございました。いまや、すべて解決いたしました」執事はため息をついた。「これからはすべてがよい方向に向かうと存じます。わたくしはおいとまをいただき、かねてからの予定どおり隠居いたします。遠く離れた大陸で」

リチャードが執事の前に立ったので、クリスティアナは胸を撫でおろした。しかし予想に反して、握手して長年の労をねぎらい、ふたりで部屋を出ていってしまったので呆然とした。

「このまま行かせるわけにはいかないわ」クリスティアナは小声でつぶやいた。

「だがリチャードはそうするみたいだぞ」ダニエルは答え、自分もドアに向かった。「シュゼットにすべて解決したと伝えて、グレトナグリーンに出発だ」

「待ってくれ」ロバートが急いでそのあとを追った。

ふたりが立ち去るのを、クリスティアナは悲しい思いで眺めた。気づくと横に父親が立っていた。

「大丈夫か？」マディソン卿は心配そうに訊いた。

「え、ええ」ため息をついた。「リチャードと話さなくては」

マディソン卿はうなずいた。驚いている様子はない。「ふたりの様子を見てこよう」

父親と一緒に部屋を出た。父親は客間に向かい、クリスティアナが正面玄関をちらりと見ると、リチャードと執事が静かに話をしていたので安心した。

「リチャード、まさかこのままお別れするつもりじゃないわよね」慌てて駆けよったが、ドアの脇に小さな衣装箱と鞄が置いてあるのを見て、驚いて足を止めた。すでに荷造りして、出ていく準備をしていたのだ。納得できずにリチャードを見つめた。「わたしたち三人を救うためにしてくれたのよ」

「これが一番いいんだ、クリスティアナ」リチャードは静かに答え、腰に腕をまわして引きよせた。

「旦那さまのおっしゃるとおりでございます、奥さま。これはわたくしの希望でもございます。年々、やるべき務めが満足にこなせなくなっておりますので、そろそろおいとまをいただきたく存じます」ハーヴァーシャムはドアを開けて荷物を持ち、最後に振り向いた。「おふたりがお元気で幸せな人生を送られますよう、陰ながらお祈りしております」

「リチャード」執事のあとを追いたかった。

「行かせてあげなさい、クリスティアナ。それが一番いいんだ」

「どうして？　ジョージを殺したのは、わたしたちを救おうと必死で……」

「青酸カリを使ったんだ。クリスティアナ」リチャードは冷静に指摘した。「だれもが持っているものではない。そのような人間を屋敷のなかに置くわけにはいかない。計画的だったということだからね」

クリスティアナは目を大きく見開いた。たしかにリチャードのいうとおりだ。振り向いて、待たせておいた馬車に乗りこむ執事を見つめた。最初から彼は、最後にすべてを明らかにして引退するつもりだったのだ。

「計画的だったなんて、本心じゃないでしょ？」

リチャードはためらっていた。「ハーヴァーシャムはなんでも完璧な計画を立てるんだ。なにしろ驚くほど慎重だからね。結局はぼくを殺した罰として、ジョージを殺すつもりだったんだと思う。もちろん、みじめな結婚からきみを救いだす目的もあった。すぐに行動を起こさなかったのは、世継ぎができるのを期待していたんだろう」

驚いてリチャードを見つめると、彼は肩をすくめた。

「彼は伝統を重んじる人間だから、家系が続くことがなによりも重要だと思っているんだよ。ジョージとフレディの会話を聞いたころには、ジョージがきみの寝室を訪ねていないことにも気づいていたはずだ。それでは世継ぎは生まれない。なので、待つ必要もなくなったんだろう」

馬車が走り去ると、リチャードはドアを閉めた。「いずれぼくがすべてに気づくことも、自分がイギリス法のおよばない場所に行かないかぎり、口を閉ざしていることでぼくが良心の呵責《かしやく》に苦しむことも、すべて承知の上だったんだ」

「でも、まさか警察に引き渡したりはしなかったでしょ？　そんなことをしたらジョージがやったことも、すべてばれてしまうもの」

「どうしたかは自分でもわからない。もちろん、迷っただろう。ハーヴァーシャムはぼくの気性をよく知っているから、それも見越して大陸に渡るといってくれたんだと思う。もう悩まなくて済むように」

「そうね」

「みんなはまだ執務室にいるかな？」

「いいえ。ダニエルはシュゼットに解決したと伝えに……そうだわ！」

「どうした？」リチャードが心配そうにこちらを見た。

「思いだした。シュゼットはもう結婚する必要はないのよ。証文は執務室のどこかにあるはずだし――」

「そのことは、しばらく黙っていてあげてくれ」

「どうして？」

「ダニエルはシュゼットと結婚したくて仕方ないからさ。どうやら、シュゼットもおなじ気持ちのようだ。だがダニエルは、借金の証文がなければ結婚は難しいと思いこんでる」

クリスティアナはゆっくりと考えた。今日シュゼットと話をしたとき、たしかにダニエルに惹かれている様子だった。ダニエルが持参金目当てだとぷんぷん怒っていたくらいだ。

「持参金が必要なんじゃないの？」

リチャードは苦笑しながらかぶりを振った。「あいつはぼくとおなじくらい金持ちだよ」

クリスティアナは驚いた。「それなら、どうして……」

「お互い惹かれあったんだろう。それどころか、ダニエルはひと目で恋に落ちたに近いね」

「シュゼットもおなじよ。だったらふたりと話をすれば……」

「お父上もやはり心配なさっていたが、シュゼットはつむじ曲がりなところがあるので、その必要はないとわかったら結婚をやめてしまうかもしれないと、ダニエルはいたく心配している。きみとジョージの結婚生活を見て、シュゼットはすっかり幻滅している様子だとね。たとえダニエルを憎からず思っていても、だ。きみはどう思う？」

クリスティアナは顔をしかめた。「ダニエルはさすがよく理解してくれてるわ」

「どういう成り行きになるか判明するまで、証文のことは黙っていないか」リチャードは苦笑した。「あのときシュゼットが部屋にいなくて、事の顚末《てんまつ》を耳にしなかったことを、ダニエルは感謝してるだろうな」

「そうね」しばらくは黙っているが、ふたりが結婚する前にきちんと伝えようと決めた。そうしなければ良心が痛んで仕方ない。「ところでジョージを殺したのは執事だったということは、馬車の事故は単なる偶然だったのかしら？」クリスティアナは話題を変えた。

リチャードは眉をひそめた。「そうかもしれないな。ジョージの件があったから、三本の輻がきれいに折れてたことで、その結論に飛びついてしまったが、たまたまそんなふうに折れただけかもしれない。おかしなことが続いたからね」

「でも今日も馬車に轢かれそうになったんでしょ？」

リチャードは考えこんだ。「いつだって事故の可能性はある。単に御者が飛ばしすぎたのかもしれない。これも深読みのしすぎかな」

クリスティアナには判断がつかなかった。「安全だと確信が持てるまでは、注意したほうがよさそうね」

リチャードは微笑み、クリスティアナを胸に抱きよせた。「ぼくも愛しているよ」

驚いて見上げた。「えっ？」

頬を両手で包みこんで、もう一度はっきりといってくれた。「ぼくも愛している」

息を呑み、ようやくぼくもといったことに気づいた。「庭でお父さまに話したのが聞こえたのね？」

リチャードはうなずいた。「本心なんだよね。お父上を心配させまいと、でまかせを口にしたんじゃなく——」

「もちろん、本心よ」リチャードの手に自分の手を重ねた。

「よかった」ほっと息を吐くと、彼はクリスティアナにキスをしてくれた。

すでにとろけそうな気分で、吐息を漏らして首に抱きついた。リチャードのキスが大好きだった。こんな気分になるのは生まれて初めてだ。どうやらリチャードもおなじらしく、彼のものがかたくなるのがわかった。

「リチャード？」唇を離してささやいた。

「なに？」今度は耳にキスをしている。

「二階に行かない？」

「二階？」キスをやめて、リチャードは不安そうに顔をのぞきこんだ。

かたくなったものにさらにきつく身体を押しつけた。「ふたりの気持ちについて、もっとゆっくり話がしたいの……寝室で」意味を誤解されたかもしれないと思い、赤くなりながら慌ててつけ加えた。

リチャードは眉を上げ、彼女の手を握って階段に向かった。そのときばたんと客間のドアが開いて、ダニエルたちが飛びだしてきた。

「リチャード」ダニエルが目ざとくふたりを見つけ、行く手を遮った。「ゆすり屋も殺人犯も判明したことだし、ぐずぐずしてはいられない。おれたちはいますぐグレトナグリーンに向かうよ」

リチャードのうなり声が聞こえた。クリスティアナも一緒になってうなりたい気分だった。

「たしかにそうだな。朝一番で発とう」

「朝？」ダニエルが眉をひそめた。

「女性陣は荷造りしなくてはならないだろう。それに――」リチャードの言葉をシュゼットが遮った。

「今朝帰ってきたまま、衣装箱は開けてもいないの。少なくともわたしはね」シュゼットがリサのほうをちらりと見た。

「わたしも」とリサ。

シュゼットはクリスティアナに顔を向けた。すこしためらったが、素直に答えた。「わたしもよ」

リチャードは耳打ちした。「こんなときくらい、うそをついたっていいのに」

「だってうそは苦手なの。それにいいことを思いついちゃった。任せておいて」耳もとでささやき返した。

「リチャード、おまえの馬車はまだ正面か？」ダニエルが訊いた。「それとも厩舎に入れたっけ？」

「いや、そのままだ。今後の行動予定がわからなかったから」

「ぼくの馬車も正面にいるぞ」とロバート。「いつでも出発できる」

「すばらしい」ダニエルは嬉しそうに手を叩いた。「じゃあ、うちの馬車を急いで用意させたらすぐに……しまった！」急に言葉を切った。「いまは使えないんだった。一台借りてこないと」

「わたくしのをお使いなさい」マディソン卿が申しでた。「前にとまっているから」

「それはラッキー」クリスティアナはつぶやいた。

「どうして？」リチャードは小声で訊いた。

「マディソン家の馬車は大型なの。五人以上でも悠々座れるわ」

なにもかも順調に運びすぎると、リチャードはとまどっているようだ。彼の手を強く握り、正面玄関に向かった。「リサ、リチャードとわたしの服が入っている衣装箱を忘れないでって、グレースに確認しておいてくれる？」

「もちろん」リサは驚いた。「でも、どこに行くの？」

ドアに手を伸ばした。「先に出発するわ。大事な用があるから、スティーブニッジで待ってるわね」質問の雨を浴びる前に、リチャードを引っぱって外に出た。

「大事な用って？」ふたりはラドノー家の馬車に急いだ。

「馬車のなかで説明する」御者と話すリチャードを残し、クリスティアナは先に乗りこんだ。リチャードがようやく向かい側に座ると、さっさと窓の小さなカーテンを閉めた。彼は驚いて目を丸くしている。

「いったい……」クリスティアナがドレスの袖を引っぱって肩からはずすと、リチャードは絶句した。上半身がすっかりあらわになると、長いうめき声をあげている。

彼はクリスティアナの腰をつかんで抱きあげ、膝にまたがらせた。

リチャードの首に腕を巻きつけたとたん、思わず吐息が漏れた。大胆に行動してみようと精一杯がんばったが、やはりこんなふうに裸になるのは恥ずかしくてたまらない。こうしてくっついていれば、それほど裸身をさらさないで済むとほっとした。

「これが大事な用？」両手で背中に円を描くように愛撫しながら、リチャードが尋ねた。

「この前のことを思いだしたの。馬車のなかでも、ふたりの気持ちについてゆっくり話ができるし」リチャードの額の傷に軽く唇をつけた。「それに……」胸を優しく握られて、言葉が途切れた。促されるまま、膝立ちになり、顔の前に胸を突きだした。すぐにかたくなった乳首を口に含み、舌を這わせ、吸っている。そして唇を離し、顔をのぞきこんだ。

「すっかりきみに首ったけだって、もういったっけ？」

驚いて、大きくかぶりを振った。

「何度でもいうよ。本当にきみはすばらしい」両手がスカートのなかに入っていく。「美しくて」胸の谷間にキスをした。「頭が切れるし」脚の外側に手を這わせる。「てきぱきと問題を解決してしまううえ」乳首をなめ、軽く嚙み、吸った。「楽しくて」胸を口で愛撫し、片手でヒップを包みこんで、もう片方の手を脚のあいだに滑りこませる。「くらくらするほどチャーミングだ」

「ああ、リチャード」指が花芯を探りあてると、思わずあえぎ声が漏れた。

「しぃっ」彼は胸に口を押しつけてささやいた。「自分の気持ちを説明してるんだ」手を止めて、顔を上げた。「それとも、もうやめたほうがいい？」

即座にかぶりを振った。「お願いだから、やめないで」

リチャードはそのときだけ微笑み、また指で愛撫を始めた。まじめくさった顔でささやく。

「すべてを語るには、とてつもなく時間がかかりそうだけど」

「それなら、態度で示して」クリスティアナは息を切らし、指がしっとりと濡れた芯を滑ると、唇を嚙んだ。

「望むところだよ」リチャードはさらに先へ進んだ。

訳者あとがき

はじめまして、リンゼイ・サンズの『微笑みはいつもそばに』(原題 *The Countess*)をお届けします。おそらくは一九世紀前半、華やかなる大英帝国の社交界を舞台に繰り広げられる愛とサスペンス(と笑い)の物語です。

主人公は伯爵夫人のクリスティアナとリチャード・フェアグレイブ・ラドノー伯爵。一年前、クリスティアナはハンサムでお金持ちの伯爵に熱烈に求愛されて結婚しました。ところが結婚式を挙げたとたん、伯爵は冷酷で思いやりのかけらもない人間へと変貌してしまい、まともな会話すら成立しない夫と不幸としかいいようのない毎日を送っています。そんなおり、朝早くに妹ふたりが訪ねてきました。そんな時間に田舎からやってくるとはどんな緊急事態かとおもいきや、なんと父親がまた賭博で莫大な借金をこしらえてしまったと知らされます。そもそもクリスティアナが不幸な結婚生活に甘んじている原因も賭博の借金だったのに……実は、三姉妹は王様よりも金持ちだったと評判の祖父から、天文学的な額の遺産を相続しているのですが、結婚しないかぎりそのお金には手をつけることができないのです。それは家族と弁護士しか知らない秘密でした。今回も自分の持参金で返済するしかないと考えたクリスティアナに、二番目の妹シュゼットがそれは不公平だと主張します。今度はシュゼットの持参金で返済するが、最初から条件を定めた〝取引〟として結婚するという合理的な案に、クリスティアナも納得しました。そしてお相手を見つけるために舞踏会に連れていってほしいと頼まれ、その許可を得ようと夫のもとに行くと、なぜか夫は急死してしまった様子です。しかし、喪に服していたら結婚相手を探せません。借金の返済期限は二週間後と迫っています。当時、駆け落ち結婚できる場所として有名だった（いまでは観光名所なので、ご存じのかたも多いでしょう）グレトナグリーンに馬車で向かう時間も必要です。そこで、伯爵は風邪で臥《ふ》せっていると召使を遠ざけ、二、三日で急いでお相手を探す作戦となりました。ところが、社交シーズンの始まりを告げる舞踏会に出かけたところ、なんと冷たくなっていたはずの夫が現われ……。

いかにも長女らしく、しっかり者で心配性のクリスティアナが、現代ならば虐待で訴えても当然の日々を送っているのが気の毒で、あたりまえのことながら本人もすっかりいじけてしまっています。ところが夫が急死したおかげで初めての舞踏会に出かけ、本人いわく「去年一年間よりも多く笑っている気がする」ほど楽しんだのもつかのま、なんと死んでいたはずの夫が舞踏会に現われてしまうのです。しかし、なぜか別人のように優しい夫に急速に惹かれてしまい……。

一方、リチャード・フェアグレイブ・ラドノー伯爵は、わけあって当時の植民地アメリカから帰国したその足で舞踏会に現われたのですが、いきなり自分が結婚していると聞かされ、愕然とします。そのうえ、妻だという女性は恐怖におののいてこちらを凝視するばかりで、特に魅力的とも思えません。お互い第一印象は最悪に近いわけですが、クリスティアナの気分が落ち着いてくると、なかなかの美人だと伯爵もまたひと目ぼれに近い状態に。

せっかくのお楽しみを奪わないよう、それ以上の詳しい事情は本書をお読みいただくとしましょう。わたしは一読して、とにかく大笑いしました。男性側、女性側、それぞれの思惑で死体の始末に右往左往し、重さに辟易したり、空から降ってきて仰天したり、まさにドタバタ喜劇です。死体を文字どおり物扱いしているのが気になる向きもありましょうが、生前は最低の人物だったのでそこは目をつぶっていただくとして。因果応報という便利な日本語もあることですしね。また、すっかりいじけていたクリスティアナが、リチャードの愛に包まれてどんどん元気になっていくくだりも、かなりほろっとさせられます。残念ながらおつきのメイドや従僕がつねに控えているというのは想像もできない環境ですが、本書のクリスティアナとグレースのように、親子のような愛情で結ばれているケースも多かったのかもしれませんね。グレースのお説教というか、母親のように優しくいいきかせるシーンも、わたしはほろりとしました。

　これはちょっとほめすぎかもしれませんけれど、どことなくシェイクスピアの喜劇を思わせるところもあり（学者さんにはお叱りを受けるかもしれませんが、個人的には悲劇よりも喜劇にこそ、シェイクスピアの真骨頂が現われていると思います）、まさにページをめくる手が止まりません（シェイクスピアだって、当時の娯楽としての劇を書いていたんですものね）。秋の夜長には残念ながらまにあいませんでしたが、寒い冬、おうちでぬくぬくと、熱々の紅茶（ここは大英帝国に敬意を表し、きちんとポットで淹《い》れたいものです）と美味しい焼きたてスコーン（やはり敬意を表し、クロテッドクリームとジャムも用意しましょう）や薄切りキュウリのサンドウィッチ（これもお約束ですね）をお供に楽しむのに最適ですよ！

　閑話休題、ここでちょっと豆知識を。昨今、日本には執事カフェなるものがあるそうですが、本来執事たるもの、そこらの若造に務まるお役目ではないのです！　使い走りから始め、のぼりつめた果てが執事なのですから。旦那さまの思考から趣味まですべてを把握し、旦那さまが指示する前にそれと察して準備万端ととのえておく。それだけの頭の回転の速さや気働きが必要とされる専門職《プロフェッショナル》なのです。また召使同士の社交を担っていたのも、男性召使の頂点である執事と、女性召使の頂点である家政婦でした。執事と家政婦のお茶会に招かれるのが、召使たちのなによりもの楽しみだったとか。ヴィクトリア朝（ミステリの黄金期ともいいます。最近人気のホームズが活躍していた時代です。そうそう、映画は両方拝見いたしましたが、かっこいいホームズとワトソンなんて、個人的にはどうも好きになれません。そもそもホームズは女性なんぞには目もくれないはずで……ぶつぶつ）の作品を訳していますと、まだ見ぬ執事へのあこがれは募るばかりです。「魚類に一番近い」とか「体温が感じられない」などと描写されていたのが印象に残っています。要はなにがあろうと表情ひとつ変えない、それでいて必要なときは影のようにどこからともなく現われるイメージでしょうか。映画『日の名残り』のアンソニー・ホプキンスにひと目ぼれしましたが（調べたら、なんとずいぶん前からサーがつくそうです）、原作もすばらしいので、ぜひ一読をお勧めします。映画では、大英帝国の落日を背中と表情だけでみごとに演じていました。『羊たちの沈黙』や『ハンニバル』『ニクソン』も捨てがたいですが、いまのわたしの一押しは『日の名残り』ですね。いつの日か、魚類のような執事にめぐりあえるよう、日々祈っております。

さて、次作についてもちょっとご紹介しましょう。次作の主人公はシュゼットとリチャードの親友ダニエル・ウッドロー伯爵です。前半は本書のストーリーがこのふたりの視点で描かれ、リチャードとクリスティアナのうかがい知らない事情が明らかになると同時に、後半は改めて一行はグレトナグリーンに向かいます。しかし、無事にシュゼットたちが結婚できるのかどうか、最後まではらはらさせられます。慎重なクリスティアナとはちがい、思いこんだら即実行派のシュゼット、彼女のほうに感情移入なさるかたも多いでしょう。本書にちらりと一回だけ登場する人物が、次作ではかなりの重要人物となります。ふふふ、探してみてくださいね。どうぞ、お楽しみに。

最後になりましたが、本書を訳すにあたっては、二見書房の渡邉悠佳子さんにたいへんお世話になりました。どうもありがとうございました。

二〇一二年十一月

23 ザ・ミステリ・コレクション

微笑《ほほえ》みはいつもそばに

著者　リンゼイ・サンズ
訳者　武《む》藤《とう》崇《たか》恵《え》

発行所　株式会社 二見書房
東京都千代田区三崎町2-18-11
電話 03(3515)2311［営業］
03(3515)2313［編集］
振替 00170-4-2639

印刷　株式会社 堀内印刷所
製本　株式会社 関川製本所

落丁・乱丁本はお取り替えいたします。
定価は、カバーに表示してあります。

ISBN978-4-576-12170-3
http://www.futami.co.jp/

いつもふたりきりで
リンゼイ・サンズ
上條ひろみ［訳］

美人なのにド近眼のメガネっ嬢《こ》と戦争で顔に深い傷痕を残した伯爵。トラウマを抱えたふたりの熱い恋の行方は？　とびきりキュートな抱腹絶倒ラブロマンス

待ちきれなくて
リンゼイ・サンズ
上條ひろみ［訳］

唯一の肉親の兄を亡くした令嬢マギーは、残された屋敷を維持するべく秘密の仕事――刺激的な記事が売りの覆面作家――をはじめるが、取材中何者かに攫われて!?

ハイランドで眠る夜は
リンゼイ・サンズ
上條ひろみ［訳］

両親を亡くした令嬢イヴリンドは、意地悪な継母によって〝ドノカイの悪魔〟と恐れられる領主のもとに嫁がされることに…。全米大ヒットのハイランドシリーズ第一弾！

その城へ続く道で
リンゼイ・サンズ
喜須海理子［訳］

スコットランド領主の娘メリーは、不甲斐ない父と兄に代わり城を切り盛りしていたが、ある日、許婚が遠征から帰還したと知らされ、急遽彼のもとへ向かうことに…

銀の瞳に恋をして
リンゼイ・サンズ
田辺千幸［訳］

誰も素顔を知らない人気作家ルークと編集者ケイト。出会いは最悪&意のままにならない相手なのになぜだか惹かれあってしまうふたり。ユーモア溢れるシリーズ第一弾！

永遠の夜をあなたに
リンゼイ・サンズ
藤井喜美枝［訳］

検視官レイチェルは遺体安置所に押し入ってきた暴漢から〝遺体〟の男をかばって致命傷を負ってしまう。意識を取り戻した彼女は衝撃の事実を知り…!?　シリーズ第二弾

哀しみの果てにあなたと
ジュディス・マクノート
古草秀子［訳］

十九世紀米国。突然の事故で両親を亡くしたヴィクトリアは、妹とともに英国貴族の親戚に引き取られるが、彼女の知らぬ間にある侯爵との婚約が決まっていて…!?

その瞳が輝くとき
ジュディス・マクノート
後藤由季子［訳］

家を切り盛りしながら〝なにかすてきなこと〟がいつか必ずおきると信じている純朴な少女アレックス。放蕩者の公爵と出会いひょんなことから結婚することに……

あなたに出逢うまで
ジュディス・マクノート
古草秀子［訳］

港での事故で記憶を失った付き添い婦のシェリダン。ひょんなことからある貴族の婚約者として英国で暮らすことになり…!? 『とまどう緑のまなざし』関連作

英国レディの恋の作法
キャンディス・キャンプ
山田香里［訳］

一八二四年、ロンドン。両親を亡くし、祖父を訪ねてアメリカからやってきたマリーは泥棒に襲われるも、ある紳士に助けられる。お礼を申し出るマリーに彼が求めたのは彼女の唇で…

英国紳士のキスの魔法
キャンディス・キャンプ
山田香里［訳］

若くして未亡人となったイヴは友人に頼まれ、ある姉妹の付き添い婦人を務めることになるが、雇い主である伯爵の弟に惹かれてしまい……!? 好評シリーズ第二弾！

唇はスキャンダル
キャンディス・キャンプ
大野晶子［訳］

教会区牧師の妹シーアは、ある晩、置き去りにされた赤ちゃんを発見する。おしめのブローチに心当たりがあった彼女は放蕩貴族モアクーム卿のもとへ急ぐが……!?

きらめく菫色の瞳
マデリン・ハンター
宋 美沙［訳］

破産宣告人として屋敷を奪った侯爵家の次男ヘイデン。その憎むべき男からの思わぬ申し出にアレクシアの心は動揺するが…。ＲＩＴＡ賞受賞作を含む新シリーズ開幕

誘惑の旅の途中で
マデリン・ハンター
石原未奈子［訳］

自由恋愛を信奉する先進的な女性のフェイドラ。その奔放さゆえに異国の地で幽閉の身となった彼女は〝通りがかりの〟心優しき侯爵家の末弟に助けられ…!?

光輝く丘の上で
マデリン・ハンター
石原未奈子［訳］

やむをえぬ事情である貴族の愛人となり、さらに酒宴の余興で競売にかけられたロザリン。彼女を窮地から救いだしたのは、名も知らぬ心やさしき新進気鋭の実業家で…

その夢からさめても
トレイシー・アン・ウォレン
久野郁子［訳］

大叔母のもとに向かう途中、メグは吹雪に見舞われ近くの屋敷を訪ねる。そこで彼女は戦争で心身ともに傷ついたケイド卿と出会い思わぬ約束をすることに……!?

ふたりきりの花園で
トレイシー・アン・ウォレン
久野郁子［訳］

知的で聡明ながらも婚期を逃がした内気な娘グレース。そんな彼女のまえに、社交界でも人気の貴族が現われ、熱心に求婚される。だが彼にはある秘密があって…

あなたに恋すればこそ
トレイシー・アン・ウォレン
久野郁子［訳］

許婚の公爵に正式にプロポーズされたクレア。だが、彼にとって〝義務〟としての結婚でしかないと知り、公爵夫人にふさわしからぬ振る舞いで婚約破棄を企てるが…

恋のかけひきは密やかに
カレン・ロバーズ
小林浩子［訳］

異母兄のウィッカム伯爵の死を知ったギャビー。遺産の相続権がなく、路頭に迷うことを恐れた彼女は兄が生きているように偽装するが、伯爵を名乗る男が現われて…

赤い薔薇は背徳の香り
シャロン・ペイジ
鈴木美朋［訳］

不幸が重なり、娼館に売られた子爵令嬢のアン。さらに〝事件〟を起こしてロンドンを追われた彼女は、若くして戦争で失明したマーチ公爵の愛人となるが……

運命は花嫁をさらう
テレサ・マデイラス
布施由紀子［訳］

愛する家族のため老伯爵に嫁ぐ決心をしたエマ。だがその婚礼のさなか、美貌の黒髪の男が乱入し、エマを連れ去ってしまい……雄大なハイランド地方を巡る愛の物語

愛する道をみつけて
リズ・カーライル
川副智子［訳］

とある古城の美しく有能な家政婦オーブリー。若き城主の数年ぶりの帰還でふたりの間に身分を超えた絆が…。しかし彼女はだれにも明かせぬ秘密を抱えていて……？

くちづけは心のままに
スーザン・イーノック
阿尾正子［訳］

女学院の校長として毎日奮闘するエマに最大の危機が訪れる。公爵グレイが地代の値上げを迫ってきたのだ。学院の存続を懸け、エマと公爵は真っ向から衝突するが…

鐘の音《ね》は恋のはじまり
ジル・バーネット
寺尾まち子［訳］

スコットランドの魔女ジョイは英国で一人暮らしをすることに。さあ〝移動の術〟で英国へ――、呪文を間違えたジョイが着いた先はベルモア公爵の胸のなかで…!?

二見文庫　ザ・ミステリ・コレクション